GAIR AM YR AWDUR

Cafodd Michael Coleman ei eni yn Forest Gate, Dwyrain Llundain. Yn ystod taith ei fywyd, o fod eisiau bod yn chwaraewr pêl-droed i fod yn awdur llawn amser, mae wedi gweithio fel gweinydd, rhaglennydd cyfrifiaduron, darlithydd prifysgol, ymgynghorydd sicrhau ansawdd meddalwedd a gweithiwr elusennol. Mae'n briod ac mae ganddo bedwar o blant.

Wrth sôn am *Pa Ddewis*, meddai Michael Coleman, 'Mae cymryd rhan mewn chwaraeon – unrhyw gamp – yn dy herio i ddilyn rheolau, i oresgyn rhwystrau, i ddal ati, i wella ac i ddefnyddio pa bynnag ddawn sydd gen ti i'r eithaf. Hynny yw, mae chwaraeon yn wers am fywyd. Dyna pam roeddwn i eisiau ysgrifennu stori ddwys am chwaraeon, er 'mod i wedi ysgrifennu llawer o rai doniol cyn hyn. Dyma hi.'

michael coleman

Addasiad Elin Meek

RILY

I Irene a Julie

yn Llyfrgell Ganolog Portsmouth, Lloegr

a Pavla Francova, Prag, Gweriniaeth Tsiec

Pencampwr Gemau Paralympaidd yr Haf

1500 metr a 3000 metr, Barcelona, 1992

PA DDEWIS
ISBN 978-1-904357-25-4

Rily Publications Ltd
Blwch Post 20
Hengoed
CF82 7YR

Cyhoeddwyd am y tro cyntaf gan Orchard Books yn 2003

Cyhoeddwyd yn wreiddiol yn Saesneg fel *Going Straight*
Going Straight text © Wordjuggling Ltd 2003

Addasiad gan Elin Meek
Hawlfraint yr addasiad © Rily Publications Ltd 2010

Noddwyd gan Lywodraeth Cynulliad Cymru

Cysodwyd gan Wasg Dinefwr, Llandybïe, Sir Gaerfyrddin

Argraffwyd a rhwymwyd yn y Deyrnas Unedig
gan CPI Cox & Wyman Ltd, Reading, Berkshire.

www.rily.co.uk

Pennod Un

Lleidr oedd Luke.

Roedd rheolau bywyd yn ddigon syml iddo fe. Os oedd e'n gweld rhywbeth roedd e ei eisiau – roedd e'n mynd ag e. Ac roedd e eisiau'r rhan fwyaf o'r pethau roedd e'n eu gweld.

Doedd hynny ddim yn golygu bod eu *hangen* nhw arno fe. Luke fyddai'r cyntaf i gyfaddef hynny. Fel hyn roedd e'n gweld pethau. Os nad oedd e'n gallu defnyddio beth bynnag roedd e'n ei ddwyn, byddai e'n gallu'i werthu – a doedd hynny byth yn broblem os oeddet ti'n gwybod ble i fynd – ac roedd angen arian ar ei deulu *bob amser*. Dyna oedd ei gyfraniad at arian y teulu. Rhyw fath o swydd ran-amser oedd lladrata iddo fe.

Roedd hi'n talu'n eithaf da hefyd – yn well na'r cyflog bach roedd rhai o'r plant yn yr ysgol yn ei gael am ladd eu hunain yn llenwi silffoedd archfarchnad neu'n crwydro'r strydoedd i chwilio am drolïau wedi'u gadael. O oedd, roedd troseddu'n talu.

Roedd problemau wrth gwrs, fel gydag unrhyw swydd. Peryglon y gwaith, fel dwedodd rhywun rywdro. Ond disgrifiad ei dad oedd yr un gorau:

'Gêm yw hi, yntê?' roedd e wedi dweud fel jôc rywbryd. 'Ry'n ni'n cymryd a dal pethau ac yn gobeithio na fyddan *nhw* yn ein dal ni.'

Roedd Luke wedi cael ei ddal sawl gwaith. Yn ddigon aml i'w enw – oedd ar Gyfrifiadur Cenedlaethol yr Heddlu – gael llythrennau ar ei ôl. Tair llythyren.

Luke Martin Reid, TIC.

Troseddwr Ifanc Cyson. *Cyson* – hynny yw, cymaint o weithiau fel ei fod wedi colli cyfrif. *Ifanc* – achos ei fod yn dal i fod o dan un ar bymtheg. A *Troseddwr* – jôc ei dad oedd ei fod wedi 'troseddu' yn erbyn yr heddlu drwy ddangos pa mor anobeithiol oedden nhw am ei rwystro rhag dwyn pethau. Pethau fel y blwch glas llachar oedd newydd dynnu sylw Luke...

O edrych ar y logo a'r labelu ar y blwch, byddai Luke yn dod o hyd i bâr o esgidiau rhedeg drud roedd pawb eisiau eu cael (hynny yw, rhai hawdd eu gwerthu). Roedd y blwch ar sedd gefn car 4x4 smart, fel petai label ychwanegol arno'n dweud 'Luke, croeso i ti fy nwyn i!'

Ac ar ben hynny wedyn, roedd perchnogion y 4x4, oedd yn amlwg yn gefnog, wedi parcio eu car mewn cornel bach cysurus ar lawr gwaelod y maes parcio aml-lawr. Dyna'r math o gornel roedd pobl yn rhuthro heibio iddo heb edrych arno ddwywaith. Ac ar ben hynny, roedd e'n agos at yr allanfa. Cyfleus iawn i ddianc yn gyflym. Mewn dim o dro, byddai Luke yn gallu dwyn y blwch o'r car, rhoi'r esgidiau yn ei fag, a diflannu i ganol y dyrfa'r tu allan.

Sleifiodd Luke wrth ochr drws y teithiwr. Edrychodd ar y llawr fel petai e'n chwilio am rywbeth, yna estynnodd ei law a gwasgu dolen y drws. Roedd y car wedi'i gloi. O wel, doedd e ddim yn disgwyl i bopeth fod yn hawdd. Byddai'n rhaid iddo dorri i mewn.

Fyddai hynny ddim yn cymryd llawer o amser. Roedd e bron yn siŵr nad oedd larwm sgrechlyd gan y math yma o

4x4. Hyd yn oed petai larwm, fyddai hynny ddim yn broblem. Doedd pobl ddim yn cymryd sylw o larymau'r dyddiau hyn; roedden nhw mor sensitif, bydden nhw'n sgrechian petai llygoden fach yn cerdded heibio ar flaenau'i thraed.

Rhoddodd Luke ei law yn ei boced a mynd am dro bach tua'r allanfa a 'nôl eto. Erbyn iddo ddod 'nôl, roedd rhyw-beth tebyg i lafn llif bach rhwng ei fysedd. Aeth gwên fach sydyn dros ei wyneb. Dyma'r darn da. Y darn roedd e'n ei fwynhau.

Byddai lladron eraill yn fodlon torri ffenest car, ond doedd e ddim. Roedd hynny'n rhy fentrus. Ac yn rhy swnllyd i ddechrau arni. Doedd cael ei law wedi'i thorri i ffwrdd ddim yn apelio chwaith. Doedd hi ddim yn hawdd honni nad oeddet ti erioed wedi gweld car pan oedd dy waed di dros y seddi i gyd. Nac oedd, doedd Luke byth yn torri ffenestri. Roedd e'n mynd i mewn – *yn mwynhau* mynd i mewn – drwy bigo clo'r drws. Llithrodd y llafn i glo'r car 4x4 yn ofalus...

Doedd Luke ddim yn gallu cofio pryd y sylweddolodd e am y tro cyntaf fod y ddawn ganddo fe. Ond roedd hi wedi tyfu gyda fe, fel gwallt a smotiau. Oedd, roedd e'n gallu pigo cloeon. Unrhyw glo.

Petai rhywun wedi gofyn iddo ddysgu pobl eraill i wneud hyn, byddai e wedi methu. Petai Mr Harmer, ei diwtor blwyddyn, wedi dweud wrtho un bore, 'Luke, rwyt ti'n fachgen sy'n werth ei feithrin. Beth am roi sgwrs i ni i gyd am dy ddawn aruthrol yn pigo cloeon?' – wel, byddai Luke wedi methu'n llwyr, gan gadarnhau barn Mr Harmer amdano, sef ei fod e'n wastraff amser.

Y gwir amdani oedd nad oedd Luke yn *gallu* ei egluro fe. Y cyfan roedd e'n ei wybod oedd ei fod yn gallu gweld y tu mewn i unrhyw glo yn ei feddwl ar ôl iddo lithro'r llafn i mewn. Roedd hi fel petai lluniau'n cael eu hanfon o flaenau'i fysedd i gilfachau cudd ei ymennydd, lle roedden nhw'n cael eu prosesu a'u dadansoddi hyd nes i binnau'r clo symud o dan y pwysau tyner ond pendant roedd Luke yn ei roi arnyn nhw. Fel roedd e'n ei wneud nawr.

Clywodd Luke sŵn clicio a gwyddai'n fodlon fod y gwaith ar ben. Tynnodd y llafn o'r clo, a'i lithro 'nôl i'w boced.

Dyna pryd y neidion nhw arno fe.

Roedd Luke mor falch ei fod e wedi agor y clo mor gyflym, fel ei fod wedi anghofio rheol gyntaf lladrata – edrych o gwmpas; unwaith, ddwywaith, deirgwaith. Roedd e newydd agor drws y teithiwr a chodi'r blwch oddi ar y sedd gefn pan ddaeth braich gref am ei wddf a thynnu'i ben am 'nôl.

'Diolch yn dalpau,' chwyrnodd llais, a chwerthin yn gras. 'Fe wnest ti'r gwaith droston ni!'

Hyd yn oed wrth iddo gael ei dynnu allan o'r 4x4, roedd Luke yn ymwybodol fod ail berson yn neidio heibio iddyn nhw. Dringodd hwnnw draw i orwedd ar sedd y gyrrwr a dechrau tynnu weiars allan oddi tan y panel deialau.

'Hawdd!' broliodd y gyrrwr. 'Dere, Mig! Gad i ni roi tân dani!'

Daeth y chwerthin cras eto. 'Iawn, iawn!'

Mewn un symudiad, cafodd Luke ei ryddhau a'i wthio'n galed o'r neilltu. Hedfanodd y blwch o'i law, ac arllwysodd ei gynnwys allan i'r concrit oedd yn olew i gyd. Cafodd eiliad o bleser – *roedd* yr esgidiau rhedeg yn rhai drud, y rhai gorau roedd e wedi'u dwyn erioed – cyn i ddrws teithiwr y 4x4 gau'n glep a chyn i'r injan danio.

Roedd dau leidr ceir wedi ymosod arno! Yr hen ladron brwnt.

Caeodd Luke ei ddyrnau, yn wyllt gacwn. Roedden nhw wedi ymosod arno cyn iddo sylweddoli beth oedd yn digwydd, pwy bynnag oedden nhw. Syllodd i mewn i'r car. Byddai e'n cofio'u hwynebau, rhag ofn y câi gyfle i wneud iddyn nhw dalu am hyn, achos dyna beth fyddai'n ei wneud...

Ond diflannodd y syniad hwnnw'n gynt na channwyll mewn corwynt.

'Mig' Russell oedd yn sedd teithiwr y 4x4, ac yn gwenu'n gam arno. Roedd y llanc mawr yn gwisgo dillad cuddliw, ac wedi'i enwi ar ôl awyren ymladd ffyrnig o Rwsia. Ac roedd e wedi cael yr enw am ei ddawn i ymladd yn ffyrnig. A'r tu ôl i'r llyw – yn gwneud i'r 4x4 fynd am 'nôl allan o'i le parcio – pwy arall ond Lee Young. Lee Young oedd â wyneb fel ffured. Doedd dim angen llysenw arno fe achos roedd pob plentyn yn gwybod pwy oedd e. Y gorau. Y boi ar y brig.

Lee Young a Mig Russell! Dwy ar bymtheg oed oedden nhw, ychydig o flynyddoedd yn hŷn na Luke, ond roedden nhw'n hen lawiau. Dechreuodd Luke hanner gwenu a hanner chwerthin. Roedd brenhinoedd Ystad East Med wedi ymosod arno fe! Roedd hynny bron yn fraint ac yn anrhydedd.

Gwnaeth ffenest Mig Russell sŵn suo wrth agor. 'Beth yw dy enw di, fachgen?'

'L-Luke.'

Daeth gorchymyn Lee Young o sedd y gyrrwr. 'Welest ti mohonon ni. Paid ag anghofio 'ny.'

'Neu fe fyddi di'n talu,' ychwanegodd Mig Russell, nid bod angen iddo wneud hynny. Roedd edrychiad Young wedi dweud y cyfan.

Caeodd ffenest y teithiwr fel cath yn canu grwndi. Roedd y 4x4 bron â dod allan o'i le parcio nawr. Dim sgrechian teiars, dim byd i dynnu sylw atyn nhw eu hunain. Cŵl! Roedd Luke yn teimlo fel gofyn am eu llofnod nhw.

'Hei! Fy nghar i yw hwnna! Arhoswch!'

Trodd Luke ar ei sawdl. Roedd dyn newydd ddod i fyny'r grisiau o'r siopau. Wrth ei ochr roedd merch tua'r un oedran â Luke. Roedd hi'n edrych wedi drysu, ond roedd y dyn yn edrych yn wyllt gacwn. Hyd yn oed petai sgôr IQ Luke mor isel ag roedd Mr Harmer bob amser yn awgrymu ei fod e, byddai wedi bod yn ddigon uchel iddo fe sylweddoli mai hwn oedd perchennog y 4x4 – ac nad oedd e'n barod i weld ei gar yn diflannu ar chwarae bach.

Roedd perchennog y 4x4 yn gallu rhedeg yn gyflym. Gan adael y ferch yn sefyll yn y man, gwibiodd yn ei flaen. Llwyddodd i guro ar y ffenest gefn cyn i Lee Young wasgu'i droed ar y sbardun a sgrialu i ffwrdd gyda'r teiars yn udo fel blaidd. Heb edrych ddwywaith ar Luke, rhedodd y dyn ar ôl y car, gan chwifio ei ddwylo fel dyn gwallgof.

Bu bron i Luke chwerthin. Oedd y dyn yn meddwl y gallai ei ddal? Doedd e ddim yn gwisgo'i esgidiau rhedeg drud eto. Wedyn sylweddolodd efallai nad oedd angen i'r dyn ddal y car. Cyn i hyn ddigwydd, roedd Luke eisiau gwneud yn siŵr fod y grisiau'n ddigon agos iddo allu dianc yn gyflym ei hunan. Ond dydy ceir ddim yn gallu mynd i lawr grisiau. Roedd yr allanfa i geir y ffordd arall, yn y cornel pellaf – roedd y 4x4 yn mynd y ffordd anghywir ac roedd hi'n amlwg fod y dyn yn gwybod hynny.

Hyd yn oed cyn i Lee Young sylweddoli hyn hefyd a dechrau gorfodi'r car i wneud tro pedol gwichlyd o gwmpas piler concrit, roedd y dyn wedi gwibio i un ochr ac yn rhedeg rhwng ceir eraill. Roedd hi'n amlwg beth roedd e'n bwriadu'i wneud. Roedd e'n mynd i geisio eu rhwystro nhw a'u gorfodi i stopio.

Roedd Luke yn methu'n deg â symud. Gwyddai'n iawn y dylai fod yn rhedeg ei hunan, yn dianc o'r ffordd, ond allai e ddim peidio ag edrych ar yr olygfa oedd yn datblygu o'i flaen. Rhaid bod y dyn yn hollol wallgof. Roedd e'n mynd i gael ei ladd...

Yna sgrechiodd y ferch. 'Dad!'

Achubodd hi fywyd y dyn. Roedd ei sgrech hi wedi llwyddo i ddod ag ef at ei goed. Hyd yn oed wrth i'r dyn geisio gwibio drwy fwlch bach rhwng fan wedi'i pharcio a philer concrit – ac yn syth o dan olwynion ei gar 4x4 ei hun – roedd ei ben yn troi i chwilio am ei ferch. Roedd hynny'n ddigon iddo fethu mynd drwy'r bwlch a bwrw'r piler â'i ysgwydd yn lle hynny.

Clywodd Luke y dyn yn gweiddi mewn poen, yna gwelodd ef yn plygu ac yn syrthio ar ei bengliniau. Ond roedd e'n ddiogel. Roedd y 4x4 wedi mynd heibio fel cath i gythraul, gan adael ei berchennog ar ôl. Wrth weld hyn, llwyddodd Luke i symud o'r diwedd. Roedd yr esgidiau rhedeg yn dal ar lawr wrth ei draed. Cododd nhw, ac roedd e bron â mynd am yr allanfa pan glywodd sgrech teiars eto ac felly edrychodd 'nôl.

Deallodd Luke beth oedd yn debygol o fod wedi digwydd yn yr eiliad honno. Roedd hen ddynes oedd yn ceisio gyrru ei char i le parcio wedi rhwystro Lee Young. Roedd e wedi cael ei orfodi i droi'r 4x4 90 gradd. Oherwydd hyn, roedd e wedi gorfod brecio'n sydyn. Ond nawr roedd e'n cyflymu eto... ac yn mynd yn syth am y ferch!

Doedd hi ddim wedi symud. Roedd hi wedi drysu ac wedi dychryn, ac yn dal i sefyll lle roedd y dyn wedi'i gadael hi.

'Hei, gwylia!' gwaeddodd Luke.

Chafodd hynny ddim effaith o gwbl. Oherwydd ofn neu sioc efallai, doedd y ferch ddim yn ymwybodol o'r perygl. Er

11

bod y 4x4 yn dod yn nes, a swn rhuo ffyrnig ei injan yn atseinio o gwmpas y maes parcio enfawr, yr unig beth roedd hi'n ei wneud oedd edrych o gwmpas yn wyllt.

Y tu ôl i'r llyw, gallai Luke weld Lee Young. Wrth ei ochr, roedd Mig Russell wedi codi ei draed ar y panel deialau. Roedden nhw'n chwerthin ar ei gilydd, yn mwynhau gwefr y lladrad. Gallai Luke ddeall hynny, er nad oedd e yn yr un cae â nhw. Ond... oherwydd hynny doedden nhw ddim yn canolbwyntio'n iawn. Roedd y 4x4 yn mynd yn syth am y ferch a doedden nhw ddim wedi sylwi.

Doedd y ferch ddim wedi symud cam o hyd. Er bod ei phen yn chwyrlïo o un ochr i'r llall, roedd ei choesau fel petaen nhw'n sownd yn yr unfan wrth iddi weiddi am ei thad o hyd. Ond doedd e ddim yn gallu'i helpu hi. Gan regi'n wyllt, dechreuodd Luke redeg tuag ati.

Roedd y 4x4 yn dod yn nes. Rhaid bod Lee Young wedi'i gweld hi erbyn hyn, doedd bosib? Gwnaeth Luke ei orau glas i redeg yn gynt, gan obeithio, er gwaethaf popeth, y byddai'n clywed sgrechian breciau unrhyw eiliad. Doedd e ddim yn mynd i'w chyrraedd hi mewn pryd...

Neidiodd Luke yn wyllt, a hanner plymio a hanner cwympo i mewn i'r ferch. Ar yr un pryd caeodd ei lygaid, yn barod am y boen ofnadwy o gael ei daro gan y 4x4. Ond ddaeth y boen ddim. Y cyfan deimlodd e oedd awel gref wrth i'r car ei osgoi o drwch blewyn. Clywodd Lee Young yn gwichian chwerthin. Yna gwaeddodd Mig Russell yn gras, 'Fe welwn ni di, Luke!' Yr eiliad nesaf roedd e a'r ferch yn taro'r concrit gyda'i gilydd ac roedd hithau'n sgrechian yn ddigon uchel i hollti ei glustiau.

'Mae'n ddrwg 'da fi,' meddai Luke a'i wynt yn ei ddwrn. 'Wir, mae'n ddrwg 'da fi.' Cododd ar ei draed yn drwsgl.

Roedd y ferch yn ddiogel beth bynnag, er y byddai ei hysgyfaint hi'n ffrwydro petai hi'n dal i weiddi fel roedd hi. A doedd ei thad oedd draw ym mhen pellaf y llawr parcio ddim yn edrych fel petai wedi cael ei anafu'n ddrwg chwaith. Roedd e'n edrych wedi drysu, fel y byddet ti'n disgwyl i rywun edrych o dan yr amgylchiadau.

Dyna ni, meddyliodd Luke. Does neb wedi cael ei ladd. O'r gorau, roedd y ferch yn dal i lefain y glaw, a diolch i'r tri ohonyn nhw, roedd y dyn wedi colli car 4x4 yn lle pâr o esgidiau rhedeg drud yn unig...

Yr esgidiau rhedeg. Edrychodd Luke o gwmpas – a rhegi. Roedden nhw o dan ei gesail wrth iddo redeg, yn union fel trysor roedd e'n ei achub o adeilad oedd ar dân, ond roedden nhw wedi hedfan i bobman wrth iddo daro yn erbyn y ferch. Nawr, dim ond un ohonyn nhw oedd yn y golwg. Cododd hi i fyny, a sylweddoli wedyn mai gwastraff amser oedd hynny. Doedd neb eisiau prynu un esgid redeg. Gollyngodd hi i'r llawr a rhedeg.

Cyn pen dim roedd e wedi cyrraedd allanfa'r cerddwyr. Bu bron iddo fwrw i mewn i ddynes oedd newydd ddringo'r grisiau.

Yr eiliad nesaf, dyma'r ddynes yn sylweddoli beth oedd yn digwydd y tu ôl iddo ac yn dechrau sgrechian ei hunan. 'Jodi! Jodi!'

Rhaid mai mam y ferch oedd hi. Wrth iddi hi wthio'n bryderus heibio iddo, edrychodd Luke dros ei ysgwydd yn sydyn – diolch byth. Doedd y dyn ddim yn syllu ar ôl y 4x4 oedd wedi'i ddwyn bellach. Roedd e'n cydio yn yr esgid roedd Luke wedi'i gollwng. Yn amlwg, roedd e'n dechrau sylweddoli beth oedd wedi digwydd. Gan fod rhywun arall wedi dod i gydio yn llaw ei ferch nawr, fyddai dim yn ei rwystro rhag rhedeg ar ôl Luke. Ac roedd Luke yn siŵr y byddai dyn oedd newydd geisio rhedeg ar ôl 4x4 yn benderfynol o ddod ar ei ôl e.

Rhuthrodd Luke i lawr y grisiau, gan ddychmygu ei lwybr 'nôl i ddiogelwch Ystad East Med yn barod. Llwybr bach da oedd e hefyd, lonydd bach tywyll a chul doedd neb yn eu defnyddio, ond y tro hwn roedd hi'n edrych fel petai e'n mynd i orfod rhedeg yn gynt nag arfer.

Trodd i'r chwith, a mynd fel mellten i fyny'r rhiw wrth ochr y maes parcio aml-lawr. Ar ôl croesi'r ffordd, troi i'r dde, gwibio'n sydyn ar hyd lôn yn llawn sbwriel, a dyma fe'n cyrraedd y ffordd wael a thyllog oedd yn arwain at Ystad East Med hanner milltir i ffwrdd. Roedd yn rhaid i Luke redeg can metr cyn cyrraedd y troad nesaf. Arhosodd a mentro edrych am 'nôl. Oedd, roedd y dyn yn ei ddilyn! Ond roedd Luke ddigon ar y blaen ar ôl rhedeg fel mellten ar y dechrau. Dim ond croesi'r ffordd roedd y dyn.

Roedd Luke wedi cyrraedd lôn arall. Roedd hon yn hir ac yn syth, ac ar hyd un ochr iddi roedd hen waliau brics uchel y tu ôl i res o dai teras diflas yr olwg. Yr anfantais oedd y byddai'r dyn yn gallu'i weld yn glir yr holl ffordd ar hyd y lôn. Ond y fantais oedd bod Ystad East Med yn y pen draw. Ar ôl iddo gyrraedd y ddrysfa ddiogel o lonydd a grisiau, fyddai ci heddlu hyd yn oed ddim yn gallu dod o hyd iddo.

Dechreuodd Luke redeg eto, ond ddim mor gyflym ag o'r blaen. Roedd ei goesau wedi dechrau blino. Ymhen can metr eto, roedd e wedi arafu ac yn fyr ei anadl. Edrychodd am 'nôl eto. Roedd y dyn yn dod yn nes!

Gwasgodd Luke ei ddannedd yn dynn a cheisio gorfodi ei goesau i symud. Doedden nhw ddim yn gallu. Roedden nhw'n union fel petai e'n ceisio rhedeg mewn pwll nofio. Po fwyaf o ymdrech roedd e'n ei wneud, arafaf roedd e'n symud.

Dechreuodd Luke gael ofn. Roedd y dyn yn dod yn nes ac yn nes. Byddai e'n cyrraedd ei ysgwydd unrhyw eiliad. Rhegodd Luke ei hunan am fod mor dwp â cheisio dwyn esgidiau rhedwr Olympaidd. Yna gwnaeth yr unig beth y gallai feddwl amdano – dechreuodd ddringo yn lle rhedeg.

Rhoddodd ei ddwylo ar yr hen wal oedd yn hanner cwympo ac yn llawn mwsogl, gan symud i'r ochr ac yna i fyny. Llithrodd wrth chwilio am le diogel i roi ei draed, yna cododd ei hunan i fyny. Petai ond yn gallu mynd dros y wal, byddai ganddo obaith...

Newydd gydio'n dynn am ben y wal roedd e pan ddaeth y dyn a chydio ynddo gerfydd ei figwrn. Ceisiodd Luke gicio. Ond yn ofer. Roedd y dyn yn amlwg yn bencampwr reslo yn ogystal â bod yn bencampwr rhedeg. Daliodd Luke ei afael a chicio nerth ei goesau i geisio cael gwared ar y dyn.

Roedd hynny'n ormod – ddim i berchennog y 4x4 oedd yn gweiddi nerth ei ben, ond i'r hen wal. Daeth sŵn cracio sych, a dechreuodd y brics symud. Syrthiodd Luke am 'nôl, gan lanio'n drwm ar goes y dyn eiliad cyn i ddarnau mawr o frics mwsoglyd lanio ar y ddau ohonyn nhw.

Rhoddodd Luke y gorau i'w ymdrech i ddianc. Clywodd sŵn asgwrn yn clecian, y dyn yn sgrechian mewn poen, perchennog y tŷ'n neidio'n wyllt gacwn drwy'r twll yn ei wal, a'r cymdogion busneslyd yn rhedeg allan i weld beth oedd yn digwydd... allai Luke ddim dianc oddi wrthyn nhw i gyd.

Roedd hynny bron yn rhyddhad iddo.

Pennod Dau

Roedd Sir Aber Tafwys yn falch iawn o'i system cyfiawnder ieuenctid gyflym ac effeithiol. Ar ôl cael dy arestio yn unrhyw le arall ym Mhrydain, gallai hi gymryd misoedd cyn i ti ymddangos o flaen llys. Ond roedd Sir Aber Tafwys yn hoffi ymffrostio bod pob person ifanc oedd yn achosi helynt yno yn ymddangos o flaen ynad heddwch cyn pen rhai wythnosau.

Gweithiodd y system yn rhagorol yn achos Luke. Cyn pen pythefnos, roedd llythyrau'n gwibio i wahanol fannau. Dyma un ohonyn nhw, wedi'i gyfeirio at *Mrs A R a Mrs T M Webb*, yn glanio ar hen fat drws ffrynt un bore Iau.

'Theresa! Post!' gwaeddodd Alan Webb.

Fel arfer, byddai wedi mynd i'r drws ffrynt ei hunan. Ond wedyn, doedd e ddim fel arfer yn gorwedd ar soffa, a'i goes dde mewn plastr o'i sawdl i'w glun. Gwingodd wrth symud ei goes i fan mwy cyfforddus – gan wybod y byddai'n anghyfforddus eto ymhen deng munud. Ac, am y canfed tro, rhegodd Alan Webb y llanc oedd wedi bod yn gyfrifol.

Allan yn y cyntedd, plygodd Theresa Webb i godi'r amlen swyddogol yr olwg. Ar yr union eiliad honno, daeth cerddoriaeth uchel, gyda churiad bas trwm, o ystafell ei merch.

'Jodi,' gwaeddodd, 'tro'r gerddoriaeth yn dawelach, wnei di?'

Dim ateb.

'Jodi!'

Dim ateb eto. Gwyddai Mrs Webb o brofiad nad oedd dim byd arall yn mynd i dycio, felly dringodd y grisiau a churo ar y drws agosaf. 'Jodi! Tro'r gerddoriaeth yn dawelach, wnei di, plîs?'

'Sori. Chlywais i mohonot ti.'

Chwarddodd Jodi Webb, gan wybod bod hynny bob amser yn tawelu ei mam. Gwasgodd ar y bys hud yn ei llaw a thawelodd y sain i lefel roedd ei mam yn gallu'i dioddef.

'Dwi ddim yn gwybod pam mae'n rhaid i ti gael cymaint o sŵn.'

'Mae'n help i fi ganolbwyntio. Ro'n i'n gorffen y gwaith hanes roddaist ti i fi,' gwenodd Jodi eto. 'Dyna'r ateb, Mam. Os nad wyt ti eisiau cerddoriaeth swnllyd, paid â rhoi gwaith i mi. Gwell fyth, paid â rhoi addysg i fi gartref.'

Roedd hi wedi ceisio gwneud i'r rhan olaf swnio fel jôc, ond gwyddai Jodi ei bod hi wedi methu. Roedd fel petai'r awyr rhyngddyn nhw wedi oeri.

'Os doi di â'r gwaith 'na lawr, fe farcia i fe i ti nawr,' meddai Mrs Webb. Symudodd hi ddim wrth i Jodi droi 'nôl i'w hystafell. 'Wyt ti eisiau i fi aros?'

'Nac ydw, dim diolch, Mam! Dwi'n gwybod y ffordd!'

Cododd Jodi y tudalennau roedd hi wedi'u teipio – yn gywir, gobeithio, os oedd hi'n mynd i ennill y ddadl fod cerddoriaeth uchel yn ei helpu i ganolbwyntio – a chau drws ei hystafell. Dim ond braidd gyffwrdd â'r bwlyn mawr ar ben y canllaw wnaeth hi wrth redeg i lawr y grisiau ac i mewn i'r lolfa fach.

Roedd Theresa Webb yn eistedd wrth ochr ei gŵr. Roedd Alan Webb yn darllen y llythyr, a'r amlen wedi'i rhwygo ar agor wrth ei draed.

'Y – lleidr 'na. Luke Reid. Mae e o flaen y llys yr wythnos nesaf. Dydd Gwener.'

'Mor gynnar â hynny?' Edrychodd Mrs Webb yn bryderus. 'Fyddi di'n gallu cerdded erbyn hynny?'

'Dwi ddim yn mynd i adael i'r rhacsyn 'na fynd yn rhydd. Theresa, mae rhywbeth yn y papur bob wythnos am achosion yn methu achos bod tystion ddim yn dod i'r llys. Fe fydda i yn y llys 'na hyd yn oed os bydd yn rhaid i mi fynd 'na ar fy mhedwar.'

Roedd Jodi wedi rhoi ei gwaith hanes i lawr ac wedi eistedd wrth fwrdd bach sgwâr gerllaw'r drws. Roedd pecyn o gardiau yno o hyd ar ôl y noson flaenorol. Cymysgodd hi'r cardiau'n gyflym, a dechrau eu gosod ar y bwrdd i chwarae gêm o *patience*. 'Beth fydd yn digwydd iddo fe?' gofynnodd hi.

'Cael ei roi mewn canolfan gadw i ieuenctid, siŵr o fod,' meddai ei thad yn swta.

'Cael ei garcharu, rwyt ti'n meddwl?'

'Dyna'n union dwi *yn* ei feddwl. Fe ddwedodd y plismon a gymerodd fy stori i fod ganddo fe record hyd braich. Mae e wedi cael cyfle ar ôl cyfle.'

Yn araf ac yn feddylgar, rhoddodd Jodi gerdyn chwech coch ar ben cerdyn saith du. 'Ond... fe... fe helpodd e fi. Fe wthiodd e fi o lwybr y car. Fydd hynny ddim yn cyfrif?'

Cododd Mrs Webb ar ei thraed a symud draw at ochr Jodi. 'Efallai. Ond ry'n ni'n gobeithio na fydd e.'

'Pam?' gofynnodd Jodi'n swta.

'Oherwydd mae'n debyg mai gwneud hynny i achub ei groen ei hunan wnaeth e, dyna i gyd' meddai Mr Webb yn gandryll. 'Fe sylweddolodd e y byddai e wedi bod mewn rhagor o gawl eto petaet ti wedi cael dy daro. Arhosodd e ddim yn hir wedyn, do fe?'

18

'Trueni dy fod ti wedi rhedeg ar ei ôl e, Alan,' ochneidiodd Mrs Webb.

'A gadael iddo fe ddianc? Dim gobaith. Dyna maen nhw eisiau. Dyna pam roedd e mor ofnus pan redais i ar ei ôl e. Roedd e'n rhedeg fel cwningen, tan iddo fe chwythu ei blwc.'

Plygodd Mrs Webb ar draws y bwrdd o flaen Jodi. 'Mae cerdyn pump du fan hyn. Fe symuda i fe draw i'r un chwech coch i ti.'

Teimlodd Jodi fflach o ddicter. 'Mam, plîs!'

'Dwi ond yn trïo helpu.' Symudodd Mrs Webb 'nôl i'r soffa'n anfodlon. 'Beth arall oedd yn y llythyr?' gofynnodd hi i'w gŵr. Ar y llawr wrth ei ochr roedd tudalennau eraill oedd wedi bod yn yr amlen.

'Dim byd perthnasol. Rhywbeth am y pethau eraill y gallen nhw gael Reid i'w gwneud. Dod i gwrdd â ni, esgus ei bod hi'n ddrwg ganddo fe, gwneud gwasanaeth cymunedol. Dim ond sothach!'

Mae'n ddrwg gen i. Wir. Mae'n ddrwg 'da fi.

Dyna ddwedodd Luke Reid wrthi yn y maes parcio. Er ei bod hi wedi dychryn yn ofnadwy, roedd Jodi wedi clywed y geiriau. At hynny, roedd y geiriau wedi bod yn hedfan i mewn ac allan o'i meddwl ers hynny. Trodd at ei rhieni.

'Fyddai hi'n gwneud gwahaniaeth tasai e'n dweud ei bod hi'n ddrwg ganddo fe?'

'Na fyddai. Achos fe ddwedodd y plismon 'na ei fod e'n mynd i'r carchar. Mae e wedi cael pob cyfle posib.'

'Efallai mai cyfle arall yw'r unig beth sydd ei angen arno fe, Dad.'

Curodd Mr Webb ar y plastr yn flin a chrac. 'Cyfle arall?' Jodi, edrych arna i! Fydda i ddim yn gallu rhedeg eto am

19

fisoedd! Dwyt ti ddim wedi sylweddoli hynny eto? Nid dim ond chwalu 'nghoes i wnaeth y lleidr 'na. Mae e wedi chwalu ein breuddwydion ni hefyd!'

Ein breuddwydion ni, Dad? meddyliodd Jodi. Neu dy freuddwydion di? Wyt ti wir yn gwybod beth yw fy mreuddwyd i?

Trodd Jodi 'nôl at ei gêm o *patience*. Fel arfer byddai hi'n mwynhau'r her, ond ddim y tro hwn. Doedd hi ddim yn canolbwyntio ar y gêm. Roedd hi'n dechrau meddwl am syniad.

Allai'r peth weithio? Efallai eu bod nhw yn llygad eu lle. Efallai ei bod hi'n amhosib newid y Luke Reid 'ma.

Mae'n ddrwg 'da fi. Wir. Mae'n ddrwg 'da fi.

Ac efallai nad oedd e'n teimlo felly go-iawn.

Fyddai hi ddim yn hawdd iddi berswadio ei rhieni. Fe fyddai'n rhaid iddi wneud ei gorau glas a thynnu ar y llinynnau emosiynol tyn roedd hi wedi treulio cymaint o amser yn ceisio'u datod.

Aeth ymadroddion drwy ei meddwl. Dwi'n gwybod bod hyn yn gofyn llawer. Plîs. Gwnewch e er fy mwyn i.

Tynnodd Jodi anadl ddofn. 'Mam. Dad. Gaf i ddweud rhywbeth…'

Pennod Tri

Cerddodd Luke ar hyd y llwybr cyfarwydd drwy'r dref i'r adeilad bach gwyn lle roedd llys yr ynadon. Ar ôl cyrraedd, aeth at y cyfreithiwr ar ddyletswydd.

Yn ôl y daflen ddefnyddiol roedd yr heddlu wedi'i rhoi iddo, fel petai Luke ddim yn gwybod y cyfan erbyn hyn, *cyfreithiwr rydych chi'n gallu siarad ag ef yn rhad ac am ddim yn y llys yw'r cyfreithiwr ar ddyletswydd.* Felly beth roedd e'n mynd i'w wneud fel arall? Talu arian mawr am gyfreithiwr enwog? Byddai'n rhaid iddo ddwyn o fanc i wneud hynny, felly wedyn byddai'n rhaid iddo gael cyfreithiwr hyd yn oed yn fwy enwog i'w gael e'n rhydd, felly wedyn byddai'n rhaid iddo ddwyn o fanc hyd yn oed yn fwy...

Cerddodd Luke draw i'r ystafell fach lle roedd y cyfreithiwr ar ddyletswydd. Roedd panel ar y drws i ddal bwrdd gwyn plastig ac enw cyfreithiwr y diwrnod hwnnw arno – *Nathan Dorking, LLB (Hons).*

Curodd ar y drws a cherdded i mewn. Edrychodd y cyfreithiwr ar ddyletswydd i fyny. Ym mhrofiad Luke, roedd cyfreithwyr ar ddyletswydd naill ai'n hen ac ar fin ymddeol neu'n ifanc ac ar y ffordd i wneud rhywbeth gwell. Un ifanc oedd Nathan Dorking. Ond doedd e ddim yn edrych fel petai'n llawn cydymdeimlad chwaith. Teimlai Luke ei fod e'n gallu darllen ei feddwl. *Dwi yma, yn gwneud yn dda, yn*

21

mynd i lwyddo – nid fel ti, diolch byth. Cododd Mr Dorking
ei law at gadair a gofyn am enw Luke.

'Luke Reid.'

Edrychodd Mr Dorking y tu ôl i Luke, i wneud yn siŵr
nad oedd neb yn mynd i'w ddilyn drwy ddrws y swyddfa. 'Ar
dy ben dy hunan rwyt ti?'

Nodiodd Luke. 'Doedd Mam ddim yn gallu dod o hyd i
neb i ofalu am 'mrawd a'n chwaer i.' Eto fyth.

Derbyniodd Mr Dorking y newyddion heb synnu
gormod. Roedd pobl ifanc pymtheg oed yn aml yn dod i
wynebu achos llys heb gefnogaeth un o'u rhieni.

Byseddodd ei ffordd yn gyflym drwy ffeil roedd e wedi'i
thynnu o bentwr oedd wrth ei benelin, gan ddarllen copi o
record Luke o dan ei anadl. 'Dwyn o siop, dwyn o geir,
fandaliaeth…' Yna arhosodd Mr Dorking i edrych ar daflen
arall, yr un am achos y diwrnod hwnnw, siŵr o fod. Snwff-
iodd y cyfreithiwr ar ddyletswydd a chau'r ffeil yn glep.
'Dwi'n cymryd dy fod ti'n mynd i bledio'n euog?'

'Maen nhw wedi gwneud popeth yn iawn, ydyn nhw?'
gofynnodd Luke.

'Os wyt ti'n golygu,' meddai Mr Dorking yn sur, 'ydw i'n
gallu gofyn am ohirio'r achos achos bod rhywun heb lenwi
ffurflen yn gywir, 'nac ydw' yw'r ateb. Dwi ddim yn chwarae'r
math yna o gêm.'

Trueni, meddyliodd Luke. Roedd e wedi clywed am
gyfreithwyr clyfar oedd wedi meddwl am bob rheswm o dan
haul dros ohirio achos, ac wedi gwneud hynny mor aml nes
bod y tystion wedi rhoi'r gorau i ddod i'r llys a'r achos yn
cael ei ollwng. Ond roedd angen eu talu nhw i wneud
hynny, siŵr o fod. Doedd y gwasanaeth hwnnw ddim yn dod
am ddim.

'Does dim llawer o ddewis 'da fi, 'te?' cododd Luke ei ysgwyddau heb unrhyw chwerwder. 'Fe welodd y ddau ohonyn nhw fi, y dyn a'r ferch.'

'Y ferch?' gwgodd Mr Dorking.

Roedd e'n edrych fel petai e'n mynd i ddweud rhagor ond, ar ôl agor y ffeil eto i edrych ar baragraff oedd wedi cael ei danlinellu, penderfynodd beidio. Yn lle hynny, gofynnodd ei gwestiwn cyntaf eto mewn ffordd ychydig yn wahanol, fel petai Luke heb fod yno o'r blaen a bod eisiau gwneud popeth yn eglur iddo, ac nid yn rhywun oedd mor gyfarwydd â'r llys ieuenctid nes ei fod bron wedi cael tocyn tymor i fod yno.

'Felly gad i mi fod yn eglur am hyn, Luke. Dwyt ti ddim yn bwriadu gwastraffu amser y llys drwy bledio'n ddieuog?'

Ochneidiodd Luke. Roedd e'n dechrau cael yr argraff ei fod e'n fwy cyfarwydd â'r llys na'r cyfreithiwr ar ddyletswydd. 'Nac ydw,' meddai. 'Ddim nawr, achos mai dim ond fy nghyhuddo i o *dorri i mewn* i'r 4x4 maen nhw.'

'Ac o geisio lladrata pâr o esgidiau rhedeg,' ychwanegodd Mr Dorking.

'Ie, a hynny.' Pwysodd Luke ymlaen, gan geisio rhoi'r argraff ei fod e'n gwybod mwy am y gyfraith nag roedd e. 'Ond *os* byddan nhw'n ceisio dweud 'mod i'n rhan o ddwyn y car 'na, fe fydd hi'n fater gwahanol. Fe fydda i'n gwadu *hynny*. Doedd gen i ddim i'w wneud â'r peth. Fe ddwedais i hynny wrthyn nhw yng ngorsaf yr heddlu.'

Dyna'r rhan waethaf o holi'r heddlu. Roedd yn waeth hyd yn oed na phan geision nhw godi ofn arno drwy ddweud wrtho fod y wal wedi torri coes y dyn a'u bod nhw'n meddwl ei gyhuddo o Niwed Corfforol Difrifol neu GBH. Yn y diwedd roedden nhw wedi gorfod cyfaddef nad oedden nhw'n gallu gwneud hynny. Fel roedd Luke wedi dadlau, yn dda iawn, roedd e'n meddwl, roedd e wedi cymryd blwch yr esgidiau rhedeg *allan* o'r 4x4 yna, on'd oedd e? Petai e wedi bod yn helpu i ddwyn y car, byddai wedi dringo i mewn *gyda* nhw, oni fyddai?

Pwysodd y cyfreithiwr ar ddyletswydd 'nôl yn ei gadair, a'i ddwylo y tu ôl i'w ben. 'Mae'r heddlu'n derbyn nad oeddet ti'n rhan o ddwyn y car, Luke. Ond maen nhw eisiau dal y ddau wnaeth hynny ac – yn bwysicach – a fu bron â bwrw dau berson i lawr.'

Nid fel 'na roedd hi, roedd Luke eisiau'i ddweud. Breciodd Lee Young a throi'r car o'r ffordd. Rhaid ei fod e wedi. Ond petai Luke wedi dweud hynny, bydden nhw wedi gofyn hyd yn oed mwy o gwestiynau am yr un oedd yn gyrru. Ar ben hynny, roedd gobaith y gallai'r digwyddiad ei helpu e. 'Fe wthiais i'r ferch yna o'r ffordd,' meddai. 'Dydy hynny ddim yn cyfrif o gwbl?'

'Efallai. Fe dynna i sylw'r ynadon at y peth. Ond fydd hynny ddim yn dy helpu di gymaint ag y byddai rhywbeth arall.'

'Beth yw hwnnw?' gofynnodd Luke, gan esgus nad oedd e'n gwybod yr ateb.

'Maen nhw'n meddwl y gallet ti enwi enwau, Luke.' Roedd Mr Dorking wedi pwyso ymlaen eto ac roedd e'n syllu i fyw ei lygaid.

Ysgydwodd Luke ei ben, heb ddangos dim. 'Welais i mohonyn nhw, Mr Dorking. Ddim yn iawn. Dyna ddwedais i yng ngorsaf yr heddlu. Mae'r cyfan ar dâp y cyfweliad.'

Y cyfweliad. Roedd e wedi gwneud yn eithaf da, er mai fe ei hunan oedd yn dweud hynny. Dim ond eistedd mewn cornel wnaeth ei fam – dim help o gwbl, fel arfer – ar ôl ochneidio a dweud, 'O'r gorau, dwi'n gadael i chi wneud y

24

cyfweliad heb fod cyfreithiwr yn bresennol. Ond brysiwch, wnewch chi? Dwi wedi gadael y ddau blentyn arall gyda'r fenyw sydd yn y fflat drws nesaf...'

Felly roedd e wedi gorfod ymdopi ar ei ben ei hun, gan ateb eu cwestiynau heb ollwng y gath o'r cwd.

'Dwed wrtha i beth ddigwyddodd, Luke, yn dy eiriau dy hunan.'

'Dim byd wir. Fe es i i mewn i'r car, codi'r blwch esgidiau rhedeg a dechrau mynd allan eto.'

'Wedyn?'

'Fe gydiodd rhywun ynddo i o'r tu ôl. Roedd dau ohonyn nhw. Fe wthion nhw fi o'r ffordd, mynd i mewn i'r 4x4 a gyrru i ffwrdd.'

'Wyt ti'n gallu eu disgrifio nhw?'

'Welais i mohonyn nhw'n iawn.'

'Mae perchennog y car yn dweud ei fod e wedi dy weld di'n siarad â nhw.'

'Fe waeddon nhw arna i. Ond dyw hynny ddim yn golygu 'mod i wedi'u gweld nhw'n iawn.'

'Dere nawr, Luke. Mae'n rhaid dy fod ti'n cofio rhywbeth.'

'Wel... dynion oedden nhw. Dau ddyn.'

Llais swyddog yr heddlu'n swnio'n amheus. 'Dynion? Nid bechgyn yn eu harddegau?'

'Nage.'

'Beth oedd eu hoedran nhw? Yn fras?'

'Eithaf hen. Tua dau ddeg pump.'

'Beth oedden nhw'n ei wisgo?'

'Y... dillad?'

Llais swyddog yr heddlu'n swnio'n flin a chrac. 'Do'n i ddim yn disgwyl iddyn nhw fod yn borcyn, fachgen. Pa fath o ddillad?'

'Dwi ddim yn siŵr. Dillad tywyll. Dwi wedi dweud wrthoch chi, welais i mohonyn nhw...'

Roedd pethau wedi mynd rhagddyn nhw fel yna am dipyn. Erbyn y diwedd roedd y swyddogion oedd yn gwneud y cyfweliad wedi cael llond bol, ond doedd e ddim wedi gollwng y gath o'r cwd. Roedd e wedi chwarae yn ôl rheolau East Med. Dim cario clecs. Roedd e wedi gweld y graffiti ar waliau'r fflatiau tal, fel pawb arall: *marwolaeth i bob un sy'n cario clecs*. Petai e wedi bod yn ddigon twp i enwi Lee Young a Mig Russell, byddai e wedi haeddu popeth fyddai'n dod iddo. Bydden nhw wedi gwneud yn siŵr o hynny. Doedden nhw ddim yn gallu gadael i blant gymryd mantais fel yna.

Na, roedd Luke wedi dal ei dafod. Roedd e wedi gwneud yr un peth mewn sesiwn ddiweddarach hefyd, pan oedden nhw wedi gwneud iddo eistedd o flaen sgrin cyfrifiadur a dangos wynebau dynion rhwng 20 a 30 oed iddo. Roedd y diawliaid clyfar wedi rhoi llun Lee Young yn y canol yn rhywle. Ond roedd Luke wedi bod yn disgwyl hyn. Doedd e ddim wedi dangos dim yn ei wyneb, dim ond codi'i ysgwyddau a gwasgu'r bysellfwrdd i gael gweld llun y dihiryn nesaf.

Ochneidiodd Mr Dorking. 'Felly does gen ti ddim byd i'w ychwanegu at dy ddatganiad, 'te, Luke? Dwyt ti ddim wedi cofio dim byd ers hynny?'

'Nac ydw! Beth ry'ch chi'n disgwyl i mi ei wneud, creu rhyw stori?'

'Nage, wrth gwrs,' meddai Mr Dorking.

'Fe ddwedais i wrthyn nhw. Dau ddyn. Dyna'r cyfan dwi'n gallu'i ddweud.'

'Ddim yn ôl Mr Webb.'

Y rhedwr Olympaidd. 'Felly, beth mae e'n ei ddweud?'

'Mae e bron yn siŵr mai bechgyn yn eu harddegau oedden nhw. Un deg saith, un deg wyth efallai. Yn anffodus, chafodd e ddim golwg digon da arnyn nhw i ni allu cael *'identity parade'*.'

Roedd e'n rhy brysur yn rhedeg i mewn i biler concrit, meddyliodd Luke. Trueni nad aeth e i mewn iddo fe wysg ei ben.

'Allen nhw fod wedi bod yn fechgyn yn eu harddegau, Luke?' Roedd Mr Dorking yn syllu i fyw ei lygaid eto. Y tro hwn llwyddodd e i wneud i Luke deimlo'n anesmwyth. Sylweddolodd Luke ei fod yn rhoi ei ddwylo yn ei bocedi, yn pwyso 'nôl yn ei gadair, yn syllu i lawr ar ei draed – unrhyw beth i osgoi edrych ar y cyfreithiwr. Fyddai e ddim, *allai e ddim* datgelu'r enwau roedd pawb eisiau eu clywed.

'Roedden nhw'n edrych fel dynion i fi,' meddai e yn y pen draw. 'A dyna'r cyfan sydd 'da fi i'w ddweud.'

Ochneidiodd Mr Dorking. 'Trueni. Fe allai cwpwl o enwau fod wedi helpu i newid meddwl yr ynadon. Fe allai fod wedi rhoi rheswm iddyn nhw beidio rhoi dedfryd o garchar i ti.'

Allai Luke ddim help. Tynnodd anadl sydyn wrth i Mr Dorking ddweud y geiriau – geiriau o'r daflen ddefnyddiol nad oedd erioed wedi'i chymryd o ddifrif o'r blaen. *Dedfryd o garchar – cosb lle rydych chi'n cael eich cloi mewn sefydliad troseddwyr ifanc am bedwar mis o leiaf.*

'Carchar? Am bâr o esgidiau rhedeg? Allan nhw ddim gwneud 'ny!'

Cododd Mr Dorking ffeil Luke a'i fflapio fel aden wedi'i thorri. 'Nid dim ond am bâr o esgidiau rhedeg, Luke. Am y rhain hefyd. Fandaliaeth, dwyn o siopau, dwyn o geir, mân ladrata – nid dim ond unwaith, ond dro ar ôl tro. Rwyt ti'n Droseddwr Cyson, on'd wyt ti?'

Ddwedodd Luke ddim byd. Doedd e ddim eisiau clywed hyn i gyd, hyd yn oed heb ofyn amdano. Eisiau anogaeth roedd e. Eisiau clywed y byddai e'n cael ychydig o oriau braf yn ysgubo dail o gwteri. Byddai e'n fodlon cael dedfryd ddiflas, fel glanhau graffiti oddi ar waliau. Yn enwedig graffiti fel *marwolaeth i bob un sy'n cario clecs.*

Ond doedd Mr Dorking ddim yn teimlo fel rhoi anogaeth. Wrth gael ei hyfforddi, roedd e wedi clywed y byddai'n dod ar draws achosion fel hyn ac y dylai siarad yn gwrtais bob amser. Popeth yn iawn. Ond doedd neb erioed wedi dweud wrtho na ddylai siarad yn blwmp ac yn blaen â'r cleient.

'Luke, rwyt ti wedi cael rhybuddion, rhybuddion terfynol, gorchmynion gwasanaeth cymunedol… pob un o'r cosbau *meddal,*' pwysleisiodd. 'Efallai fy mod i'n camgymryd, ond yn fy marn i does dim dewis gan yr ynadon. Fe fyddi di'n cael dy garcharu. Oni bai…' tawelodd llais Mr Dorking, heb lefaru'r geiriau. Oni bai dy fod ti'n enwi enwau. Cario clecs.

Ddwedodd Luke ddim byd. Beth allai ei ddweud? Bod y dyn Webb 'na yn llygad ei le? Bod ei 4x4 wedi cael ei ddwyn gan frenhinoedd East Med, dau lanc oedd wedi cyrraedd y statws uchel hwnnw drwy gosbi pawb oedd yn gwrthod dilyn y rheolau?

'Fe wnaf i fy ngorau glas drosot ti, Luke. Ond dwi ddim yn obeithiol iawn.' Cododd Mr Dorking ar ei draed. Roedd y cyfweliad ar ben. Camodd draw i agor y drws. 'Mae'n rhaid i ti fynd at dywysydd y llys nawr – ond dwi'n siŵr dy fod ti'n gwybod hynny. Fe wela' i di wedyn.'

*

'Pawb i godi.'

Cododd Luke ar ei draed. Am unwaith doedd clywed gorchymyn y tywysydd ddim wedi codi ei wrychyn, doedd e ddim yn meddwl bod hyn fel bod yn yr ysgol gyda'r syniadau henffasiwn am blant yn 'dangos parch' drwy neidio ar eu traed yr eiliad roedd athro'n dod i mewn i'r ystafell. Roedd e'n dal i fethu credu beth ddwedodd Mr Dorking y cyfreith-iwr wrtho'n gynharach.

Dedfryd o garchar. Cael ei roi o dan glo. Ac roedd e'n gwybod ble. Sefydliad Troseddwyr Ifanc Markham. Roedd e wedi clywed am blant eraill o East Med yn cael eu hanfon yno, fel petai'r lle'n ysgol arbennig a bod yr ystâd reit ynghanol y dalgylch. Roedd pawb yn gwybod bod Lee Young wedi bod yno, ac wedi ymffrostio am pa mor galed oedd y lle – a sut roedd y lle gymaint yn galetach erbyn iddo fe adael.

Daeth y tri ynad i mewn i'r llys. Yn y gorffennol, doedd Luke ddim wedi sylwi llawer arnyn nhw. Roedd hen bobl yn edrych mor debyg i'w gilydd. Doedd hi ddim o bwys iddo eu bod nhw'n gwneud y gwaith yn wirfoddol a'u bod nhw'n gweld hyn fel ffordd o helpu pobl ifanc mewn helynt. Doedd dim gwahaniaeth pwy oedden nhw neu beth oedd eu rhesymau dros fod yno, dim ond iddyn nhw wneud dim mwy na dweud y drefn wrtho a rhoi cosb feddal iddo. Ond roedd heddiw'n wahanol. Os oedd Mr Dorking yn iawn, roedd y tri yma'n mynd i'w gloi yn Markham.

'Eisteddwch.'

Wrth ochr Luke, rhoddodd Mr Dorking y gorau i sefyll yn stond fel milwr ac eistedd yn ei gadair. Gyferbyn â nhw, roedd y tri ynad yn eistedd y tu ôl i fwrdd pren mawr. Roedd y bwrdd ar yr un lefel â nhw, ac nid ar lwyfan fel roedd e'n arfer bod, ar ôl i rywun benderfynu bod gweld ynadon yn edrych i lawr arnyn nhw'n rhy ddychrynllyd i fandaliaid a dihirod ifanc. Gallen nhw fod wedi bod yn eistedd mewn stydi prifathro taclus iawn, oni bai am y llenni melfed glas syber y tu ôl i fwrdd yr ynadon.

Eisteddodd Luke hefyd. Roedd e'n gwybod nad oedd llawer o bwynt gwneud hynny. Yn syth ar ôl i'r ynadon eistedd, roedd tywysydd y llys yn gofyn iddo sefyll eto.

'A wnaiff y diffynydd godi ar ei draed.'

Rhoddodd Mr Dorking bwt i Luke, er bod dim angen iddo. Gwyddai Luke yn iawn mai fe oedd y diffynydd. Gwyddai beth oedd y drefn i gyd – neu felly roedd e'n meddwl. Darllenodd clerc y llys y cyhuddiadau. Dyn bach â llais gwichlyd oedd e. Sut roedd e'n pledio, yn euog neu'n ddieuog?

'Euog, syr.'

Roedd Luke wedi clywed bod dweud 'syr' yn helpu i gael yr ynadon i fod yn ffafriol tuag ato. Yn union fel y coler a'r tei, y trowsus taclus a'r esgidiau glân roedd e'n eu gwisgo, er eu bod nhw'n gwneud iddo deimlo'i fod wedi'i lapio mewn 'cling film'. Doedd e erioed wedi credu bod hyn yn gwneud unrhyw wahaniaeth o gwbl, ond heddiw roedd e'n gobeithio'n fawr y byddai e. *Luke Martin Reid, rydym wedi penderfynu na allem byth anfon bachgen sydd ag esgidiau mor sgleiniog o dan glo i Markham...*

'Diolch, Luke. Fe gewch chi eistedd eto. Mr Dorking, beth sydd gennych chi i'w ddweud?'

Yr ynad yn y canol oedd wedi siarad – menyw gyda gwefusau tenau a gwallt fel coffi llaeth. Ar ei llaw dde hi roedd dyn gweddol ifanc oedd yn gwisgo siwt las smart. Roedd y trydydd ynad yn llawer hŷn, a'i wyneb yn llawn rhychau. Roedd e'n edrych fel rhywun oedd bob amser yn ceisio gweld daioni mewn pobl.

Safodd Mr Dorking ar ei draed a dechrau araith fer oedd yn dweud sut roedd e wedi bod yn trafod pethau â'r diffynydd a'i fod yn hyderus fod Luke wedi gweld ei gamgymeriad. Roedd hi'n swnio fel araith ddyletswydd y cyfreithiwr ar ddyletswydd, un roedd yr ynadon, o edrych ar yr olwg ddiflas ar eu hwynebau, wedi'i chlywed sawl gwaith o'r blaen. Ond pan soniodd Dorking am sut roedd Luke wedi helpu Jodi Webb, dyma nhw'n nodio'n frwd, a gwneud hynny eto pan ychwanegodd, 'Fe fyddwn i hefyd yn gofyn i'r fainc gydnabod bod y diffynydd wedi pledio'n euog.'

'Diolch yn fawr, Mr Dorking' meddai Mrs Coffi mewn llais caredig a roddodd beth gobaith i Luke.

Eisteddodd y cyfreithiwr ar ddyletswydd i lawr. Edrychodd Luke draw arno. Roedd Mr Dorking yn edrych drwy bapurau ei achos nesaf yn barod.

Wrth y bwrdd gyferbyn, roedd y tri ynad wedi dod at ei gilydd fel arfer. Gwyddai Luke fod hyn bob amser yn digwydd. Roedd e wedi clywed eu bod nhw'n penderfynu ar y gosb cyn iddyn nhw fynd i mewn i'r llys hyd yn oed. Roedden nhw'n dod at ei gilydd i wneud yn siŵr nad oedd neb wedi newid ei feddwl ar ôl clywed y pethau roedden nhw wedi'u clywed wedyn. Fel arfer, mater o nodio oedd hi a rhoi'r ddedfryd iddo fe'n syth.

Ond roedd pethau'n wahanol y tro hwn. Roedd y tri ynad yn edrych yn ansicr. Roedd Mrs Coffi yn y canol yn byseddu dalen o bapur a'r ddau ynad arall yn edrych arni hefyd. O'r diwedd, dyma hi'n troi at Luke ar ôl cael arwyddion oddi wrthyn nhw oedd hanner ffordd rhwng codi ysgwyddau a nodio.

'Luke, gadewch i mi ofyn rhywbeth i chi. Petaech chi'n eistedd fan hyn yn fy lle i... pa gosb y byddech chi'n ei rhoi i chi'ch hunan? Pa gosb rydych chi'n ei haeddu, yn eich barn chi?'

Cafodd Luke ei syfrdanu gan y cwestiwn. Am y tro cyntaf yn ei fywyd, bron, doedd ganddo fe ddim ateb parod. Gwyddai beth roedd e ei eisiau, unrhyw beth ond cyfnod o bedwar mis o dan glo gyda'r bechgyn caled a'r *psychos* yn Markham – ond os oedd hi'n gofyn beth roedd e'n ei *haeddu*...

Y cyfan y gallai ei ddweud, 'Dwn i ddim, Madam,' o dan ei anadl.

Dechreuodd Mrs Coffi eto, neu felly roedd Luke yn ei gweld hi. 'Ydych chi'n gallu gweld y symbol hwn? Edrychwch arno'n ofalus.'

Roedd hi wedi troi ac yn pwyntio at y llenni melfed glas y tu ôl iddyn nhw, gan bwyso i'r naill ochr er mwyn iddo weld yr arfbais bwysig yr olwg oedd wedi'i phwytho arnyn nhw – llew ac ungorn, yn wynebu'i gilydd bob ochr i darian fawr.

'Welwch chi'r geiriau ar y gwaelod? Wyddoch chi beth yw eu hystyr nhw?'

Edrychodd Luke ar y sgrôl oedd yn mynd ar hyd gwaelod yr arfbais. *Honi soit qui mal y pense.* Ysgydwodd ei ben, gan geisio peidio ag edrych fel petai dim syniad ganddo a bod dim llawer o wahaniaeth ganddo chwaith.

'Yn fras iawn,' meddai Mrs Coffi, 'ystyr y geiriau yna yw *"cywilydd ar y sawl sy'n meddwl drygioni"*. Mae'n ffordd o'n hatgoffa ni ein bod ni yma i wneud yn siŵr fod cywilydd arnoch chi am yr hyn rydych chi wedi'i wneud.' Trodd 'nôl at Luke eto i ofyn, 'Felly – oes cywilydd arnoch chi?'

Gwyddai Luke yr ateb i'r cwestiwn yna. 'Oes, madam, oes,' meddai, o dan deimlad troseddwr cyson nad oedd eisiau cael ei roi dan glo. Ond doedd e'n twyllo neb.

'Dwi'n amau hynny.' Aeth gwefusau tenau Mrs Coffi yn dynn nes eu bod nhw bron â diflannu. 'O edrych ar eich record ofnadwy chi, dwi'n amau hynny'n fawr.'

Edrychodd yr ynadon ar ei gilydd, yna aeth hi yn ei blaen, 'Mae'r tri ohonon ni'n teimlo'r un ffordd – ac oni bai am y llythyr hwn, fe fydden ni yn eich anfon chi i sefydliad troseddwyr ifanc...'

Rhythodd Luke ar y darn o bapur oedd rhwng bysedd yr ynad, y darn roedden nhw i gyd wedi bod yn edrych arno. Llythyr? Oddi wrth bwy? Doedd dim ots, os oedd e'n mynd i'w gadw allan o Markham!

'Gwrandewch yn astud, Luke,' meddai Mrs Coffi. 'Mae hyn er eich lles chi.'

Eisteddodd Luke yn gefnsyth, gan obeithio bod ei wyneb yn dangos diddordeb. Dylai fod. Doedd ganddo ddim clem o hyd beth oedd yn digwydd. Dechreuodd Mrs Coffi ddarllen mewn llais araf, dymunol, fel petai hi'n eistedd wrth erchwyn gwely plentyn aflonydd.

> '*I'r sawl y bo'n berthnasol, Y Llys Ynadon Ieuenctid*
> *Parthed: LUKE REID*
> *Mae'r heddlu wedi dweud wrthym fod Luke Reid wedi cael ei gyhuddo o dorri i mewn i'n car ni, ond nad oedd wedi'i ddwyn.*
> *Rydym hefyd wedi clywed ei fod wedi bod mewn helynt sawl gwaith o'r blaen a'i fod yn debygol o gael ei anfon i sefydliad troseddwyr ifanc y tro hwn.*
> *Ond, o gofio fod Luke Reid wedi dod i helpu Jodi cyn iddo redeg i ffwrdd, hoffem awgrymu cosb wahanol. Rydym yn deall y gallai'r llys ei ddedfrydu i weithio ar brosiect, er mwyn iddo weld yr effaith mae troseddu'n ei chael ar bobl eraill...*'

Dechreuodd hwyliau Luke godi. Beth oedden nhw'n mynd i'w awgrymu? Beth bynnag oedd e, rhaid ei fod yn well na Markham! Rhoddodd ei sylw i gyd ar Mrs Coffi a cheisio peidio â gwenu. Eiliadau'n ddiweddarach, ni allai fod wedi gwenu hyd yn oed petai e wedi eisiau gwneud.

'... *Rydym yn cynnig bod Luke Reid yn treulio peth amser yn gweithio gydag un grŵp penodol o bobl. Mae ein teulu ni wedi bod yn ymwneud â'r grŵp hwn ers tro – rhai sydd â nam ar eu golwg.*'

Roedd yn rhaid i Luke feddwl am eiliad beth oedd ystyr 'nam ar eu golwg'. Wedyn sylweddolodd beth oedd e. Dall. Roedden nhw'n gofyn iddo weithio gyda'r deillion. Pam?

Rhoddodd Mrs Coffi y llythyr i lawr. 'Mae'r llythyr wedi'i lofnodi gan deulu o'r enw Webb,' meddai hi'n uniongyrchol wrth Luke. 'Mr a Mrs Webb, a Jodi, eu merch. Teulu hollol ryfeddol, yn fy marn i.'

Edrychodd hi ar y ddau ynad arall unwaith eto. Nodiodd y ddau, heb ddangos brwdfrydedd mawr. 'Felly, Luke, dyma rydyn ni'n bwriadu'i wneud. Rydyn ni'n mynd i roi rhyw-beth o'r enw gorchymyn carcharu a hyfforddi i chi. Fel arfer fe fyddai hynny'n golygu eich bod chi'n treulio'r ddau fis cyntaf o dan glo ac wedyn fe fyddech chi'n cael eich rhydd-hau i weithio yn y gymuned am y ddau fis olaf. Wel, rydyn ni'n mynd i newid y drefn. Fel mae Mr a Mrs Webb a Jodi wedi'i awgrymu, rydyn ni'n gofyn i chi weithio gyda nhw am y ddau fis cyntaf. Os bydd eich swyddog goruchwylio chi'n rhoi adroddiad da i chi ar ddiwedd y cyfnod hwnnw, yna fe gewch chi barhau â'r gwaith hwnnw am y ddau fis olaf hefyd. Os cewch chi adroddiad gwael, fe gewch chi eich carcharu. Mae hwn yn gam anarferol iawn ac rydyn ni rhwng dau feddwl amdano, a dweud y gwir wrthoch chi.'

Oedodd Mrs Coffi, gan adael i Luke feddwl am hyn. O'r diwedd meddai, 'Allwn ni ddim gorfodi troseddwyr i gwrdd â dioddefwyr, Luke. Mae'n rhaid i chi gytuno. Felly... *ydych chi'n cytuno?*'

Cytuno? Wyddai Luke ddim beth i'w ddweud. Roedd ei feddwl yn dal i droi. Cwrdd â'r rhedwr 'na a'i ferch ddiflas? Fyddai hynny ddim yn hwyl. Pan oedd e'n lladrata, doedd e byth yn meddwl am y bobl oedd yn berchen ar y stwff roedd e'n ei ddwyn. Ac, ar ben hynny, roedden nhw eisiau iddo weithio gyda'r *deillion?*

Daeth sibrwd sydyn i ganol cawl ei feddyliau. Roedd Mr Dorking y cyfreithiwr ar ddyletswydd wedi pwyso draw ac roedd e bron â chnoi ei glust. 'Rwyt ti naill ai'n cwrdd â'r dioddefwyr neu ar y bws nesaf i Markham. Penderfyna di.'

O glywed y dewis fel 'na, beth allai e ddweud? 'Iawn, madam. Dwi'n cytuno.'

Ddangosodd wyneb Mrs Coffi ddim ymateb. Gwyrodd y llond pen o wallt ymlaen ryw ychydig wrth iddi ddweud, 'O'r gorau. A Luke – rwy'n awgrymu eich bod chi'n cymryd y cyfle yma i gadw eich rhyddid. Dyma'r cyfle olaf gewch chi.'

'Diolch, madam.' Roedd Luke yn gwybod beth oedd e i fod i'w ddweud.

'Cyn i chi fynd, oes unrhyw beth gennych chi i'w ddweud? Oes unrhyw beth nad ydych chi'n ei ddeall yn iawn?'

Doedd Luke ddim wedi bwriadu dweud dim – doedd e erioed wedi gwneud hynny o'r blaen. Roedd pawb yn gwybod mai'r peth gorau oedd peidio â dweud dim fel na allen nhw mo'i ddefnyddio fe yn dy erbyn di. Ond roedd un peth yn dal i'w boeni, ac roedd yn rhaid iddo fwrw ei fol. Felly gofynnodd, 'Pam y deillion?'

Cododd Mrs Coffi lythyr y teulu unwaith eto. Cyn hir byddai hi a'r ynadon eraill yn gweld y troseddwr nesaf ac roedd hi'n teimlo'n aml bod rhes ddiddiwedd o droseddwyr ifanc yn dod atyn nhw. Roedden nhw'n gweld yr un wynebau dro ar ôl tro yn llawer rhy aml, fel petaen nhw'n methu peidio â dod i'r llys neu'n gwrthod y cyfle i osgoi'r lle. Ond bob hyn a hyn roedd hi'n gweld llygedyn o obaith, fel nawr.

'Fe ddylai hyn ateb eich cwestiwn chi, Luke,' meddai hi. 'Dyma'r ôl-nodyn mae'r teulu wedi'i ychwanegu at eu llythyr.

Mae Jodi'n gofyn i chi beidio â dweud wrth Luke Reid, tan iddo dderbyn ein cynnig, ei bod hi wedi bod yn hollol ddall ers iddi gael ei geni.'

Pennod Pedwar

Aeth Luke i'r mannau roedd yn rhaid iddo fynd iddyn nhw,
a llenwodd y ffurflenni roedd yn rhaid iddo'u llenwi. Erbyn
hynny roedd hi bron yn hanner dydd. Efallai y byddai e'n
mynd i'r ysgol i gofrestru am y prynhawn, neu efallai ddim.

Crwydrodd allan o'r llys a mynd i gyfeiriad Y Bont. Dyna
roedd pawb ar eu hochr nhw o'r dref yn ei galw hi, efallai
oherwydd bod yr enw'n gwneud i'r bont droed oedd yn
gwahanu'r Hen Dref ac Ystad East Med swnio'n fwy smart
na'r bont rydlyd oedd yno mewn gwirionedd. Ond wedyn
roedd yr enw 'East Med' yr un fath yn union gan ei fod yn
gwneud i rywun feddwl am haul y Môr Canoldir. Ystad East
Meadows oedd yr enw llawn, mwy na thebyg achos bod
dolydd o flodau llygad y dydd wedi cael eu haredig i wneud
lle i dyrau concrit uchel a thai bocsys yr ystad.

Roedd cerdded dros Y Bont fel gadael tir ffrwythlon a
chyrraedd anialwch. Er bod y siopau mawr i gyd wedi symud
allan nawr, roedd Y Dref yn lle cyffrous. Yno roedd yr
adloniant i gyd, y bywyd cymdeithasol i gyd – a'r rhan fwyaf
o'r arian. Roedd cyfeiriad yn 'Y Dref', hyd yn oed os oeddet
ti'n byw'n bell ar gyrion gogleddol y dref, yn dweud dy fod
ti mewn dosbarth gwahanol. Yn barchus.

Wrth gamu ar Y Bont, gadawodd Luke y cyfan ar ôl.
Weithiau byddai e'n aros ar ganol y bont, yn edrych i lawr ar

y briffordd chwe lôn ymhell oddi tano, ac yn meddwl sut roedd y lle'n edrych flynyddoedd 'nôl. Wedyn byddai e'n cerdded yn ei flaen. Erbyn iddo gyrraedd y pen draw, roedd e'n troedio'n swyddogol ar dir East Med. Roedd hynny hyd yn oed yn teimlo'n wahanol.

Roedd Ystad East Meadows wedi cael ei chodi'n wreiddiol i'r gweithwyr yn y ffatrïoedd a'r dociau ar hyd Afon Tafwys, oedd ddim mwy na thair milltir i'r de i unrhyw frân oedd yn teimlo fel hedfan yno. Roedd hi wedi bod yn ardal fywiog am gyfnod, yn denu gweithwyr o bell ac agos; ond dim ond am gyfnod.

Wedyn roedd y diwydiannau wedi edwino a chwalu, gan adael y gweithwyr heb waith. Wrth i bobl adael yr ardal, roedd East Med wedi dirywio mwy a mwy. Cyn hir, yr unig rai oedd ar ôl oedd y rhai oedd yn methu gadael, neu'n gwrthod gwneud hynny. Roedd Luke wedi cael ei eni tua'r adeg hon.

O'r diwedd, pan oedd e'n chwech neu saith oed, roedd rhywbeth wedi cael ei wneud. Cafodd y ffatrïoedd a'r dociau gwag eu bwrw i lawr, gan nad oedd gobaith y bydden nhw'n llawn bywyd byth eto. Yn eu lle daeth *Riverside*: paradwys enfawr i siopwyr, yn llawn nwyddau 'rhaid-eu-prynu'. Doedd hi ddim fel petai hi'n bwysig bod y rhan fwyaf y bobl oedd yn byw yn East Med yn methu fforddio eu prynu nhw. Roedd *Riverside* yn talu'i ffordd drwy ddenu siopwyr nid yn unig o'r Dref – wrth gwrs – ond siopwyr o bell hefyd. Roedden nhw'n dod yno bob penwythnos, mewn ceir ac mewn bysus, yn cael eu denu i'r ganolfan fel gwenyn i bot jam.

Roedd e wedi croesi'r Bont nawr. Crwydrodd Luke drwy ran orau East Med. Yma roedd y tai newydd; doedden nhw ddim yn balasau ond roedden nhw'n well o lawer na gweddill yr ystad. Roedd gwair yn y gerddi ffrynt bach yn hytrach na haenau o sbwriel wedi'u chwythu gan y gwynt. Ac roedd egin cennin Pedr a saffrwm yn ymwthio o'r ddaear, yn lle brics a rhannau beics wedi rhydu.

Daeth ton o ddicter dros Luke, fel arfer. Pryd ddôi eu tro nhw i gael byw mewn lle fel hyn? Roedd ei fam yn dweud bob amser y byddai'r dydd yn dod, gan fod yr ystad gyfan yn cael ei thynnu i lawr a'i hailadeiladu. Roedd hynny'n wir. Yn fuan ar ôl codi *Riverside*, roedd rhywun yn rhywle wedi dod o hyd i'w gydwybod ac wedi penderfynu ei bod hi'n bryd codi tai addas. Felly nawr, fel darlun peintio yn ôl rhifau, roedd tai coch a gerddi gwyrdd yn lliwio'r ardaloedd llwyd hyll.

Efallai bod ei fam yn llygad ei lle. Efallai un diwrnod y *byddai* eu tro nhw'n dod. Ond fyddai Luke ddim yn credu'r peth tan hynny. Tan hynny, byddai hi'n amhosibl iddo *ddychmygu* y bydden nhw byth yn dianc o'r byd o gerrig llwyd a chysgodion tywyll roedden nhw'n ei alw'n gartref.

Roedd Foxglove House o'i flaen. *Bysedd y cŵn!* Fel petai byw mewn hen floc o fflatiau gwael ddim yn ddigon, roedd yn rhaid bod enw blodyn gwyllt arno oedd yn dangos cyn lleied roedd y cynllunwyr wedi meddwl am y twll hwn. Roedd Luke wedi edrych am y blodyn mewn llyfr unwaith. Roedd bysedd y cŵn yn ffynnu ar rostir a choetir agored; doedden nhw ddim yn tyfu mewn dolydd, hyd yn oed. Er mwyn gallu ffynnu mewn dôl, roedd e wedi sylweddoli bod yn rhaid i ti fod yn rhywbeth fel dant y llew – yn ddigon caled i sathru ar bopeth oedd yn dod yn dy ffordd di.

Ymosododd Lee Young a Mig Russell arno wrth iddo wthio ei ffordd drwy'r drysau coch wedi pylu.

Daliodd Mig Russell freichiau Luke am 'nôl ag un llaw gref a safodd Lee Young o'i flaen, gan wenu fel teigr oedd ar fin neidio ar ei ysglyfaeth.

'Da iawn ti,' meddai Lee. 'Dwi'n falch iawn. Efallai nad wyt ti'n gallu cadw dy lygaid ar agor ond rwyt ti'n dda iawn am gadw dy geg ar gau.'

Fyddai Luke ddim wedi gallu ateb petai eisiau gwneud, gan fod llaw arall Mig Russell dros ei geg yn dynn. Petai e wedi dweud rhywbeth, mae'n debyg y byddai wedi swnio fel gwichian. Roedd calon Luke yn curo fel gordd er ei fod wedi disgwyl i hyn ddigwydd yn hwyr neu'n hwyrach.

Oedd, roedd e wedi disgwyl hyn. Wedi'r cyfan, doedd Lee Young a Mig Russell ddim wedi cael enw drwg am *annog* pobl i roi tystiolaeth yn eu herbyn nhw. Doedd dim angen llawer – ambell fygythiad a chlais – i wneud yn siŵr fod tystion posibl naill ai'n methu cofio neu'n dod o hyd i rywbeth gwell i'w wneud na mynd i'r llys.

Doedd dim gobaith ganddyn nhw'r diwrnod yr aethon nhw â'r 4x4, wrth gwrs. Tra roedd Mr Webb wedi cael ei gludo i'r Adran Ddamweiniau ac Argyfwng, roedd Luke wedi cael ei lusgo allan o dan y wal oedd wedi syrthio yn syth i ystafell gyfweld yr heddlu. Doedd Lee Young a Mig Russell ddim wedi cael eu gwahodd i gael sgwrs fach debyg wedyn, felly roedd Luke yn tybio eu bod nhw wedi sylweddoli na soniodd e amdanyn nhw. Roedd e yn llygad ei le.

'Ydw, dwi'n falch,' ailadroddodd Young, 'er dy les di. Ti'n gweld, petaet ti'n cario clecs i'r heddlu amdanon ni, fe fyddet ti mewn picil. Ti'n clywed? Cred ti fi, fachgen, dydw i ddim yn neis iawn pan dw i'n grac. Ydw i, Mig?'

Chwarddodd Mig Russell, gan ollwng ei law oddi ar geg Luke fel petai hi'n ormod o her iddo wneud dau beth ar yr un pryd. 'Nac wyt, dwyt ti ddim. Rwyt ti'n hen...'

'Dwi ddim yn cario clecs!' gwaeddodd Luke. 'Fyddwn i byth yn cario clecs am neb. Yn enwedig chi'ch dau. Mae gormod o barch gyda fi tuag atoch chi.'

'Oes e?' meddai Lee Young. 'Rwyt ti'n gwybod pwy y'n ni, wyt ti?'

'Lee Young a Mig Russell?' meddai Luke. 'Mae pawb ar East Med yn gwybod pwy y'ch chi.'

'Wedyn rwyt ti'n gwybod y byddai'r Glas yn dwlu ar gael ein dal ni. Ond does dim gobaith 'da nhw. Ry'n ni'n rhy glyfar. Yr unig obaith sy 'da nhw yw os bydd rhywun yn torri'r rheolau ac yn cario clecs amdanon ni. Rhag ofn y byddan nhw'n dy drïo di eto, ro'n i'n meddwl y byddai hi'n well i ni wneud yn siŵr dy fod ti'n gwybod yn union beth fydd yn digwydd os agori di dy hen geg...'

Yr un eiliad ag yr aeth llaw Mig Russell 'nôl dros geg Luke, llithrodd Lee Young ei law i'w boced. Ymsythodd Luke wrth i'r llaw ddod allan, ac yntau'n gweld llafn cyllell yn fflachio.

Camodd Lee Young yn nes, gan edrych fel petai wrth ei fodd, a dechrau chwarae â'r gyllell drwy ei symud o'r naill law i'r llall. Edrychodd Luke i lawr – a gweld rhywbeth fyddai wedi gwneud iddo chwerthin yn amharchus mewn anghrediniaeth, petai pawen Mig Russell ddim yn y ffordd. Nid arf cas a chreulon oedd cyllell Lee Young, y math o gyllell i godi ofn arno. Roedd carn coch iddi, a chroes wen arno. Cyllell Byddin y Swistir oedd hi, y math sydd â darn arbennig i dynnu cerrig o garnau ceffylau!

Eiliadau'n ddiweddarach, roedd Luke yn meddwl tybed sut gallai fod wedi amau ei arwr. Roedd Lee Young wedi rhoi llafn oer y gyllell ar asgwrn ei foch. Teimlodd Luke flaen y gyllell yn pigo'r croen o dan ei lygaid. Roedd hi wedi cael

41

ei hogi nes ei bod hi'n finiog fel nodwydd. Fyddai hi ddim yn cymryd llawer o amser i gyllell fel hon dynnu ei lygad allan.

Anadlodd llais oer Lee Young yng nghlust Luke. 'Ti'n gweld, fachgen, taset ti'n dechrau siarad... taset ti'n dechrau cario clecs...' Cafodd blaen y gyllell ei wasgu ychydig yn fwy, gan wneud i Luke gau ei lygaid yn dynn, '...fe fyddet ti'n difaru. Fyddet ti ddim yn adnabod dy hunan y tro nesaf y byddet ti'n edrych yn y drych. A dweud y gwir, efallai na fyddet ti'n gallu *gweld* dy hunan hyd yn oed y tro nesaf y byddet ti'n edrych yn y drych. Wyt ti'n deall?'

Symudodd Luke ei ben ychydig. Roedd e'n methu siarad a phrin yn gallu symud gan fod gafael Mig Russell mor dynn, felly gobeithiodd y byddai Lee Young yn deall mai nodio roedd e.

Fe ddeallodd hynny. Llithrodd Lee Young y llafn yn fygythiol ar hyd wyneb Luke, ac yna tynnodd y gyllell i ffwrdd, ei chau a'i rhoi 'nôl yn ei boced. 'Ocê. Gad iddo fe i fynd, Mig.'

Teimlodd Luke ei freichiau'n cael eu rhyddhau a sylweddolodd fod ei goesau'n crynu. Pwysodd yn drwm yn erbyn metel drws y lifft er mwyn gallu sefyll yn iawn.

Roedd Lee Young yn amlwg yn mwynhau codi ofn ar bobl oedd yn methu ymladd 'nôl, ac ar ôl gweld bod Luke wedi cael ofn, aeth e'n eithaf siaradus.

'Glywaist ti ein bod ni wedi rhoi'r 4x4 ar dân?'

'Do' meddai Luke.

Roedd yr heddlu wedi dweud wrtho cyn ei roi i eistedd o flaen y cyfrifiadur i weld wynebau, fel petaen nhw'n meddwl y byddai hynny'n rhoi mwy o bwysau arno. Y diawliaid. Oedden nhw'n meddwl y byddai hynny'n gwneud iddo deimlo trueni dros y rhedwr? Roedd pawb yn gwybod y gallai e gael car arall drwy'r cwmni yswiriant.

'Allen ni ddim gwneud dim byd arall,' meddai Lee Young. 'Roedd yn rhaid i ni gael gwared ar unrhyw beth fyddai'n dangos i ni fod ynddo fe, ti'n gweld. Rhag ofn dy fod ti wedi cario clecs amdanon ni. Trueni. Fe allen ni fod wedi cael tipyn o arian amdano fe. Mae llawer o bobl eisiau car fel 'na.' Crechwenodd ar Mig Russell. 'Anodd eu dwyn, on'd y'n nhw, Mig?'

'Oni bai dy fod ti'n eu gadael nhw ar agor fel y twpsyn 'na,' meddai ei ffrind.

Efallai bod Luke yn teimlo rhyddhad oherwydd nad oedd un o'i lygaid yn edrych arno o'r llawr. Efallai ei fod eisiau creu argraff arnyn nhw neu efallai ei fod e'n teimlo bod yn rhaid iddo brofi, profi go iawn, ei fod e ar eu hochr nhw. Beth bynnag oedd y rheswm, dyma'r geiriau'n llithro allan.

'Nid fe adawodd y car ar agor,' meddai Luke yn gyflym. 'Fi dorrodd i mewn.'

Winciodd Lee Young ar Mig Russell. 'Ie? Sut gwnest ti 'na, 'te, fachgen? Torri'r ffenest, ac wedyn rhoi un arall i mewn yn gyflym? Achos doedden nhw ddim wedi torri pan gyrhaeddon ni 'na.'

'Fe bigais i'r clo.'

'Beth wnest ti?' chwarddodd Lee Young yn llon o hyd. 'Naddo ddim. Mae cloeon ceir 4x4 bron yn amhosib i'w pigo.'

'Do, fe wnes i. Wir nawr.'

Penderfynodd Mig Russell ddilyn Lee Young, a phwyso'n hamddenol yn erbyn y wal yn hytrach na chau ceg y bachgen 'ma â blaen ei esgid fel y byddai eisiau ei wneud fel arfer.

'Rwyt ti'n malu cachu, fachgen,' meddai Mig. 'Mae Lee'n gwybod. Mae'r ceir 4x4 'na mor anodd torri i mewn iddyn nhw â...' Methodd ddod o hyd i gymhariaeth, felly meddyliodd am y ffordd hawsaf i orffen y frawddeg. '...ag unrhyw beth. Felly cau dy hen geg, wnei di?'

Roedd hwn yn gyngor da iawn ac un diwrnod byddai Luke yn difaru na ddilynodd e'r cyngor hwnnw. Ond yr eiliad honno, roedd e'n gweld ffordd o greu argraff ar ei arwyr.

'Ond fe wnes i! Dwi'n gallu pigo cloeon. Mae'n hawdd.'

Roedd gwên Lee Young wedi diflannu. Roedd e'n gallu dioddef celwyddau, os nad oedden nhw'n cael eu gwthio'n rhy bell. Dyma'r gyllell yn dod allan eto. 'Profa hynny, 'te,' meddai.

Llyncodd Luke ei boer. 'D-dydy'r pethau sydd eu hangen arna i ddim 'da fi,' meddai'n gloff.

'Beth sydd ei angen arnat ti, 'te?' meddai Mig Russell. Doedd e ddim yn pwyso yn erbyn y wal mwyach. Caeodd ei ddyrnau mawr cryf a chymryd cam yn nes.

'Y peth dwi'n ei ddefnyddio,' meddai Luke. 'Newydd ddod 'nôl o'r llys dwi. Allwn i ddim mynd ag e gyda fi fan 'na, allwn i? Mae e lan lofft. Yn y fflat.'

'Beth yw e?' meddai Lee Young. Roedd e'n chwarae â'i gyllell, ac yn tynnu'r gwahanol rannau 'nôl a blaen.

Roedd Luke yn chwysu nawr. 'Mae'n anodd ei ddisgrifio fe. Llafn tenau yw e. Ychydig bach fel... hwnna!'

Roedd Lee Young wedi tynnu'r union beth allan o gyllell Byddin y Swistir. Doedd gan Luke ddim syniad at beth roedd milwyr y Swistir yn ei ddefnyddio fe. Doedd e ddim yn berffaith, ond roedd y llafn tenau'n ddigon agos ati.

Estynnodd ei law. 'Ga' i ddefnyddio dy gyllell di?'

Edrychodd Lee Young yn amheus. 'I beth?'

'I brofi i chi,' meddai Luke. 'Fe dorra i i mewn i hwnna.'

Wrth ochr drysau'r lifft roedd cwpwrdd bach yn y wal. Y tu ôl iddo roedd panel rheoli roedd y peiriannwr yn ei ddefnyddio i ailosod peirianwaith y lifft pan fyddai e'n ffwdanu dod i wneud hynny. Roedd clo ar y cwpwrdd. Dim byd cymhleth. Byddai hi'n hawdd iddo ei agor.

Ac felly y bu. Llithrodd Luke lafn yr allwedd i'r clo, a Lee Young a Mig Russell yn pwyso'n agos, rhag ofn iddo fod yn ddigon dwl i geisio eu twyllo nhw. Caeodd Luke ei lygaid, gan deimlo'r llafn yn troi'n estyniad o'i fysedd, gan ei droi'n ofalus, yn ôl ac ymlaen wrth chwilio am y pinnau... hyd nes i'r drws wneud sŵn clic ac agor led y pen.

'Chi'n gweld. Fe ddwedais i wrthoch chi, on'd do fe?'

Gwenodd Luke yn fuddugoliaethus. Roedd e wedi'u synnu nhw. Roedd llygaid Lee Young yn fawr a Mig Russell yn gegrwth. Gwthiodd Luke y llafn i'r carn yn ofalus a rhoi'r gyllell 'nôl i Lee Young.

'Gwych, fachgen,' meddai Lee Young. 'A ti'n meddwl y gallet ti wneud 'na i unrhyw glo? Mor glou â 'na?'

'Ddim i unrhyw glo,' meddai Luke. 'Mae rhai ohonyn nhw'n boendod. Ond i'r rhan fwyaf.'

Edrychodd Lee Young ar Mig Russell. Yna, symudodd Lee ei ben yn sydyn i ddangos i'w ffrind ei bod hi'n amser mynd, a throdd ar ei sawdl. Ond byddai ei eiriau olaf yn dod i boeni Luke yn ystod y dyddiau i ddod.

'Fe allet ti fod yn ddefnyddiol i fi, fachgen. Yn ddefnyddiol *iawn*. Fe welwn ni di.'

Pennod Pump

Roedd hen gar glas Viv Defoe yn disgwyl am Luke ar gornel, ddwy stryd o gatiau'r ysgol. Roedd Luke yn ymwybodol iawn fod ei swyddog prawf – dyna'r teitl roedd e'n dal i'w ddefnyddio er mai 'gweithiwr tîm troseddu ieuenctid' neu rywbeth ofnadwy fel yna oedd e erbyn hyn – wedi dewis y man cyfarfod yn ofalus. Doedd e ddim yn ddigon agos i'r ysgol fel bod Luke yn teimlo bod rhywun yn ysbïo arno, ond roedd e'n ddigon agos i wneud yn siŵr na allai ddefnyddio'r cyfarfod yn esgus i gael gadael yr ysgol yn gynnar.

'Braf dy weld di eto, Luke,' meddai Viv, gan wthio drws y teithiwr ar agor.

Aeth Luke i mewn i'r car ac ar ôl trio sawl gwaith, llwyddodd i gau'r drws lletchwith. 'Pryd ry'ch chi'n mynd i gael car newydd, Viv?' gofynnodd.

'Pan fyddi di'n rhoi'r gorau i dorri mewn iddyn nhw,' meddai Viv. Ond gwenodd wrth ddweud hyn i wneud i Luke deimlo'n gartrefol.

Dyna'r math o ddyn oedd Viv Defoe. Dyn mawr a chyhyrog, fyddai neb eisiau ci herio fe. Gallai fod wedi bod yn feistr corn ar unrhyw ystad. Roedd sôn mai dyna oedd e unwaith, lan ym Manceinion neu rywle. Doedd Luke erioed wedi mentro gofyn iddo a oedd hynny'n wir ai peidio.

Beth bynnag, roedd hynny'n annhebygol dros ben y dyddiau hyn. Roedd Viv yn hollol onest. Doedd e ddim yn

46

gwisgo iwnifform na bathodyn, ond roedd y plant i gyd yn gwybod ble roedd e'n sefyll. Roedd e wedi ymweld ag ysgolion y rhan fwyaf ohonyn nhw, ac wedi'i glywed yn sôn am bobl ifanc sy'n troseddu a phethau tebyg. Roedd mwy na llond dwrn ohonyn nhw wedi cwrdd â Viv hefyd ar fusnes swyddogol ar ôl bod yn y llys, fel Luke heddiw. Gwyddai pawb fod y dyn o ddifrif, ei fod e'n siarad yn ddiflewyn ar dafod, ond doedd e ddim yn gwneud i ti deimlo fel llwch y llawr chwaith.

'Dwi'n falch mai chi sydd 'da fi eto,' meddai Luke. 'Yr hen Herciwr ges i'r tro diwethaf. Ro'n i bron â marw o wenwyn Polo bob tro ro'n i'n cwrdd ag e.'

Symudodd corneli ceg Viv, ond lyncodd e mo'r abwyd. 'Mae Mr Hopgood wedi rhoi'r gorau i ysmygu'n ddiweddar. Mae'r losin 'na'n ei helpu fe.' Edrychodd e ar Luke. 'Efallai y dylet ti roi cynnig arnyn nhw. I gael gweld a fyddan nhw'n dy helpu di i roi'r gorau i ladrata.'

Teimlodd Luke ei hunan yn gwrido. Am ryw reswm, roedd sylw pigog gan Viv, hyd yn oed un bach diniwed fel yna, yn teimlo'n waeth na gwers o bregeth gan Mr Harmer yn yr ysgol.

'Dwi wedi trïo, Viv. Yr unig beth yw...' cododd Luke ei ysgwyddau. 'Sa i'n gwybod. Alla i ddim egluro'r peth. Mae drygioni yn y teulu, falle?'

'Falle,' meddai Viv. 'Does dim deddf yn dweud bod yn rhaid i hynny ddigwydd, chwaith.'

'Falle ddim.' Chwarddodd Luke. 'Felly ry'ch chi'n meddwl y bydd sugno losin mint yn helpu, 'te?'

'Nac ydw,' meddai Viv yn ddifrifol. 'Ond dwi'n gobeithio y gall yr ymweliad 'ma fod yn ddechrau rhywbeth fydd yn dy helpu di. Fe wnest ti'r peth iawn yn cytuno i ddod.'

Ddwedodd Luke ddim byd; doedd e ddim yn hollol siŵr am hynny bellach. Edrychodd allan drwy'r ffenest i weld ble roedden nhw'n mynd. Roedd Viv wedi bod yn gyrru'r car yn ofalus drwy strydoedd cefn East Med tuag at y briffordd. Doedd hynny ddim yn syndod. Doedd Luke ddim wedi meddwl am eiliad fod Mr Webb, oedd yn berchen 4x4 ac yn gwisgo esgidiau rhedeg smart, yn byw yn ei ardal ddiflas e. Rhaid mai yn y Dref roedd y teulu'n byw.

Felly cafodd Luke ychydig o syndod pan nad aeth Viv oddi ar y briffordd wrth y gyffordd i'r Dref.

'Ble ry'n ni'n mynd, 'te?' gofynnodd Luke, gan geisio swnio'n ddidaro.

'Heol Rigby,' meddai Viv.

'Heol Rigby…?' ailadroddodd Luke. Os oedd heol yn yr ardal oedd yn y newyddion lleol yn amlach na Heol Rigby, doedd Luke ddim wedi clywed amdani. Fyddai e ddim eisiau chwaith. Roedd ganddi enw drwg ofnadwy. 'Yn West Med?' gofynnodd, er ei fod yn gwybod yr ateb.

Ystad yn union yr un fath ag East Med oedd West Med, a'r ddwy ohonyn nhw wedi cael eu codi tua'r un adeg bob ochr i'r ardal ddiwydiannol oedd wedi'i chladdu o dan ganolfan wych *Riverside*. Roedd y ddwy ystad yn efeilliaid yn wreiddiol, ond er bod East Med yn cael ei gwella erbyn hyn doedd West Med ddim wedi mynd i weld y meddyg eto.

'Ie, yn West Med,' cadarnhaodd Viv. 'Wyt ti wedi cael syndod?'

'Ydw. Hynny yw, gyda'r 4x4 'na, ro'n i'n meddwl y bydden nhw…'

'Yn byw yn y Dre, ie? Digon o arian? Na, Luke. Maen nhw'n mynd â Jodi, eu merch, i lawer o fannau.' Rhoddodd ei law ar hen banel blaen blinedig ei gar e. 'Felly do'n nhw

48

ddim eisiau mentro gyda hen groc fel hwn. Fe aethon nhw i ddyled – lot o ddyled – i gael rhywbeth mwy newydd a mwy dibynadwy.'

Ac fe helpest ti i fynd ag e oddi wrthyn nhw. Ddwedodd Viv mo hynny – nid dyna'i ffordd e – ond roedd Luke yn amau mai dyna roedd e'n ei feddwl. Roedd e'n ceisio gwneud iddo deimlo'n euog, clyfar iawn. Ond doedd e ddim wedi llwyddo.

'Wel? Mae'n debyg eu bod nhw wedi cael car hyd yn oed yn well gyda'r arian yswiriant,' meddai Luke.

Dyna sut roedd pethau, roedd pawb yn gwybod hynny. Roedd Luke wedi clywed am bobl yn hawlio yswiriant am setiau teledu wedi'u dwyn ar ôl iddyn nhw eu hunain fynd â nhw i'r domen sbwriel ac am garpedi wedi'u difetha 'drwy ddamwain' gan lwyth o baent.

'Paid â chymryd hynny'n ganiataol,' atebodd Viv. 'Os na allan nhw ddod o hyd i ragor o arian, efallai na fydd car o gwbl 'da nhw.'

Doedd Luke ddim yn deall hynny o gwbl. 'Sut felly?'

'Dim ond gwerth y car pan fydd e'n cael damwain, neu pan fydd e'n cael ei ddwyn mae'r yswiriant yn ei dalu. Fydd Mr Webb ddim yn cael yr arian wariodd e pan brynodd e'r car yn newydd sbon. Beth os na allan nhw ddod o hyd i gar cystal am yr arian y byddan nhw'n ei gael? Fe fydd yn rhaid iddyn nhw fenthyg rhagor. Ac yn siŵr i ti, fe fydd Mr Webb wedi colli'i fonws 'no claims'. Does neb llawer yn talu'r arian ychwanegol i'w warchod e. Pa bynnag gar gaiff e, fe fydd hi'n costio llawer mwy o arian i'w yswirio fe.'

'Dyw hynny ddim yn deg,' meddai Luke.

'O ydy. Mae'n hollol deg. Dydy cwmnïau yswiriant ddim yn gallu talu mwy o arian allan na'r arian sy'n dod i mewn.

Busnesau ydyn nhw – mae'n rhaid iddyn nhw wneud arian. Naill ai maen nhw'n codi rhagor o arian ar Mr a Mrs Webb neu maen nhw'n ychwanegu ychydig bach at gost yswiriant pob perchennog car. Fel arfer maen nhw'n gwneud ychydig o'r ddau beth. Mae pob car sy'n cael ei ddwyn yn costio arian i fi hefyd. Nawr, dyw *hynny* ddim yn deg!'

Roedden nhw wedi cyrraedd y gyffordd i West Med, ffordd oedd yn arwain at gylchdro. Roedd Viv yn gwybod pa heol i'w chymryd oddi ar y cylchdro, diolch byth, achos roedd cynfas gwyn rhacs dros yr arwydd a neges wedi'i pheintio'n anniben arno: Darren Bryars, 6 heddiw!

Pob lwc i Darren, pwy bynnag yw e, meddyliodd Luke. Dwi'n siŵr ei fod e'n edrych ymlaen at fwyta llond ei fol o fwyd parti pen-blwydd, nid yn teimlo fel petai ei stumog yn cael ei lenwi'n araf â sment.

Er mawr siom iddo, dyna'n union sut roedd Luke yn teimlo. Hyd yn hyn, roedd e wedi bod yn iawn, dim problem. Dim ond enwau oedd Mr a Mrs Webb a Jodi, dim mwy. Doedd clywed bod y ferch yn ddall ddim wedi gwneud llawer o wahaniaeth hyd yn oed. O'r gorau, roedd e wedi teimlo ychydig o drueni trosti. Rhaid bod methu gwylio'r teledu yn beth eithaf diflas. Ond dim ond enwau oedden nhw o hyd, nid pobl roedd e'n eu hadnabod. Roedd e'n dechrau sylweddoli nawr fod hyn ar fin newid.

Roedd Heol Rigby fel hanner lleuad mawr. Tai teras, blinedig yr olwg oedden nhw. Doedd dim garejys ganddyn nhw. Stopiodd Viv y car o flaen tŷ oedd yn edrych yr un fath â'r gweddill heblaw am y ffaith fod concrit dros yr ardd ffrynt bitw fach i wneud lle parcio. Roedd y lle hwnnw'n wag.

Un denau oedd Mrs Webb, wedi'i gwisgo'n daclus a'i gwallt wedi'i dynnu am 'nôl. Agorodd hi'r drws cyn i fys Viv gyrraedd cloch y drws hyd yn oed. Ond er ei bod hi'n gyflym, doedd hi ddim yn edrych yn frwdfrydig.

'Dewch i mewn,' dyna'r cyfan ddwedodd hi.

Aethon nhw i mewn. Gwenodd Mrs Webb yn ansicr ar Viv ac edrych yn bryderus ar Luke. Wnaeth hynny ddim byd i dawelu ei nerfau e. Caeodd Mrs Webb y drws yn dawel yna, heb ddweud rhagor, arweiniodd hi nhw ar hyd y cyntedd byr. Clywodd Luke sŵn curiad trwm cerddoriaeth swnllyd yn dod o lan lofft. Roedd ei galon yntau'n curo'n union yr un fath.

Dyma Luke yn dilyn Viv a Mrs Webb, a chyrraedd lolfa fach. Sylwodd ar wahanol bethau'n syth: bwrdd bach sgwâr, gyda gêm o 'patience' aflwyddiannus arno; silff lyfrau wedi'i gwthio mor bell ag y gallai fynd i'r cornel; y llawr taclus. Yna, ar y dde, pâr o gadeiriau breichiau blinedig gyferbyn â soffa oedd hefyd yn edrych yn flinedig. Ac yn olaf, cafodd Luke fraw o weld dyn yn gorwedd ar y soffa honno, y dyn roedd e wedi'i weld – a'i glywed – y tro diwethaf wrth iddo gael ei gludo i mewn i ambiwlans.

'Esgusodwch fi am beidio â chodi,' chwyrnodd Mr Webb. 'Er cymaint ag yr hoffwn i, dwi ddim yn gallu *eto*. Diolch i'n ffrind bach ni fan hyn.'

Ddwedodd Viv ddim byd am hynny, dim ond gofyn a allen nhw eistedd. Heb yngan gair o hyd, pwyntiodd Mrs Webb at y pâr o gadeiriau breichiau. Eisteddodd Viv yn un ohonyn nhw, gan amneidio ar Luke i eistedd yn y llall. Daeth Mrs Webb â chadair o'r ystafell fwyta iddi hi ei hun.

'Gadewch i ni ddechrau arni, 'te,' meddai Mr Webb yn swta. Roedd hi'n amlwg ei fod mewn hwyliau ofnadwy. Roedd Viv fel petai heb sylwi.

'Fe fyddai hi'n well gen i aros am Jodi,' meddai e'n dawel.

51

'Fe ddaw hi i lawr nawr. Mae ganddi waith i'w orffen. Dyw pob plentyn yn y lle 'ma ddim yn treulio'i amser yn cicio'i sodlau ar y stryd.'

Gallai Luke deimlo llygaid Mr Webb yn chwilio am ei lygaid e, fel bocsiwr cyn dechrau ymladd. Dim gobaith, mêt. Cadwodd Luke ei ben i lawr, gan ganolbwyntio ar ddarn o'r carped oedd yn dechrau treulio'n dwll.

Wrth ei ochr, roedd Viv yn rhoi llyfr nodiadau ar ei ben-gliniau ac yn tynnu beiro allan. 'Wel... efallai y gallwn ni ddechrau trafod y pethau sylfaenol 'te. Fel ry'ch chi'n gwybod – ac fel mae Luke yn gwybod – mae'r cyfarfod 'ma'n gyfle iddo fe ymddiheuro i chi i gyd yn bersonol—'

'Mae hi braidd yn hwyr nawr, on'd yw hi!' meddai Mr Webb yn swta.

'Mr Webb, plîs. Dwi'n gwybod bod hyn yn anodd i chi, ond credwch chi fi, dyw hi ddim yn hawdd i Luke chwaith. Fel chi, doedd dim rhaid iddo fe gytuno i'r cyfarfod 'ma.'

Roedd hi'n amlwg na chafodd hyn lawer o effaith ar Mr Webb. 'Y dewis oedd hyn neu gael ei garcharu, ynte? Mae e wedi gwneud y dewis hawsaf, dyna i gyd.'

'Y dewis hawsaf? Dwi ddim yn siŵr am hynny, Mr Webb. Ac os yw Luke o'r un farn, efallai y caiff e sioc fach gas. Felly, os caf i fynd yn fy mlaen...'

Doedd llais Viv ddim yn swnio fel petai e wedi cynhyrfu o gwbl i Luke. Roedd e'n union fel petai e'n gorfod rhwystro dioddefwr cynddeiriog rhag rhwygo pen troseddwr ifanc i ffwrdd bob dydd. Roedd e wedi rhoi taw ar bregethu Mr Webb am ychydig, beth bynnag. Ond yn anffodus dyma Viv yn troi ato fe nawr.

'Luke, efallai hoffet ti ddweud rhywbeth.'

Dweud rhywbeth? Yr unig beth roedd Luke eisiau ei ddweud oedd nad oedd e eisiau dweud gair, dim byd, dim nawr, dim byth. Ond roedd e bob amser wedi gwybod na fyddai hynny'n tycio. Felly roedd hi'n bryd iddo roi'r araith roedd e wedi'i pharatoi, gan geisio swnio'n ddidwyll a gobeithio y byddai'r hen Mr Webb yn gadael iddo gyrraedd y diwedd heb ei fwrw â'r goes oedd mewn plastr.

'Y... Dwi eisiau dweud sori am dorri i mewn i'ch car chi... dwi'n gwybod bod hynny'n anghywir a dwi byth yn mynd i'w wneud e eto... do'n i ddim yn bwriadu i'r car gael ei ddwyn...'

Er mai araith fach fer oedd hi, roedd Mr Webb wedi ymddwyn fel llosgfynydd oedd yn ceisio peidio ffrwydro wrth wrando arni. O'r diwedd allai e ddim peidio â dangos ei ddicter.

'Ond fe gafodd e ei ddwyn, on'd do fe! Cael ei losgi! A does dim car 'da ni. A dyw fy ngwraig ddim yn gallu gyrru felly does *dim un* ohonon ni'n gallu mynd i unman!' Pwyntiodd Mr Webb fys yn wyllt gacwn at Luke. 'A'r cyfan o'i achos e!'

'Nid Luke aeth â'ch car chi, Mr Webb—' dechreuodd Viv. Aeth e ddim yn bell iawn.

'Nage, ond fe ddwedodd yr heddlu wrtha i'n gyfrinachol eu bod nhw'n meddwl ei fod e'n gwybod pwy wnaeth. Mae e'n gwrthod dweud, dyna i gyd. Pam? Achos mae e naill ai'n un ohonyn nhw neu mae e'n rhy ofnus!'

Mentrodd Luke edrych ar Mr Webb. Edrychai fel petai'n mynd i boeri gwaed – a doedd Luke ddim yn gweld bai arno. Ond er mawr syndod i Luke, roedd Viv wrth ei ymyl wedi rhoi ei feiro yn ei boced ac yn codi ar ei draed.

'Mr Webb, Mrs Webb...' Trodd y swyddog prawf ati hi, er nad oedd hi wedi yngan gair o hyd, '...dwi'n credu y dylwn i roi terfyn ar y cyfarfod 'ma nawr. Gyda phob parch, dy'ch chi ddim yn mynd ati'r ffordd gywir.'

'A beth yw'r ffordd gywir?' gofynnodd Mrs Webb, gan siarad am y tro cyntaf a'i llais yn crynu gan emosiwn. Ond roedd hi'n edrych fel petai hi eisiau gwybod yr ateb, yn wahanol i'w gŵr.

Daliodd Viv i sefyll ar ei draed ac meddai, 'Mae'r llys wedi rhoi gorchymyn cynllun gweithredu i Luke. Mae rhan ohono fe'n golygu ei fod e'n gorfod gweithio yn ei amser ei hun i wneud iawn am beth o'r difrod mae e wedi'i achosi.'

Gwingodd Mr Webb yn anghyfforddus wrth godi ar ei eistedd ar y soffa. 'O ie? Mae e'n gallu gwneud gwyrthiau, ydy e? Mae e'n mynd i roi ei ddwylo ar fy nghoes a gwneud iddi wella, ydy e?'

'Alan,' meddai Mrs Webb o dan ei hanadl, 'paid â gweiddi cymaint!'

Roedd Luke yn hanner ymwybodol fod y curiad trwm oedd yn dod o lan lofft wedi peidio. Diwedd trac, efallai. Beth bynnag, roedd Mrs Webb yn codi ar ei thraed ac yn gwenu fel petai hi'n llawn embaras. 'Dwi ddim yn credu bod hwn yn syniad da, Mr Defoe. Dwi'n credu ein bod ni i gyd wedi gwneud camgymeriad.'

'Mae hynny'n hollol amlwg,' meddai Viv.

Roedd y swyddog prawf wedi'i gythruddo nawr, gallai Luke synhwyro, er ei fod e hefyd yn gwybod nad oedd gobaith iddo golli ei limpyn yn llwyr. Fyddai Viv byth yn gwneud hynny.

'Fe fydd yn rhaid i mi ddweud wrth y llys eich bod chi wedi newid eich meddwl, wrth gwrs,' meddai Viv. 'Dyw hynny ddim yn broblem. Mae hawl gyda chi i wneud hynny. Chi ddioddefodd y drosedd hon a does neb yn anghofio hynny. Ond hoffwn i wybod pam? Pam ysgrifennoch chi'r llythyr 'na os ydych chi'n teimlo fel hyn?'

Edrychodd Mr a Mrs Webb ar ei gilydd, fel petai dim un ohonyn nhw eisiau siarad. Fel digwyddodd hi, daeth rhywun arall i'r adwy a siarad yn eu lle nhw.

'Achos fy mod i wedi'u perswadio nhw i wneud,' meddai llais merch. 'Fy syniad i oedd e.'

Tan hynny, roedd Luke wedi glynu at ei gynllun, sef cadw'i ben i lawr. Diflannodd y cynllun yr eiliad y daeth Jodi Webb i'r ystafell.

Ers i Mrs Coffi, yr ynad, ddweud wrtho fod Jodi Webb yn hollol ddall – fel petai hynny wedi gwneud i'w drosedd fod hyd yn oed yn waeth – roedd Luke wedi bod yn meddwl tybed pam na sylweddolodd e hynny ei hunan, yn y maes parcio.

Roedd e wedi dod i'r casgliad iddo gael ei dwyllo gan y ffordd roedd hi'n edrych. Roedd deillion i fod i gario ffon wen a gwisgo sbectol dywyll, on'd oedden nhw? Doedd dim un o'r rhain ganddi. Dylai'r deillion edrych yn ddall, nid yn normal.

Nawr, wrth iddi ddod i mewn, allai Luke ddim peidio â syllu ar Jodi Webb i edrych am dystiolaeth.

Doedd dim arwydd o gwbl yn y ffordd roedd hi wedi'i gwisgo. Roedd Jodi'n gwisgo crys-T du ac effaith paent wedi tasgu arno, jîns a siaced ysgafn, felly doedd hi ddim yn edrych yn wahanol i unrhyw ferch arall yn ei harddegau. Yn fwy na hynny, hyd yn oed, roedd hi'n edrych yn well na sawl merch roedd e'n nabod.

Er syndod i Luke eto, doedd llygaid Jodi ddim yn datgelu dim chwaith. Roedd e wedi tybio iddo fethu eu gweld nhw'n iawn yng nghanol panig y maes parcio. O edrych arnyn nhw'n agos, roedd e wedi disgwyl iddyn nhw fod... wel, yn wahanol, yn troi i fyny fel mai dim ond gwyn y llygaid oedd yn y golwg, rhywbeth fel yna. Ond nid felly roedden nhw. Roedd ei llygaid hi'n glir ac yn frown tywyll, yn union fel ei lygaid e. Yr unig beth oedd yn awgrymu bod rhywbeth heb fod yn hollol iawn oedd y ffaith eu bod nhw'n tueddu i aros yn llonydd wrth iddi siarad, yn hytrach na symud o'r naill ochr i'r llall.

Mrs Webb oedd y cyntaf i ymateb wrth weld ei merch yn dod i'r ystafell. Camodd hi ymlaen, a'i dwylo'n barod i helpu. Ond gofynnodd Jodi'n gyflym, 'Oes lle wrth dy ochr di, Dad?' a dal ati i gerdded yn hyderus tuag at y soffa. Dim oedi, dim ansicrwydd.

Roedd Mr Webb fel petai wedi meddalu mor gyflym â hufen iâ wedi'i adael yn yr haul. Symudodd ei goes mewn plastr i un ochr, a gwenu wrth gydio yn llaw Jodi a'i harwain i lawr at y lle gwag ar y soffa.

'Diolch,' meddai Jodi, ond roedd rhyw oerni amlwg yn ei llais. 'Felly, beth yw'r broblem?' gofynnodd hi'n swta.

Ochneidiodd Mr Webb. 'Jodi. Ry'n ni – dy fam a finnau – wel, ry'n ni wedi bod yn siarad ac... edrych, dy'n ni ddim yn meddwl bod hyn yn mynd i weithio...'

'Dy'n ni ddim yn meddwl ei fod e'n...' oedodd Mrs Webb, gan edrych ar Luke wrth iddi chwilio am y gair cywir, '...ddiogel.' Trodd at Viv. 'Mae'n ddrwg 'da fi, Mr Defoe ond... beth ry'n ni'n ei wybod am y bachgen 'ma?'

'Heblaw am y ffaith ei fod e'n lleidr,' meddai Mr Webb heb flewyn ar dafod.

Atebodd Jodi Webb y cwestiwn drostyn nhw. 'Ry'n ni'n gwybod ei fod e'n rhedwr da, Dad. Fe ddwedaist ti hynny dy hunan. Fe ddwedaist ti dy fod ti prin yn gallu dal i fyny ag e.'

Rhedwr da? Bu bron i Luke bwffian chwerthin. Pam roedd hi'n dweud hynny?

'Do, ond...' dechreuodd Mr Webb.

'Dad, ry'n ni wedi trafod hyn i gyd. Fe gytunaist ti a Mam. Dwi'n gwybod eich bod chi'n meddwl bod perygl. Dwi'n gwybod eich bod chi'n meddwl y bydd Luke yn fy siomi i. Efallai eich bod chi'n iawn. Ond fe wnaeth e fy symud i o ffordd y car 'na, a dwi'n credu bod hynny'n dangos rhywbeth. Dwi'n credu ei fod e'n dangos ein bod ni'n gallu ymddiried yn Luke.'

Yn ystod yr araith fach hon, roedd Jodi wedi troi i wynebu Luke. Roedd hynny'n codi ofn arno. Er nad oedd Luke wedi dweud gair ers iddi ddod i mewn i'r ystafell, roedd Jodi wedi llwyddo i ddeall ble roedd e'n eistedd. O gofio cyn lleied o seddi oedd yno, doedd hynny ddim yn llawer o gamp efallai, ond roedd e'n ddigon i godi ofn arno.

Nawr roedd hi'n gofyn iddo'n uniongyrchol. 'Ydw i'n iawn, Luke? Ydw i'n gallu ymddiried ynot ti?'

Ymddiried ynddo fe? Dyna'r cwestiwn anoddaf y bu'n rhaid i Luke ei ateb erioed. Doedd neb erioed wedi gofyn hynny iddo o'r blaen.

Ond roedd y ferch hon yn wahanol. Roedd e'n gallu dweud hynny'n barod. Roedd hi'n dawel er bod ei thad yn gynddeiriog, yn hyderus er bod ei Mam yn bryderus, ac yn gyfeillgar er nad oedd yn rhaid iddi fod felly.

'Wel, ydw i?'

Doedd hi ddim yn mynd i adael iddo osgoi'r cwestiwn chwaith. Oedodd, ac yna nodio, cyn sylweddoli na allai hi ei weld e'n gwneud hynny. 'Wyt,' meddai o dan ei anadl, 'wyt, rwyt ti'n gallu.'

Ond – ymddiried ynddo i wneud beth?

Edrychodd Mr a Mrs Webb ar ei gilydd eto, gan godi eu hysgwyddau fel petaen nhw'n gwybod pan oedd rhywun yn drech na nhw.

'Mr Defoe…' dechreuodd Mr Webb.

'Viv, plîs. Dyna mae pawb yn fy ngalw i.'

'Viv... mae'n ddrwg 'da fi i am... am beth ddwedais i gynnau fach. Mae Jodi'n iawn. Fe gytunon ni.'

Ochneidiodd Mrs Webb a'i gefnogi. 'Do, do. Mae'n rhaid i ni roi cyfle i'r cynllun yma, er mwyn Jodi.'

'Nôl at Mr Webb, fel petai'n gêm dennis. 'Felly gawn ni ddechrau eto? Trafod y cynllun?'

Yn araf, tynnodd Viv ei feiro allan eto. Rhoddodd ei lyfr nodiadau 'nôl ar ei bengliniau. Ond pan siaradodd e – o'r diwedd – siarad â Luke wnaeth e, nid â'r lleill.

'Beth wyt ti'n ei feddwl, Luke? Wyt ti'n barod i fwrw ymlaen â'r cyfarfod? Er mwyn gweld a allwn ni gytuno ar gynllun gweithredu i ti?'

Beth roedd *e*'n ei feddwl? Roedd Luke yn meddwl nad oedd hyn yn swnio'n dda. Roedd e'n meddwl bod unrhyw gynllun lle roedd gofyn iddo fe fod yn yr un wlad â Mr Webb, y rhedwr Olympaidd, yn swnio'n ofnadwy, mewn gwirionedd. Ond pa ddewis oedd ganddo? Roedd pedwar mis yn Markham yn swnio hyd yn oed yn waeth. A beth bynnag, beth oedd e newydd ei ddweud wrth y ferch? Wyt, rwyt ti'n gallu ymddiried ynof fi.

'Os y'ch chi eisiau,' cododd ei ysgwyddau. 'Dwi ddim yn gwybod beth mae'n rhaid i mi ei wneud eto, beth bynnag.'

'Gwahanol bethau,' meddai Jodi dan wenu. 'Ond rhyw-beth rwyt ti'n gallu'i wneud yn dda, yn bennaf. Rhedeg.'

'Rhedeg?' ailadroddodd Luke.

Gwgodd Viv ac edrych ar Mr Webb i gael eglurhad. 'Roedd eich llythyr chi'n sôn y byddai Luke yn gweithio gyda phobl sydd â nam ar eu llygaid...'

'Dy'ch chi ddim yn deall o hyd, ydych chi?' meddai Jodi, gan ateb dros ei thad. Roedd hi'n chwerthin erbyn hyn, fel petai hi wedi cyrraedd llinell glo jôc. 'Yr esgidiau rhedeg 'na y ceisiaist ti eu dwyn nhw o'n car ni, Luke – fi oedd piau nhw.'

Pennod Chwech

'Ti?' Doedd Luke ddim yn gallu peidio dangos ei fod e'n methu credu.

'Ie, fi,' meddai Jodi, o ddifrif erbyn hyn. 'Mae plant dall yn cael mwynhau eu hunain hefyd, ti'n gwybod.'

Dechreuodd Luke ymddiheuro. 'Do'n i ddim yn meddwl...'

Torrodd Jodi ar ei draws. 'Ie, ie, dwi'n gwybod. Do't ti ddim yn meddwl nad ydyn ni'n cael mwynhau. Ry'n ni'n cael gwrando ar gerddoriaeth bop a dilyn yr un rhaglenni teledu â phawb arall hyd yn oed, ond chwaraeon – o na. Dyw e ddim yn saff.'

Ym mhen draw'r ystafell, ymsythodd Mrs Webb ar ei chadair, gan wneud i Luke feddwl nad dim ond â fe roedd Jodi'n siarad.

'Felly pa chwaraeon rwyt ti'n eu gwneud 'te?' gofynnodd.

Atebodd Mr Webb, a'i atgasedd tuag at Luke yn gymysg â'i falchder amlwg yn ei ferch. 'Mae Jodi wedi rhoi cynnig ar bob camp. Does dim B1 sy'n debyg iddi hi.'

'Bî un?' gwgodd Viv.

'System graddio anabledd,' atebodd Mr Webb. 'Mae hi'n cael ei defnyddio mewn achlysuron chwaraeon i wneud yn siŵr nad oes neb yn cael mantais annheg. Mae tri chategori i'r rhai sydd â nam ar eu golwg. Mae athletwyr B2 a B3 yn gallu gweld ychydig...'

'A dyw athletwyr B1 ddim yn gallu gweld dim,' meddai Jodi'n ddidaro.

'Mae'n ddrwg gen i,' meddai Viv.

'Peidiwch â theimlo fel 'na,' meddai Jodi. 'Dyw e ddim wedi fy rhwystro i rhag rhoi cynnig ar saethyddiaeth, criced, pêl-droed, jiwdo, pêl-rwyd, nofio, bowlio deg...' Roedd hi'n gwenu eto. 'Beth am hynny 'te, Luke? Wyt ti wedi synnu?'

'Ydw,' meddai Luke. 'Wyddwn i ddim eu bod nhw ... eich bod chi'n gallu...'

'Wyddet ti ddim bod pobl sydd ddim yn gallu gweld yn dda yn gallu gwneud yr holl bethau 'na? Pam lai? Pam na ddylwn i fod yn gallu rhoi cynnig ar saethyddiaeth? Y cyfan sydd ei angen arna i yw rhywun i ddweud ble mae'r targed, yna mynd allan o'r ffordd! Dwi'n saethu, maen nhw'n dweud wrtha i pa mor agos oedd y saeth at y targed, a dwi'n newid yr anel ar gyfer yr un nesaf.'

Cafodd Luke ei daro'n sydyn gan yr hyn roedd hi'n ei ddweud. 'Ti'n meddwl... dy fod ti'n gallu gweld y targed yn dy ben?' Yn union fel roedd e'n gallu gweld y tu mewn i glo wrth ei bigo.

'Deg allan o ddeg.' Chwarddodd Jodi. 'Dyna'n union fel mae hi. Mae rhai pethau'n fwy anodd na'i gilydd. Fe ddylet ti drïo chwarae cardiau â'th lygaid ynghau!'

Cofiodd Luke am y gêm o *patience* oedd ar y bwrdd. Hi oedd wedi bod yn chwarae? Ond – sut?

'Fe rof i gêm i ti rywbryd,' meddai Jodi, fel petai hi'n gallu darllen ei feddwl. Chwarddodd eto. 'Yn well fyth, fe allet ti fod yn bartner i mi mewn rêf CGD. Fe allet ti gael cip i weld beth sydd gan y lleill yn eu dwylo. Fe fydden ni'n ennill bob tro!'

'Rêf CGD?'

'Y Gymdeithas Gofal y Deillion leol sy'n eu cynnal nhw,' eglurodd Mrs Webb. 'Ry'n ni'n defnyddio cwpwl o ystafelloedd yn y ganolfan hamdden. Roedd Jodi – roedden ni – yn meddwl y byddai helpu yno'n un o'r pethau y gallai Luke eu gwneud.'

'Dim rêf go iawn, 'te,' gwenodd Viv.

'Peidiwch â sôn!' atebodd Jodi. 'Mae un yn digwydd cyn hir pan fyddwn ni'n defnyddio neuadd chwaraeon hefyd. Gemau yn y prynhawn, clybio yn y nos. Wyt ti'n hoffi dawnsio, Luke?'

'Dwi ddim yn dawnsio,' meddai Luke yn swta.

'Felly beth *wyt* ti'n ei wneud?' gofynnodd Mr Webb. Byddai man a man iddo fod wedi ychwanegu: heblaw am dorri i mewn i geir.

Cododd Luke ei ysgwyddau. 'Dim byd llawer. Hongian o gwmpas ar yr ystad. Gwylio'r teledu.' Hyd yn oed wrth iddo ddweud hyn, gwyddai fod ei weithgareddau'n swnio'n dda i ddim o'u cymharu â rhai Jodi.

'Dim chwaraeon?'

'Dim llawer. Mae cylch pêl-fasged ar ein pwys ni, ond fel arfer mae e wedi plygu i gyd achos bod plant wedi bod yn hongian arno fe.'

'Dim rhedeg?' gofynnodd Jodi.

'Dim ond pan fyddwn ni'n rhedeg yn y wers Chwaraeon yn yr ysgol.' Pan dwi yn yr ysgol, meddyliodd.

Roedd Viv Defoe yn edrych yn llawer hapusach gyda'r ffordd roedd y sgwrs yn mynd nawr. Roedd y swyddog prawf wedi bod yn gwneud rhai nodiadau yn ei lyfr nad oedd Luke wedi gallu eu deall yn iawn, er iddo geisio gwneud. Ond nawr, dyma Viv yn ysgrifennu pennawd a fyddai'n ddigon mawr i Luke ei ddarllen o ben draw'r ystafell: CYNLLUN GWEITHREDU.

'Gawn ni siarad am beth yn union ry'ch chi'n meddwl y gallai Luke ei wneud? Dwi'n siŵr nad oes angen i mi eich atgoffa chi mai fi sy'n gyfrifol am wneud yn siŵr ei fod e'n dilyn cynllun gweithredu a fydd o les iddo fe yn ogystal â rhoi gwasanaeth i chi a'r gymuned.'

Gwneud iawn ac ailsefydlu, meddai llais fel llais ynad ym mhen Luke. *Ystyr gwneud iawn yw helpu'r union bobl a gafodd eu heffeithio gan eich trosedd chi; ystyr ailsefydlu yw sylweddoli eich bod yn dilyn llwybr anghywir fel eich bod chi'n llai tebygol o droseddu yn y dyfodol.* Geiriau, geiriau. Diflas, diflas.

'Nawr, fe sonioch chi am helpu yn y... rêfs CGD,' gwenodd Viv. 'Roedd hynny'n swnio'n wych. Unrhyw beth arall?'

'Grŵp athletau'r deillion,' meddai Mr Webb yn ddi-deimlad.

Ysgrifennodd Viv nodyn. 'Popeth yn iawn. Unrhyw beth penodol?'

Jodi atebodd y cwestiwn. 'Rhywbeth penodol iawn. Dwi eisiau i Luke fod yn rhedwr tywys i mi ym Marathon Llundain.'

Fe ddwedodd hi hyn mor ddidaro fel y cymerodd hi rai eiliadau i Luke ddeall hyn – a Viv hefyd, a barnu wrth y ffordd roedd ei feiro wedi stopio symud. Hyd yn oed wedyn, doedd Luke ddim yn siŵr iddo glywed yn iawn.

'Marathon Llundain?' ailadroddodd Luke.

'Dyna fe. Yr un sy'n digwydd bob mis Ebrill mewn lle o'r enw, y... Llundain. Wyt ti wedi clywed amdano fe?'

'Beth – am Lundain neu am y marathon?' atebodd Luke, wedi'i frifo gan y coegni.

'Y ras.'

'Wrth gwrs 'mod i wedi clywed amdani. Dwi wedi'i gweld hi ar y teledu, on'd do?'

'Wel, rwyt ti wedi gwneud yn well na fi 'te!' chwarddodd Jodi. 'Ond dwi wedi gwrando ar y sylwebu a'r holl bethau eraill sy'n digwydd. Mae hi'n swnio fel ras wych i redeg ynddi. Tyrfaoedd mawr, lot o gefnogi...' Ac ar amrantiad, dyma hi'n troi o fod yn hapus i fod yn benderfynol dros ben. '...A dwi ddim yn mynd i'w cholli hi.'

'Efallai bydd yn rhaid i ti o hyd, cariad...' meddai Mrs Webb yn dawel, gan gyfrannu i'r sgwrs am unwaith.

'Dwi ddim yn mynd i, Mam! Fe es i drwy dreial y fwrdeistref. Dwi wedi ennill fy lle a dwi ddim yn mynd i'w siomi nhw. Dwi eisiau rhedeg!'

Ym mhen pellaf y soffa, ceisiodd Mr Webb symud er mwyn bod yn fwy cyffforddus. Gwingodd, ond mewn ffordd oedd yn awgrymu nad y goes wedi'i thorri'n unig oedd yn rhoi trafferth iddo. Roedd yr holl bwnc yn codi ei wrychyn.

'Dyw Jodi ddim yn siarad am Farathon Llundain i gyd, wrth gwrs,' meddai Mr Webb. 'Mae'n rhaid bod dros ddeunaw oed i gymryd rhan yn hwnnw. Ond mae ganddyn nhw rasys grwpiau oedran i'r rhai sydd o dan ddeunaw. Maen nhw'n cael eu rhedeg dros ran olaf y cwrs, o Bont Southwark i'r llinell derfyn yn y Mall.'

'Tua dwy filltir a hanner,' ychwanegodd Jodi.

Edrychodd Mr Webb yn sur ar Luke. 'Wyt ti'n gallu rhedeg cyn belled â hynny?'

Cododd Luke ei ysgwyddau. 'Siŵr o fod. Dwi erioed wedi trïo.'

'Wedyn dwyt ti erioed wedi trïo'i redeg e mewn ugain munud, chwaith, sef yr amser mae Jodi'n gallu'i wneud. Ac fe fyddai hi'n llwyddo petawn i'n gallu bod gyda hi!' poerodd Mr Webb.

Unwaith eto, torrodd Viv Defoe ar draws i geisio cadw'r ddysgl yn wastad. 'Dwi'n cymryd mai chi yw rhedwr tywys Jodi fel arfer, Mr Webb?'

'Fi oedd e, ie, ers iddi ddechrau rhedeg. Fi oedd yn ei thywys hi yn y treial. Gyda fy help i, hi oedd y rhedwr dall cyntaf i ennill ei lle yn nhîm cymysg y fwrdeistref.' Pwyntiodd yn gynddeiriog at ei goes. 'Ond dwi'n dda i ddim iddi nawr, nac ydw?'

'Ond – esgusodwch fi os ydw i'n methu deall rhywbeth fan hyn – does dim rhedwyr tywys eraill y gallech chi alw arnyn nhw?' gofynnodd Viv.

'Oes,' meddai Mr Webb, 'ond mae Marathon Llundain yn achlysur mawr. Mae'n rhaid i dywyswyr fod yn rhedwyr da. Mae'r rhan fwyaf ohonyn nhw'n cymryd rhan yn y ras eu hunain. A dyw'r rhai sydd ar ôl—'

'Ddim yn ddigon cyflym,' torrodd Jodi ar ei draws. 'Mae'r ffaith fod Luke wedi llwyddo i aros o flaen Dad am gymaint o amser yn dweud wrtha i ei fod e'n ddigon cyflym.'

'Hynny yw,' meddai Mr Webb, gan ddefnyddio'i fawd i bwyntio at Luke, 'fe neu neb yw'r dewis.'

Synhwyrodd Luke fod Viv yn ymsythu wrth ei ochr. Wrth reswm, doedd y swyddog prawf ddim yn hoffi'r pethau roedd e'n eu gwneud, ond gwyddai Luke ei bod hi'n rhan o swydd Viv i'w warchod e rhag cael ei sarhau fel hyn. Y tro hwn Jodi ddaeth i'r adwy.

'Beth mae Dad yn ei ddweud yw hyn: os na fydd rhedwr tywys 'da fi, fydda i ddim yn gallu rhedeg, ynte, Dad?'

Nodiodd Mr Webb yn gyflym. 'A mwy na hynny. Mae Marathon Llundain yn ffordd o godi arian yn ogystal â bod yn ras. Rydyn ni wedi cael addewidion o fil o bunnoedd o arian noddi'n barod. Arian fydd yn helpu gwaith y CGD. Os na fydd Jodi'n rhedeg, fe fydd e i gyd yn diflannu.' Doedd e ddim yn gallu peidio rhoi un ergyd arall i Luke. 'Canlyniad arall *eto* i'th berfformiad bach di!'

Coes wedi torri. Car wedi'i losgi. Mil o bunnoedd o arian noddi wedi diflannu hefyd. Breuddwyd y ferch wedi'i chwalu. A'r cyfan oherwydd ei fod e wedi trio dwyn pâr o esgidiau rhedeg?

Am y tro cyntaf yn ei fywyd, teimlodd Luke ei fod e'n difaru go iawn. Dyna'r rheswm pam y cytunodd e mor gyflym pan drodd Viv ato a gofyn beth oedd ei farn am y syniad. Wel, hynny a'r ffaith ei fod yn gwybod yn iawn y byddai'n rhaid iddo redeg tipyn yn gynt i ddianc rhag y bechgyn caled yn Markham.

'O'r gorau,' meddai Luke. 'Pryd mae Marathon Llundain?'

'Mewn dau fis,' meddai Jodi'n syth, fel petai hi'n gallu gweld y calendr yn ei phen hefyd. 'Dydd Sul y pedwerydd ar ddeg o Ebrill.'

Gwingodd Luke yn dawel. Amseru perffaith. Diwrnod olaf y gorchymyn llys. Y bore canlynol gallai e fod yn mynd i Markham.

Ceisiodd Luke anghofio am hynny drwy fentro gwneud jôc. 'Dydd Sul y pedwerydd ar ddeg? Dylai hynny fod yn iawn. Dwi ddim yn credu 'mod i'n gwneud dim byd y diwrnod hwnnw.' Cam gwag oedd hyn. Ymosododd Mr Webb arno mewn chwinciad.

'Y *diwrnod* hwnnw? Os wyt ti'n meddwl dy fod ti'n mynd i redeg y diwrnod hwnnw'n unig, rwyt ti'n gwneud camgymeriad! Mae clwb athletau Jodi'n cwrdd bob nos Fawrth a bore dydd Sadwrn. Ac mae'n rhaid i *ti* fod yno gyda hi bob tro, yn ddi-feth!' Rhoddodd ei law ar fraich Jodi. 'Dyw hyn ddim yn mynd i weithio, cariad. Dwi ddim yn credu bod syniad gyda fe cymaint o waith sydd ei angen.'

'Wel, fe fydd yn rhaid i mi ddweud wrtho fe 'te Dad, yn bydd?' gwenodd Jodi, yn rhy felys braidd.

Efallai nad oedd hi'n dangos unrhyw beth yn ei llygaid hi, ond roedd goslef ei llais yn dweud wrth Luke fod rhywbeth ar droed fan hyn oedd yn fwy na dim ond rhedeg mewn rhyw ras.

Cododd Jodi ar ei thraed yn hyderus. 'Beth am i fi fynd â Luke allan i'r ardd? I gael gweld a fydd e'n gallu mynd â fi'r holl ffordd o gwmpas heb i fi dorri coes.' Dechreuodd chwerthin yn sydyn. 'Sori, Dad! Do'n i ddim o ddifri!'

Roedd Viv yn ceisio peidio â gwenu. 'Syniad da. Fe fydd hynny'n rhoi cyfle i mi drafod rhai manylion eraill â'ch rhieni chi, Jodi. Pethau fel ble mae'n rhaid i Luke fod a phryd…'

Cododd Luke ar ei draed, ond y cyfan roedd angen iddo ei wneud wedyn oedd dilyn Jodi ar draws yr ystafell i'r drws cefn bach. Roedd hi'n edrych yn gwbl gysurus heblaw am orfod estyn ei dwylo o'i blaen fel na fyddai hi'n bwrw i mewn i'r gwydr. Agorodd hi'r drws, aros i Luke ei dilyn hi allan, yna caeodd e eto. Dim ond wedyn y teimlodd hi am ei benelin.

'Sori am y bysedd,' meddai hi, 'a sori am fy rhieni. Maen nhw'n boendod, dwi'n gwybod. Maen nhw'n meddwl yn dda, ond dyw hynny ddim yn ddigon bob amser. Os yw hi'n gysur i ti, maen nhw'n boendod i fi hefyd.'

Roddodd hi ddim cyfle i Luke ofyn pam neu sut. Gwthiodd hi ef ymlaen ychydig, gan ddal i orffwys ei benelin yng nghledr ei llaw.

'Reit, dyma sut mae'n gweithio. Fe ddylet ti fod fymryn bach o'm blaen i bob amser. Fel 'na, os wyt ti'n anghofio dweud wrtha i beth sy'n dod – fel teigr neu groen banana – fydd dim ots.'

'Pam?'

'Achos fe fydda i'n cydio'n dynn ynot ti, y twpsyn. Pan fyddi di'n symud i osgoi'r croen banana, fe fydda i'n dy ddilyn di.'

'Beth am y teigr?'

'Fe fydda i'n dy ddilyn di hyd yn oed yn gynt, wrth gwrs!' Rhoddodd bwniad i'w fraich ag un o fysedd y llaw oedd yn rhydd. 'Dere 'te, bant â'r cart.'

Roedd hi'n teimlo'n rhyfedd i Luke gael rhywun yn cydio ynddo a gwybod ei bod hi'n dibynnu arno fe i'w harwain. Ar ben hynny, roedd hi'n dibynnu arno fe i'w harwain hi'n *ddiogel.* Yn araf ac yn ofalus, aeth Luke ymlaen gam neu ddau. Clywodd sŵn chwerthin mawr yn ei glust.

'Arswyd y byd, fe fyddai hi'n well i mi gydio mewn malwoden! Cyflyma ychydig bach, wnei di?'

'Beth os na fyddi di'n gallu dal i fyny?'

'Wel, fe ddweda i wrthot ti am arafu. Paid â bod yn nerfus, dyna i gyd. Dyna'r unig beth sy'n gwneud i mi boeni.'

Roedd llwybr concrit yn rhedeg o'r drws cefn i ffens bren uchel – pellter o ryw ddeg metr ar y mwyaf. Arweiniodd Luke Jodi i ben draw'r llwybr gan geisio cerdded yn weddol gyflym.

'Dyna welliant,' meddai hi. 'Nawr 'nôl â ni eto.'

Trodd Luke ar ei sawdl, gan geisio peidio â chrwydro oddi ar y llwybr cul, ond gwelodd fod Jodi wedi gollwng gafael ar ei benelin ac roedd hi'n ei wynebu. Roedd hi'n ysgwyd ei phen, ond yn gwenu.

'Beth wyt ti eisiau, i fi dy arwain *di* nawr?' Estynnodd hi ei dwylo, cydio ym mreichiau Luke, a'i droi 'nôl i wynebu'r ffens. Cydiodd hi yn ei benelin eto. 'Tria eto. Dychmyga mai ti yw'r car a fi yw'r treilar. Os wyt ti'n troi'n rhy gyflym, fe fyddi di'n bwrw i mewn i mi wrth i fi ddod y ffordd arall! Os wyt ti'n troi'n esmwyth, fe alla i dy ddilyn di.'

Rhoddodd Luke gynnig arall arni, gan droi mewn hanner cylch y tro hwn. Gweithiodd hynny'n berffaith. Arhosodd Jodi gyda fe ac aethon nhw 'nôl i lawr y llwybr. Roedden nhw wedi cyrraedd hanner ffordd pan ofynnodd hi iddo fe aros.

'Sut mae'r briallu'n edrych?' meddai hi. 'Ydy'r blodau'n gwywo eto?'

Edrychodd Luke i lawr ar y gwely cul o bridd rhwng y llwybr a'r ffens isel bren. Ar hyd y gwely blodau, roedd llawer o wahanol egin nad oedd e'n eu hadnabod yn dechrau dod o'r ddaear ac roedd llwyni nad oedd e'n eu hadnabod chwaith wedi bwrw ambell flaguryn. Dim ond mewn un man roedd planhigyn yn blodeuo yn y gwely i gyd – ac roedd Jodi wedi'i stopio fe yn yr union fan hwnnw.

'Ddim eto, nac ydyn,' meddai Luke yn feddylgar.

Chwarddodd Jodi eto. 'Rwyt ti'n meddwl tybed sut ro'n i'n gwybod ble roedden nhw, on'd wyt ti?'

'Efallai.'

'Mae pymtheg cam o'r drws cefn i'r ffens gefn. O'r ffens gefn i'r llwyn camellia, tri cham. O'r ffens gefn i'r lafant, pum cam. O'r ffens gefn i'r briallu, saith cam. Rwyt ti'n cofio pethau pan nad wyt ti'n gallu'u gweld nhw.'

Yn sydyn teimlodd Luke don o ddicter. Roedd hi'n chwarae ag e. Yn ei ddrysu fe. Yn gwneud iddo deimlo trueni drosti. 'Felly pam mae fy angen i arnat ti, 'te?' meddai'n swta.

Sylweddolodd pa mor dwp oedd y cwestiwn wrth iddo'i ofyn. Wrth gwrs bod gwahaniaeth mawr rhwng dod o hyd i'th ffordd o gwmpas gardd gefn fach a dod o hyd i'th ffordd y tu allan. A byd o wahaniaeth rhwng hynny a cheisio rhedeg mewn ras fawr brysur drwy strydoedd Llundain. Hyd yn oed wedyn, roedd ateb Jodi'n annisgwyl.

'Syml. Fe achubaist ti fi unwaith. Dwi eisiau i ti fy achub i eto.'

'Dy achub di eto? Oddi wrth beth?'

'Nid beth. Pwy. Oddi wrth fy rhieni.'

Edrychodd Luke 'nôl ar y tŷ. Drwy'r ffenestri, gallai weld Mr a Mrs Webb. Roedd Mr Webb yn edrych yn chwerw a Mrs Webb yn edrych yn dawel ond yn bryderus, wrth iddyn nhw drefnu manylion y trefniant rhyfedd hwn gyda Viv. Cofiodd sylw pigog Jodi, y sylw roedd e wedi amau nad oedd hi'n ei anelu ato fe'n unig. Beth oedd e wedi addo ei wneud?

'Edrych, paid â chamddeall,' meddai Jodi'n dawel. 'Dyw hi ddim yn hawdd iddyn nhw, dwi'n gwybod. Ond maen nhw'n fy mogi i. Maen nhw'n poeni gormod i adael i mi fynd i ysgol arferol a dwi'n gwrthod cael fy nghau mewn ysgol arbennig. Felly dwi ddim yn mynd i ysgol o gwbl.'

Rwyt ti a fi yr un peth, meddyliodd Luke.

'Mae Mam yn fy nysgu i gartref. Fe fyddwn i'n gallu dioddef hynny petai hi ddim eisiau gwneud popeth arall drosto i hefyd, fwy neu lai,' ochneidiodd Jodi. 'Dyna pam dechreuais i wneud chwaraeon. Er mwyn gadael y tŷ, dyna i gyd. Ond mae hynny wedi troi'n hunllef hefyd. Mae Dad eisiau i mi fod yn seren ym myd rhedeg, achos methiant fuodd e.'

Rwyt ti'n meddwl bod gen ti broblemau, Jodi! bu bron i Luke ateb. Does gan fy mam ddim amser nac egni i wneud dim drosto i. Ac am Dad, wel, o leiaf mae dy dad di'n dal o gwmpas... Wedyn edrychodd i fyw ei llygaid llonydd. Daeth hynny ag ef at ei goed. Am eiliad, roedd e wedi bod yn meddwl am Jodi Webb fel merch normal. Ond merch eithriadol oedd hi, nid merch normal.

'Ro'n i'n meddwl dy fod ti *eisiau* bod yn seren ym myd rhedeg,' meddai Luke. 'Dyna pam mae'r marathon yn bwysig i ti, ynte?'

Yn sydyn roedd Jodi'n cydio ym mhenelin Luke eto, ond y tro hwn yn ffyrnig wrth iddi wfftio ei syniad.

'Nage ddim!' meddai Jodi'n swta. 'Dwi eisiau bod mor normal ag y galla i fod. Dwi eisiau gwneud rhywbeth mae pob plentyn arall yn ei gymryd yn ganiataol. Gallu rhedeg. Wyt ti'n deall? Dwi'n methu gwneud rhai pethau oherwydd fy mod i'n ddall. Dwi wedi derbyn hynny ers tro. Ond dwi ddim yn mynd i adael i'r ffaith honno fy rhwystro i rhag gwneud y pethau dwi *yn* gallu'u gwneud. Dyna pam dwi'n rhedeg, Luke – oherwydd fy mod i'n gallu! Y cyfan dwi'n gofyn i ti ei wneud yw fy helpu i.'

Arhosodd Jodi, gan ryddhau ei benelin wrth iddi droi i'w wynebu. 'Fel yr helpais i ti hefyd.'

'Drwy feddwl am y cynllun 'ma i 'nghadw i allan o Markham?' meddai Luke.

'Nid dim ond hynny,' meddai Jodi.

'Beth wyt ti'n ei feddwl?'

'Y ddau fachgen aeth â'n car ni. Pan wthiest ti fi allan o'r ffordd, chwarddodd un ohonyn nhw, on'd do? A gwaeddodd un ohonyn nhw rywbeth – rhywbeth na ddwedais i wrth yr heddlu.'

Fe welwn ni di, Luke!

'Ro't ti'n gwybod pwy o'n nhw, on'd o't ti?'

Ymsythodd Luke. 'Y... Nac o'n! Ro'n nhw'n gwybod pwy o'n i, paid â gofyn i mi sut, ond do'n i erioed wedi'u gweld nhw o'r blaen.'

Mae'n rhaid bod y celwydd wedi swnio'n dda. 'Wir?' meddai Jodi. 'Wel, mae'n debyg y gallwn i ddweud pwy ydyn nhw'n well na ti.'

'Beth?'

'Pan nad wyt ti'n gallu gweld, rwyt ti'n gorfod gweithio'n galetach ar dy glyw,' meddai hi. 'Petawn i'n clywed eu lleis-iau nhw eto, Luke, fe fyddwn i'n eu hadnabod nhw.'

Pennod Saith

Wrth i Luke godi ei siaced, cododd ei fam ei golygon o'r bwrdd smwddio, a'i llygaid yn goch gan flinder. 'I ble rwyt ti'n mynd?'

'Allan.'

'Dwi'n gallu gweld hynny, Luke. I ble, ofynnais i.'

'Dim ond allan,' meddai Luke. 'Dwi ddim yn gwybod tan i mi gyrraedd yno, ydw i? I lawr i'r parc, efallai. I weld pwy sy o gwmpas.'

Ochneidiodd Mrs Reid fel dynes oedd heb unrhyw egni ar ôl i frwydro. Roedd hi wedi gwneud ei gorau pan oedd Luke yn ifanc, ei gorau glas, ond nawr roedd hi wedi ymlâdd oherwydd yr ymdrech feunyddiol o fod yn sownd mewn fflat mewn twr uchel gyda thri phlentyn i'w magu ar ei phen ei hun, heb ddigon o arian i wneud hynny a llai o obaith hyd yn oed.

'Dwyt ti ddim wedi dweud wrtha i sut aeth hi gyda'r teulu 'na. Beth oedd eu henwau nhw – Webb?'

Cododd Luke ei esgidiau, heb edrych arni. 'Fe ddylet ti fod wedi dod gyda fi. Fel y gallet ti fod wedi dod i'r llys gyda fi.'

'Do'n i ddim yn gallu.'

'Oeddet 'te. Fe ddwedais i wrthot ti pryd roedd e, ond wrandawaist ti ddim. Dwyt ti byth yn gwrando.'

'A dwi'n dweud wrthot ti am beidio â mynd i helynt!' ffrwydrodd Mrs Reid. 'Ond wyt ti'n gwrando? Nac wyt!'

Diffoddodd hi'r haearn smwddio, a'i daro 'nôl yn ei grud yn swnllyd. Wrth wneud hynny newidiodd ei thymheredd hithau hefyd o boeth i oer. Rhoddodd yr hen ffrog plentyn dyllog oedd wedi'i smwddio ar draws cefn cadair ac meddai'n fwy pwyllog, 'Beth dwi i fod i'w wneud, Luke? Gadael Billy a Jade ar eu pennau eu hunain? Alla i ddim gofyn i Mrs Roberts drws nesaf ofalu amdanyn nhw ac rwyt ti'n gwybod na alla i fforddio rhywun i warchod. Dyw hi ddim yn hawdd i finnau chwaith.'

Gwyddai Luke hynny. Roedd Billy ei frawd newydd gael ei ben-blwydd yn dair, a Jade ei chwaer bron yn ddwy. O glywed yr holl sgrechian oedd yn digwydd roedd Luke yn aml yn synnu'u bod nhw wedi byw cyhyd â hynny. Roedd e'n aml yn teimlo fel gwthio'r ddau ohonyn nhw i lawr y llithren sbwriel, felly allai e ddim dychmygu sut roedd ei fam yn gallu bod gyda nhw drwy'r dydd gwyn.

Roedd e wedi ymdawelu tipyn nawr, felly taflodd ei siaced dros gefn cadair ac eistedd. 'Doedd yr ymweliad ddim yn rhy ddrwg,' meddai. 'Roedd e'n well nag ro'n i'n meddwl y byddai e.'

'Dere nawr – beth ddigwyddodd?'

'Wel – fe ddes i i wybod bod Jodi Webb yn rhedeg.'

'Wir? Y ferch ddall?'

'Ydy. Mae hi'n gwneud pob math o bethau.'

'Ond – rhedeg?' Ysgydwodd Mrs Reid ei phen o wallt anniben mewn syndod.

Gwenodd Luke. 'Dwyt ti ddim wedi clywed popeth eto. Mae hi eisiau rhedeg Marathon Llundain! Ac mae hynny'n rhan o'r gwaith dwi'n gorfod ei wneud – bod yn rhedwr tyw—'

Torrodd sgrech sydyn o'r gegin ar ei draws. Rhedodd ei fam yn wyllt i roi trefn ar bethau a gadael Luke heb roi cyfle iddo orffen y frawddeg.

Yr un hen hanes. Nhw oedd yn dod gyntaf, a dim lle iddo fe. Cododd Luke ei siaced eto, a theimlo yn ei boced am y llafn pigo cloeon. Tynnodd ei esgidiau rhedeg am ei draed yn flin a chrac, a mynd am y drws.

'Ro'n i'n meddwl ein bod ni'n cael sgwrs.' Roedd ei fam wedi dod 'nôl, ac wrth ei hochr roedd Jade yn crio a Billy'n gwgu.

'Dwi wedi gorffen siarad' meddai Luke yn swta. 'Fe wela' i di wedyn.'

'Dwyt ti ddim wedi dweud wrtha i eto ble rwyt ti'n mynd.'

'I Awstralia a 'nôl.'

'Luke – paid â mynd i helynt. Plîs!'

Ond hyd yn oed wrth iddi ddweud hyn, roedd ei fam yn ymdrechu i atal ei dau blentyn bach rhag ailgydio yn y frwydr roedd hi newydd roi terfyn arni.

'Pam blydi lai?' gwaeddodd Luke. 'Does dim ots 'da ti!'

Roedd Mrs Reid wedi cael hen lond bol erbyn hyn. 'Paid â mentro siarad â fi fel 'na!' sgrechiodd hi. '*Mae* ots 'da fi! Dwi ddim eisiau i ti fod fel dy dad!'

Ond roedd y drws ffrynt wedi'i gau'n glep, a'i mab wedi mynd y tu hwnt i glyw yn barod.

Ym mhen draw'r rhodfa y tu allan i'r fflat, arhosodd Luke a syllu dros y rheilen. Roedd hi'n dechrau nosi, yr adeg pan oedd plant y Dref yn ddiogel yn eu cartrefi, yn gwneud eu gwaith cartref. Ond nid felly roedd hi ar Ystad East Med. Roedd bywyd yn wahanol. Dyma pryd roedd y plant yn dod allan, fel creaduriaid y nos.

Ymhell oddi tano, gallai e eu gweld nhw: yn cwrdd, yn creu grwpiau, yn symud ymlaen eto. Hyd yn oed o'r pellter hwn, roedd syniad da gan Luke pwy oedd pwy. Roedd nifer o gliwiau. Dillad un ferch, y ffordd hyderus roedd bachgen yn symud. Roedd rhai roedd yn well ganddyn nhw grwydro o gwmpas fesul dau neu dri ac eraill, fel fe, oedd yn mynd o gwmpas ar eu pennau eu hunain. Gwyddai pa grwpiau oedd yn gweiddi'n rhy uchel, ac yn dechrau chwarae ymladd yn sydyn, a pha grwpiau fyddai'n chwilio am frwydrau go iawn. Oedd, roedd Luke yn eu hadnabod nhw i gyd. Nid dihirod di-ddim oedd yn chwilio am helynt oedden nhw iddo fe – pobl go iawn oedden nhw... ac roedden nhw'r un fath â fe.

Sinistr? Brawychus? Dyna roedd oedolion yn ei ddweud bob amser. Ond oedd yr oedolion hynny'n meddwl am ble arall y gallen nhw fynd, beth arall y gallen nhw ei wneud?

Doedd gweld pawb yn cwrdd fel hyn gyda'r nos ddim yn sinistr neu'n frawychus iddo fe, nac i unrhyw un ohonyn nhw. Roedden nhw'n debycach i gyfarfod cyfeillgar, unig gyfarfod cyfeillgar y diwrnod, fel arfer. O'r gorau, efallai y bydden nhw'n herio perchennog y siop bwyd Tsieineaidd, yn torri ambell ffenest, yn dwyn ambell beth bach oddi wrth bobl oedd yn ddigon cyfoethog i fod yn berchen arnyn nhw yn y lle cyntaf, yn gyrru o gwmpas yn eu ceir. Ond dyna sut roedden nhw'n cael hwyl.

Dyna pam roedd pobl fel Lee Young a Mig Russell wedi ennill cymaint o barch. Roedden nhw'n gwneud fel y mynnen nhw, pryd y mynnen nhw. Roedden nhw'n cael mwy o hwyl na neb arall. Nhw oedd yr arweinwyr, doedd dim dwywaith amdani. Os oedden nhw'n sylwi arnat ti, roeddet ti'n teimlo'n bwysig. Os oeddet ti'n eu pechu nhw, druan â ti – ond bai pwy oedd hynny? Roedd y rheolau'n glir. Dilyna nhw, paid â chario clecs wrth yr heddlu, ac fe fyddi di'n iawn. Croeso i'r teulu.

Gwthiodd Luke ei ffordd drwy'r drws ym mhen pella'r rhodfa, a'i ddwylo yn ei bocedi. Daeth yr arogl cathod oedd bob amser yno tuag ato – a thywyllwch llwyr. Roedd y bwlb ar ben y grisiau wedi mynd, naill ai wedi chwythu, wedi cael ei dorri neu wedi'i ddwyn.

Wrth i'w lygaid ddechrau cyfarwyddo, gwthiodd ei law allan a dechrau teimlo'i ffordd ar hyd y wal. Teimlodd yr arwyneb yn newid o fod yn arw i fod yn llyfn, a sylweddol-odd ei fod wedi dod o hyd i ddrws y lifft. Gallai weld ychydig bach yn fwy nawr, ond dim digon i'w arbed rhag bwrw'i goes yn erbyn rhywbeth metel, caled. Rhegodd yn uchel, plygu i lawr a rhedeg ei fysedd drosto. Troli siopa ar ei ochr. Mrs Brixton yn y fflat yn y pen, siŵr o fod, wedi gwthio ei bwyd adref o'r archfarchnad, i fyny yn y lifft, wedi'i ddad-lwytho, ac yna wedi gadael y troli fel cymydog da i rywun arall ei ddefnyddio – neu i dorri'i goes arno.

Gwthiodd Luke y troli o'r neilltu a symud ymlaen yn araf, gan chwilio am y gris uchaf drwy estyn ei droed allan. Daeth o hyd iddo, a dechreuodd fynd i lawr yn ofalus, tan i'r golau gwan oedd yn dod o'r landin islaw ei helpu i weld ble roedd e'n mynd. Dim ond wedyn y sylweddolodd e.

Dyma sut mae hi ar Jodi Webb drwy'r amser.

Aeth Luke ddim i gyfeiriad canol yr ystad. Roedd rheol arall yn East Med am yr hyn roedd ganddo fe mewn golwg, a fyddai neb yn mentro ei thorri: *paid â dwyn oddi ar dy bobl dy hunan.*

Roedd e wedi croesi'r Bont ac yn cerdded i fyny tua chanol y dref pan welodd gar yr heddlu'n dod. Plygodd i lawr yn gyflym ac esgus ei fod yn clymu ei lasys. Ond roedden nhw wedi'i weld e. Gwnaeth y car dro pedol sydyn a stopio wrth ei ochr. Neidiodd y ddau blismon allan, un oedd yn edrych yn gas ac yn galed o sedd y teithiwr ac un blinedig yr olwg o sedd y gyrrwr.

'Ac i ble ry'n ni'n mynd 'te?' gofynnodd Plismon Cas, gan gamu o'i flaen.

'I'r Dref,' meddai Luke.

'Unrhyw le arbennig?'

Ysgydwodd Luke ei ben. 'Na. Dim ond edrych o gwmpas.'

'Am beth, Luke?' Roedd Plismon Blinedig wedi ymddangos wrth ei ochr. 'Am gar i dorri i mewn iddo fe?'

Cafodd Luke sioc o glywed ei enw ei hunan. Doedd e ddim wedi gweld unrhyw un o'r ddau yma erioed. 'Sut ry'ch chi'n gwybod fy enw i?'

Gwthiodd Plismon Cas ei wyneb yn agos ato. Roedd ei anadl yn drewi o'r cyrri roedd e newydd ei gael yn y ffreutur cyn dod ar ddyletswydd. 'Luke, rwyt ti'n enwog. Ry'n ni i gyd yn gwybod pwy wyt ti. Luke Reid, y bachgen dewr sy'n dwyn oddi ar blant bach dall.' Newidiodd goslef ei lais, o fod yn gas i fod yn gasach. 'Y bachgen sydd â gormod o ofn Lee Young a Mig Russell i ddweud wrthon ni amdanyn nhw.'

'Welais i mohonyn nhw,' ochneidiodd Luke. Roedd e wedi rhaffu celwyddau mor aml, roedd hi'n dod yn haws o hyd. 'Fe welais i ddau ddyn, iawn? Dyna pwy wnaeth e.'

Tro Plismon Blinedig oedd hi nawr. 'Tynna bopeth allan o'r pocedi 'na, plîs.'

'Beth? Pam?'

'Pam? Fe ddweda i pam wrthot ti.' Roedd Plismon Blinedig yn gwenu nawr, yn esgus bod yn garedig. 'Y 4x4 'na. Doedd dim un o'i ffenestri fe wedi'u torri. Roedd yr unig wydr oedd wedi torri yn y stryd lle roedd gwres y fflamau wedi chwythu'r ffenestri allan. Doedd dim un darn bach yn y car. Ti'n gwybod beth mae hynny'n ei ddweud wrtha i? Mae'n dweud wrtha i dy fod ti'n lleidr mwy clyfar na'r lleidr cyffredin. Ti bigodd y clo 'na – a dwyt ti ddim yn defnyddio ewinedd dy draed i bigo cloeon.'

'Felly tynna bopeth allan o'r pocedi 'na,' meddai Plismon Cas yn swta.

Oedodd Luke. Byddai e mewn helynt petaen nhw'n dod o hyd i'r llafn pigo cloeon. Yn araf, rhoddodd ei ddwylo ym mhocedi ei jîns a'i siaced. Tynnodd ambell ddarn o arian allan, gan obeithio y bydden nhw'n fodlon ar hynny. Doedden nhw ddim.

Edrychodd Plismon Cas ar Plismon Blinedig. Nodiodd hwnnw, ond roedd golwg 'gan bwyll' ar ei wyneb.

Daliodd Luke ei ddwylo allan tra rhedodd Plismon Cas ei ddwy law ar hyd ei ystlysau, gan eu pwnio ychydig yn galetach nag oedd ei angen i deimlo unrhyw beth roedd e wedi'i adael yn ei bocedi neu yn ei grys. Yna gwnaethon nhw'r un peth i'w goesau, y tu mewn a'r tu allan, fel petaen nhw'n amau bod ganddo fe drosol wedi'i wnïo yn leinin ei jîns.

'Dim byd,' meddai Plismon Cas, gan swnio'n siomedig.

Heb yngan gair, snwffiodd Plismon Blinedig, cerdded o gwmpas blaen y car heddlu, a dringo i mewn y tu ôl i'r llyw. Eisteddodd Plismon Cas yn drwm yn sedd y teithiwr. Mynnodd wneud un sylw drwy'r ffenest agored cyn ymadael.

'Os penderfyni di newid dy feddwl am siarad, gallai bywyd fod yn llawer haws i ti, Luke. Tan hynny – fe fyddwn ni'n dy wylio di. Drwy'r amser. Paid ag anghofio hynny.'

Gwyliodd Luke y car yn gyrru i ffwrdd, gan aros tan iddo ddiflannu o'r golwg. Wedyn trodd, gan fynd 'nôl dros y bont i ddiogelwch llwyd East Med – dim ond os oedden nhw'n cael eu galw roedd ceir yr heddlu'n dod yno, os oedden nhw'n dod o gwbl.

Doedd dim brys arno. Roedd y llafn pigo cloeon yn ei hosan yn dechrau rhwbio, ond doedd e ddim eisiau ei dynnu rhag ofn eu bod nhw'n ei wylio fe mewn gwirionedd. Dwyt ti ddim yn gallu ymddiried yn y glas, dyna roedd ei dad wedi'i ddweud bob amser.

Pennod Wyth

Dringodd Luke i mewn i hen gar Viv Defoe a chau'r drws yn dynn.

'Oes problem 'da ti?' gofynnodd y swyddog prawf yn garedig.

'Doedd dim rhaid i chi roi lifft i fi. Dyw'r 'Broke' ddim mor bell i ffwrdd â hynny. Fe allwn i fod wedi mynd yno fy hunan.'

'Dwi'n gwybod.'

'Felly pam mae'n rhaid i chi ddod i 'nghasglu i 'te? Mae pawb yn East Med yn gwybod pwy y'ch chi. Fe fyddan nhw i gyd yn gwybod 'mod i'n gwneud gwasanaeth cymdeithasol eto.'

'Rwyt ti'n meddwl nad y'n nhw'n gwybod yn barod? Ro'n i'n meddwl bod newyddion yn mynd ar led yn gyflym fan hyn.' Edrychodd ar Luke. 'Rwyt ti'n dweud wrtha i nad oes *neb* wedi sôn am y peth?'

Atebodd Luke ddim. Gwyddai beth roedd Viv yn ei awgrymu; neu'n hytrach, *pwy* roedd e'n ei awgrymu. Lee Young a Mig Russell – a'r ffaith eu bod nhw wedi galw i weld Luke, mwy na thebyg. Newidiodd Luke y trywydd cyn i Viv allu mynd dim pellach.

'Dweud dwi nad oedd rhaid i chi ddod i 'nghasglu i.'

'Dim ond ceisio helpu dw i, Luke,' gwenodd Viv. 'Ro'n i'n gwybod na fyddet ti eisiau bod yn hwyr i'r sesiwn hyfforddi gyntaf. Wyt ti'n teimlo'n ffit?'

'Yn ddigon ffit,' meddai Luke.

Roedd e'n dweud celwydd. O, roedd e'n teimlo'n ddigon ffit i redeg o gwmpas trac rhedeg. Nid dyna'r broblem. Roedd e'n ofnus. *Dyna*'r broblem. Hen lwynog oedd Viv. Byddai Luke wedi 'anghofio' yn bendant petai'r swyddog prawf heb ddod i'w nôl.

Hyd yn hyn, roedd y gwaith gwasanaeth cymdeithasol wedi bod yn hwyl. Byddai grŵp ohonyn nhw, fel criw cadwyn mewn ffilm, yn casglu sbwriel neu beth bynnag. Bydden nhw'n siarad mor ddigywilydd â'r gwirfoddolwr oedd yn gyfrifol amdanyn nhw nes ei fod e'n gadael iddyn nhw fynd yn gynnar fel arfer, er mwyn cael ychydig bach o heddwch.

Ond roedd pethau'n wahanol y tro hwn. Y tro hwn roedd e ar ei ben ei hun. Roedd popeth yn dibynnu arno fe.

Roedd Canolfan Hamdden Pembroke yn swnio'n fwy smart nag oedd e. Cafodd ei hadeiladu tua hanner can mlynedd yn ôl, ond roedd wedi dirywio'n araf wrth i bobl roi'r gorau i gymryd rhan mewn chwaraeon eu hunain er mwyn hanner gorwedd o flaen teledu i wylio pobl eraill yn gwneud campau. Ar un adeg, pan oedd mwy o ffenestri wedi'u torri na rhai cyfan, roedd pobl leol wedi dechrau ei alw'n 'The Broke'. Roedd yr enw wedi aros, er bod arian wedi cael ei wario'n ddiweddar i adnewyddu'r lle fel ei fod yn edrych yn eithaf parchus.

Gyrrodd Viv yn ofalus ar draws y maes parcio er mwyn aros o flaen y prif adeilad. Roedd arwydd newydd wrth y fynedfa'n hysbysebu pa mor wych oedd y cyrtiau sboncen, y cyrtiau badminton a'r ystafelloedd ffitrwydd oedd yno. Hefyd roedd arwydd yn dweud bod ystafelloedd ar gael i'w llogi, gan atgoffa Luke mai dyma lle roedd 'rêf' Jodi yn cael ei gynnal y penwythnos canlynol.

Ond arwydd arall achosodd i Luke deimlo hyd yn oed yn fwy ar bigau'r drain. Un hen a blinedig oedd yr arwydd hwn, fel petai wedi cael ei roi ar y wal pan gafodd y ganolfan ei chodi'n wreiddiol. Roedd arno fys oedd yn pwyntio a'r geiriau: *Trac Athletau.*

Doedd gwaith adnewyddu'r ganolfan ddim wedi cynnwys cyfleusterau trac rhedeg y 'Broke'. Roedd Luke wedi bod arno'r haf blaenorol, pan oedd holl blant yr ysgol wedi gorfod mynd yno mewn bysiau i gael diwrnod mabolgampau gwleidyddol gywir, lle nad oedd neb yn ennill a neb yn colli. Roedd e wedi ennill y ras dros gan metr yn hawdd ond roedd wedi cael yr un hen dystysgrif ddiflas ag Aaron Wickes a'i goesau plwm oedd wedi dod yn olaf. Gwych. Efallai y bydden nhw'n gwneud yr un fath gyda TGAU Mathemateg, gan roi A* iddo fe, yr un fath ag Aaron Wickes, dim ond am ddod i'r arholiad a rhoi cynnig arni. Dim gobaith caneri. Beth bynnag, gwyddai Luke nad oedd y llwybr oedd yn mynd y tu ôl i'r adeilad yn arwain at drac coch newydd sbon ond at hen drac lludw o'r oes o'r blaen gyda llinellau gwyn wedi'u paentio arno.

Ond os nad oedd Luke yn edrych ymlaen, doedd hynny ddim yn wir am y rhai eraill oedd yn cyrraedd yno. Roedd sŵn chwerthin a chroeso yn llenwi'r lle. Roedd pobl yr un oedran â Luke yn tynnu bagiau chwaraeon o gistiau car ac yn eu rhoi am eu hysgwyddau a'u cario i'r cyfeiriad roedd y bys yn pwyntio iddo. Yr unig beth oedd yn gwneud i'r cyfan fod yn wahanol i unrhyw glwb chwaraeon ieuenctid arall oedd bod rhai ohonyn nhw'n cael eu tywys.

'Rwyt ti wedi dod, 'te,' meddai llais o'r tu ôl i Luke. Mr Webb oedd yno, yn pwyso'n anghyfforddus ar bâr o ffyn baglau. 'Mae hynny'n rhywbeth, siŵr o fod.'

Nodiodd Viv ei groeso. 'Noswaith dda, Mr Webb. Ble mae Jodi?'

Cododd Mr Webb un o'i ffyn baglau fel petai'n aden wedi'i thorri, a phwyntio draw at lle roedd Jodi'n cael ei harwain i'r trac yn barod gan ddyn a'i wallt wedi britho. 'Fe roddodd un o'r rhieni eraill lifft i ni. Mr Lawrence. Ond dyw e ddim yn gallu rhoi lifft i ni bob tro. Mae'n debyg y bydd yn rhaid i fi seboni rhywun arall i geisio eu perswadio nhw i roi lifft i ni'r wythnos nesaf.'

Doedd Luke ddim yn gallu dychmygu Mr Webb yn seboni unrhyw un – yn enwedig pan syllodd tad Jodi arno'n gas o'r diwedd a gofyn, 'Ble mae dy git di? Gobeithio nad wyt ti'n meddwl dy fod ti'n mynd i redeg yn y dillad sydd amdanat ti.'

'Ydw,' cododd Luke ei ysgwyddau, gan edrych i lawr ar ei grys T, ei jîns a'i hen esgidiau rhedeg. Pam lai?'

Ond roedd Viv yn cerdded draw at gist yr hen gar yn barod. 'Dim ond tynnu eich coes chi mae e, Mr Webb,' meddai, gan dynnu bag allan. Dyma fe'n ei roi i Luke gan ddweud o dan ei anadl, 'Mae pâr o siorts, crys chwys a phâr o esgidiau rhedeg go iawn ynddo fe. Fe ddylen nhw ffitio.'

'Diolch Viv,' meddai Luke, heb fod yn siŵr a oedd e'n ddiolchgar neu'n gynddeiriog. 'Diolch yn fawr.'

Erbyn i Luke ddod allan o'r ystafell newid, roedd Jodi'n cynhesu gyda'r lleill. Cafodd e syndod o weld cynifer ohonyn nhw. Rhaid bod o leiaf bedwar deg, yr ifancaf tua deg a'r hynaf yn y chweched dosbarth – roedden nhw'n byw mewn byd nad oedd Luke yn gwybod dim amdano. Roedd yr athletwyr yn eistedd ar y darn gwair y tu mewn i'r trac, o dan ofal arweinydd yr ymarfer, a'u coesau ar led wrth iddyn nhw ymestyn i gyffwrdd â blaen y naill droed ac yna'r llall.

Roedd Viv wedi dod o hyd i bethau eraill i'w gwneud – 'Fe fydda i 'nôl mewn pryd i roi lifft adref i ti,' roedd e wedi dweud – ond roedd hi'n llawer rhy amlwg fod Mr Webb yno. Roedd e wedi parcio'i hunan ar fainc wrth ymyl yr athletwyr, a'i ffyn baglau wrth ei ochr, a'i goes fel boncyff gwyn. Pan welodd Luke, pwyntiodd yn sur at le gwag wrth ymyl Jodi. Trodd hithau cyn iddo eistedd hyd yn oed.

'Helô,' meddai hi. 'Fe ddwedodd Dad wrtha i dy fod ti wedi cyrraedd. Doedd e ddim yn disgwyl i ti ddod. Dwi'n credu dy fod ti wedi rhoi siom o'r ochr orau iddo fe.'

'Do fe?' meddai Luke. 'Wel, dyw hynny ddim wedi rhoi gwên ar ei wyneb e, ta beth. Felly, beth sy'n digwydd?'

'Ymarferion cynhesu, wrth gwrs. Ymestyn, pethau fel 'na.'

'Pryd mae'r rhedeg yn dechrau?'

'Ar ôl i ni gynhesu. Dwyt ti ddim yn cynhesu cyn i ti redeg?'

'Nac ydw,' meddai Luke yn ddidaro. 'Dwi ddim yn gorfod rhedeg yn aml, ydw i?'

'Efallai ei bod hi'n bryd i ti ddechrau cynhesu 'te,' sibrydodd Jodi a gwenu. 'Efallai y gallet ti ddianc y tro nesaf.'

Trodd hi 'nôl i fwrw ymlaen â'i hymarferion. Cymerodd Luke arno ei fod yn gwneud yr ymarferion wrth ei hymyl, ond doedd e ddim yn ymdrechu o gwbl. Treuliodd fwy o amser yn edrych ar y rhai oedd o'i gwmpas, gan geisio gweithio allan pwy oedd yr athletwyr oedd yn gallu gweld a phwy oedd yn methu gweld. Weithiau roedd hynny'n amlwg. Roedd un ferch yn ei harddegau, yn hŷn na Jodi, yn gwisgo sbectol dywyll. Roedd llygaid bachgen deng mlwydd oed yn troi i fyny, felly roedd hi'n amlwg ei fod e'n ddall. Ond ar y cyfan, roedd Luke yn methu dweud.

Pam ddylai e fod wedi'i synnu? Beth oedd Jodi wedi'i ddweud wrtho yn ei gardd? Drwy redeg roedd hi'n gallu bod mor normal ag y gallai hi fod. Roedd e'n dechrau deall. Roedd hi eisiau cael ei derbyn am *pwy* roedd hi, nid *beth* roedd hi; cael ei barnu am yr hyn roedd hi'n gallu'i wneud yn hytrach na'r hyn roedd hi'n methu'i wneud.

Edrychodd Luke i lawr ar ei ddillad rhedeg. Dylai Viv fod wedi bod yn deiliwr. Roedd e wedi amcangyfrif yn dda. Roedd y cit yn ffitio'n dda, ac roedd yr esgidiau rhedeg mor gyfforddus roedd yn rhaid i Luke symud bysedd ei draed i brofi ei fod yn eu gwisgo nhw. Roedd e'n ddiolchgar. Fyddai e ddim wedi edrych fel rhedwr oni bai am hynny. Wrth reswm, efallai bod rhai ohonyn nhw'n meddwl *pwy* oedd e, ond heb y cit byddai wedi bod yn amlwg yn wahanol, gan wneud i eraill feddwl tybed *beth* oedd e, pam roedd e yno. A'r eiliad honno, sylweddolodd Luke ei fod yn gobeithio y byddai cyn lleied â phosib ohonyn nhw'n dod i wybod y gwir. Roedd pethau'n wahanol ar rodfeydd East Med. Roeddet ti'n ennill parch os oeddet ti wedi bod mewn trafferth gyda'r heddlu. Ond fan hyn...

'Hei! Reid!'

Deffrodd Luke o'i freuddwyd wrth glywed y llais oer a chaled o'r fainc bren y tu ôl iddo. Roedd yr ymarferion cynhesu wedi gorffen. Roedd yr athletwyr a'u tywyswyr yn codi ar eu traed, yn ymrannu'n barau. Caeodd Luke ei ddyrnau heb yn wybod iddo. Ond wnaeth e ddim troi, gan orfodi Mr Webb i weiddi eto.

'Reid! Dere 'ma!'

Roedd tad Jodi'n chwilio am rywbeth mewn bag chwaraeon wrth ei ymyl. Y tro hwn, trodd Luke yn araf ac yn fwriadol a cherdded draw ato fe. 'Luke yw f'enw i,' meddai.

Os oedd Mr Webb wedi clywed, ddangosodd e ddim. 'Mae angen hon arnat ti,' chwyrnodd, gan estyn y strap fer roedd e wedi'i nôl o'i fag.

Wnaeth Luke ddim ymdrech i estyn i'w nôl, dim ond ailadrodd, 'Luke yw f'enw i.'

Y tro hwn, dyma Mr Webb yn ymateb. Gwthiodd fraich i bob un o'r ffyn baglau a chodi ar ei draed, a'i wyneb fel taran.

'Dwi'n gwybod beth yw dy enw di, y lleidr,' sibrydodd yn ffyrnig yn wyneb Luke. 'Mae e ar bob llythyr dwi wedi'i gael o'r llys ynadon. Nawr cymer hwn a 'nôl â ti at fy merch i.'

Roedd dolen ym mhob pen o'r strap. Cydiodd Jodi yn un ohonyn nhw yn syth pan gyrhaeddodd Luke 'nôl wrth ei hochr, a gwthio ei harddwrn de drwy'r ddolen.

'Rwyt ti'n rhoi dy arddwrn chwith di drwy'r pen arall,' meddai hi.

Gwnaeth Luke hynny. Roedd y strap yn ddigon hir i roi lle i'r ddau ohonyn nhw symud eu breichiau wrth redeg. Doedd dim angen bod yn athrylith i ddeall y byddai e'n defnyddio'r strap i dywys Jodi o gwmpas y trac.

'Wyt ti'n barod, 'te?' gofynnodd Luke.

'Ddim eto,' meddai Jodi. 'Gwylia'r rhedwyr eraill am funud.'

'I beth? I weld pwy sy'n mynd i gynnig yr her fwyaf i ti?'

Sylweddolodd e ddim beth roedd e wedi'i ddweud tan i Jodi chwerthin. 'Luke, dwi ddim yn gallu gweld dim byd. Ti yw'r un sydd i fod i wylio. Edrych ar y rhedwyr tywys eraill. Sylwa ar yr hyn maen nhw'n ei wneud.'

Ciciodd Luke ei hun eto am fod mor dwp a throi ei sylw at yr hyn oedd yn digwydd ar y trac. Roedd yr athletwyr dall a'u rhedwyr tywys yn dechrau rhedeg o gwmpas – rhai'n hamddenol, ac eraill ar gyflymdra oedd yn ei synnu.

Ond roedd y parau i gyd, p'un a oedden nhw'n mynd yn araf neu'n gyflym, yn symud yn esmwyth gyda'i gilydd, a'r rhedwyr tywys ychydig o flaen eu rhedwyr ac i'r dde. Roedd rhywbeth am bob pâr oedd yn anarferol, rywsut, ond allai Luke ddim gweithio allan beth oedd e.

'Cer â fi draw i ddechrau'r ras pymtheg can metr,' meddai Jodi ar ôl ychydig o funudau.

'Ble?'

'Ar y darn syth. Yn union ar ôl y tro cyntaf. Mae'n lle da i ni ddechrau.'

Cydiodd hi yn ei benelin, yn union fel roedd hi wedi gwneud yn ei gardd, a'i ddal yn dyner wrth iddo ei harwain hi draw i'r gwair lle roedd ychydig o redwyr eraill a'u tywys-wyr yn paratoi at redeg. Roedd Luke bron yn gallu teimlo llygaid Mr Webb yn llosgi ar ei gefn gyda phob cam.

'Aros,' meddai Jodi, pan oedden nhw ychydig fetrau i ffwrdd.

Eto, meddyliodd Luke tybed sut roedd hi wedi llwyddo i ddeall ble roedden nhw. Does bosib ei bod hi wedi camu dros yr holl drac a chofio'r cyfan!

Doedd hi ddim, wrth gwrs. Tra roedd e wedi bod yn canolbwyntio ar ble roedden nhw'n mynd, roedd hi wedi bod yn gwrando. 'Wyt ti'n clywed 'na?' meddai hi.

Gwgodd Luke. 'Clywed beth?'

'Y tywyswyr, wrth gwrs.'

Y siarad. *Dyna*'r peth anarferol. Roedd y rhedwyr roedd e wedi'u gweld ar y teledu i gyd wedi bod yn mynd nerth eu traed. Fydden nhw ddim yn ystyried siarad. Ond yma roedd y tywyswyr yn parablu'n ddiddiwedd. Wrth i bâr ddod allan o'r tro cyntaf a rhuthro heibio iddyn nhw i'r darn syth olaf, clywodd ambell air.

'Dwi'n troi… yn sythu nawr… yn syth…'

Tynnodd Jodi wrth ei benelin. 'Glywaist ti 'na? Nid dim ond rhedeg mae tywyswyr. Maen nhw'n gorfod siarad yr holl ffordd o gwmpas hefyd.'

Roedd Luke yn dechrau sylweddoli na fyddai hyn mor hawdd ag roedd e'n ei dybio'n gyntaf. 'Felly pryd maen nhw'n anadlu?'

'Dim syniad,' chwarddodd Jodi. 'Dere, gad i ni roi cynnig arni. Dwi'n siŵr bod Dad yn aros i weld faint o gawl wnei di.'

Edrychodd Luke draw at Mr Webb oedd yn gwgu arno. 'Rwyt ti'n dweud y gwir. Dyw e ddim yn hoff iawn ohono i, ydy e?'

'Yn hoff ohonot ti?' meddai Jodi, o ddifrif nawr. 'Luke, mae e'n meddwl mai ti yw llwch y llawr. Mae e'n dy gasáu di.'

Dechreuon nhw redeg ar gyflymdra oedd yn ymddangos yn hamddenol i Luke. Wel, hamddenol o'i gymharu â mynd fel cath i gythraul ar hyd lôn gefn lithrig gyda Mr Webb yn dynn wrth ei sodlau.

Roedd Jodi'n symud yn rhwydd yn y lôn fewnol. Rhedodd Luke – wel, loncian mewn gwirionedd – hanner cam o'i blaen ac ychydig y tu allan iddi, yn yr ail lôn. Rhyngddyn nhw, roedd y strap yn llac wrth i'w breichiau symud yn ôl a blaen.

'Pa mor agos ydw i at yr ochr?' galwodd Jodi.

Edrychodd Luke i lawr ar ei law chwith ar yr ymyl concrit oedd yn rhannu'r trac rhedeg a'r darn gwair yn y canol. 'Yn eithaf agos.'

'Symud allan ychydig, 'te. Paid â gadael i mi fynd yn ddigon agos i gamu arno fe. Ddim os nad wyt ti eisiau fy nghario i'r holl ffordd o gwmpas ar ôl i mi droi fy mhigwrn.'

'A mynd â ti at dy dad? Na, dim diolch.'

Symudodd Luke allan ychydig, gan ddal ati i redeg yn esmwyth. Tynhaodd y strap am eiliad, yna aeth yn llac eto wrth i Jodi ei ddilyn allan.

'Yr ymyl 'na yw'r unig beth y bydd yn rhaid i ti wylio amdano fan hyn. Mae'r marathon fach yn mynd i fod yn llawer mwy anodd.'

'Dwi ddim yn gweld pam,' atebodd Luke, gan hanner cellwair. 'Mae ochr y palmant yn uwch, on'd yw hi? Mae'n haws ei gweld hi.'

'Oherwydd, twpsyn, nid dim ond ochrau palmant y bydd yn rhaid i ti gadw llygad amdanyn nhw. Fe fydd craciau yn yr heol, ynysoedd traffig, canghennau isel, byrddau diod, swyddogion y ras...'

'O'r gorau! Dwi'n gallu dy glywed di!'

Roedd e wedi clywed hefyd. Ac nid yn unig oherwydd rhestr Jodi, fyddai wedi mynd yn llawer hirach petai e heb dorri ar ei thraws, roedd e'n siŵr o hynny. Roedden nhw'n dod yn nes at y tro ym mhen pellaf y trac. Yn waeth na dim...

'Gwranda,' gwaeddodd, gan fethu â chadw'r panig roedd e'n ei deimlo o'i lais, 'ry'n ni'n dod at y tro. Ac mae rhywun yn y ffordd.'

Er mai dim ond mynd ling-di-long roedden nhw, cafodd arddwrn Luke ei dynnu 'nôl yn gas wrth i Jodi stopio'n stond ac yntau hefyd.

'Beth yw'r broblem?'

'Luke, o ddifrif nawr. Paid â dweud pethau fel 'na.'

'Fel beth?'

'Fel, "ry'n ni'n dod at dro", neu, "mae rhywun yn y ffordd". Oni bai dy fod ti wir eisiau codi 'ngwrychyn i, dwi ddim eisiau gwybod hynny.'

Allai Luke ddim deall y peth. Roedd e'n meddwl ei fod e wedi bod yn gwneud yn iawn. 'Beth wyt ti eisiau'i wybod, 'te?'

Atebodd hi mo'i gwestiwn yn uniongyrchol. Yn lle hynny meddai, 'Edrych, dychmyga mai fi wyt ti am eiliad. Cau dy lygaid. Wyt ti wedi'u cau nhw?'

'Ydw.'

'O'r gorau. Nawr – o'th flaen di mae postyn mawr. Os wyt ti'n rhedeg i mewn iddo fe, rwyt ti'n mynd i gael ergyd lle mae'n gwneud dolur fwyaf. Felly dwi'n dweud wrthot ti, "Luke! Dwyt ti ddim yn gallu'i weld e, ond mae postyn o dy flaen di!" Ydy hynny'n helpu?'

Meddyliodd Luke am y peth. Helpu? Nac oedd, doedd e ddim. Roedd ei lygaid yn dyfrhau wrth feddwl am y peth, ond dyna'r cyfan. 'Nac ydy,' meddai.

'Mae'n union yr un fath i fi. Dwi ddim eisiau gwybod beth sydd yn y ffordd, Luke. Y cyfan dwi eisiau'i wybod yw beth mae'n rhaid i mi ei wneud i'w osgoi e. Symud i'r chwith, symud i'r dde, arafu – stopio'n stond, os mai dyna rwyt ti'n meddwl sydd orau.'

'Ond ro'n i'n meddwl…'

'Y byddwn i eisiau penderfynu fy hunan? Anghofia hynny. Pan fyddwn ni'n rhedeg, ti sy'n gyfrifol. Ti sy'n gwneud y penderfyniadau. Dwi innau'n ufuddhau iddyn nhw.'

Fe, yn gyfrifol? Yn yr ysgol fydden nhw ddim wedi ymddiried ynddo fe i fod yn gyfrifol am naddwr pensiliau. Doedd e ddim yn siŵr a allai e ymdopi â hyn.

'Beth os ydw i'n gwneud camsyniad?'

'Fe gawn ni ddadlau amdano fe wedyn,' meddai Jodi'n bendant. 'Felly – wyt ti'n barod i ddechrau rhedeg eto?'

I ffwrdd â nhw unwaith eto, heb fynd yn gyflymach na loncian. Wrth ddod at y tro, cofiodd Luke am y rhedwr tywys roedd Jodi wedi gwneud iddo wrando arno fe.

'Cer i'r chwith ychydig bach,' galwodd, 'ry'n ni'n dechrau mynd o gwmpas y tro.'

'Gwell,' meddai Jodi.

Roedd y tro'n mynd i'r chwith, gan arwain i'r darn syth olaf. Ceisiodd Luke gadw pellter diogel rhyngddo fe a Jodi yr holl ffordd o gwmpas y tro, gan wneud yn siŵr o hyd ei fod e hanner cam o'i blaen hi.

Roedd hynny'n fwy anodd nag y byddai erioed wedi meddwl. Mewn un man, dechreuodd Jodi droi'n chwyrn i'r chwith. Dim ond pan deimlodd y strap yn tynhau y meddyliodd Luke y dylai weiddi, 'Gormod! Sytha ychydig!'

Ond nawr roedd Jodi'n dechrau rhedeg tuag at ochr allanol y trac yn lle dilyn y tro. Roedd y strap rhyngddyn nhw'n hollol lac ac roedd yn rhaid iddo symud allan yn gyflym rhag i Jodi redeg i mewn iddo fe.

'I'r chwith eto,' gwaeddodd. 'Ddim gormod! Perffaith!'

Efallai eu bod nhw wedi bod yn mynd igam-ogam fel pâr o feddwon yn symud yn araf, ond roedden nhw bron â chyrraedd. O'u blaenau nhw roedd y darn syth olaf, a'i linellau gwyn yn ymestyn i'r pellter. 'Cer yn syth!' gwaeddodd Luke.

Ymatebodd Jodi'n syth. Tynhaodd y strap wrth i Luke symud i'w harwain oddi wrth ymyl y trac, yna aeth y strap yn llac eto wrth iddo ddechrau rhedeg fel arfer. Roedd Luke yn dal i loncian yn hamddenol wrth iddo arwain Jodi'n ddiogel i lawr y darn syth a dros y llinell derfyn. Roedd Mr Webb yn aros yno i gwrdd â nhw, yn edrych fel fwltur mawr ar ei ffyn baglau.

'Fyddet ti ddim wedi ennill ras plant bach ym mabolgampau'r meithrin wrth redeg fel 'na,' meddai Mr Webb wrth Jodi.

Chafodd hyn ddim effaith ar Jodi. 'Felly diolch byth mai rhedeg yn Marathon Llundain dw i!'

'Rwyt ti'n gwybod beth dwi'n ei feddwl,' chwyrnodd Mr Webb. Dyma fe'n troi at Luke. 'Mae'n rhaid iddi hi redeg mor gyflym â ti. Os wyt ti'n mynd yn araf, mae'n rhaid iddi hi fynd yn araf.' Crechwenodd. 'Rwyt ti'n gallu rhedeg yn gynt, on'd wyt ti? Neu oes rhaid i rywun fod yn rhedeg ar dy ôl di cyn i hynny ddigwydd?'

'Dad! Dyw hynny ddim yn deg! Rwyt ti'n gwybod bod angen llawer o ymarfer.'

Newidiodd wyneb Mr Webb ddim, a daliodd ei lygaid i edrych i fyw llygad Luke. 'Wel fe fydd yn rhaid i'r ddau ohonoch chi ymarfer ychydig bach yn fwy, yn bydd?'

Ymarfer wnaethon nhw hefyd. Roedd Jodi fel petai'n methu rhedeg digon. Aethon nhw o gwmpas bedair gwaith, yna'r bumed waith, gan gyflymu ychydig bob tro. Yna gofynnodd Luke a oedd hi eisiau stopio. Atebodd Jodi 'Unwaith eto!', efallai oherwydd nad oedd hi eisiau mynd 'nôl at ei thad pwdlyd oedd yn gwylio pob cam o'i fainc, neu oherwydd ei bod hi'n mwynhau cymaint.

Byddai hynny'n gwneud chwe lap. Tua milltir a hanner. Er mai dim ond rhedeg ling-di-long roedden nhw wedi gwneud, roedd Luke yn dechrau teimlo'n flinedig. Roedd ei gluniau'n tynhau ac roedd e'n anadlu'n drwm.

'Rwyt ti'n gwneud yn dda,' meddai Jodi.

'Diolch,' meddai Luke.

Er gwaethaf ei boenau, gwenodd Luke. Doedd e ddim yn disgwyl i Mr Webb gytuno, ond roedd e'n meddwl ei fod e'n dechrau'i deall hi. Roedd e'n siarad mwy â Jodi – efallai mai dyna pam roedd ei wynt yn ei ddwrn… Hefyd roedd hi fel petaen nhw'n igam-ogamu llai, hyd yn oed o gwmpas y troeon.

Plygodd Jodi yn hapus i safle dechrau ras. 'Ar eich marciau, barod... ewch!'

Y tro hwn, i ffwrdd â nhw ar gyflymdra da. Aeth Luke â nhw o gwmpas y tro cyntaf, a Jodi'n rhedeg yn esmwyth y tu mewn iddo a hanner cam perffaith y tu ôl iddo. Roedden nhw'n deall ei gilydd mor dda fel bod Luke yn teimlo nad oedd angen iddo weiddi 'I'r chwith... i'r chwith.'

I'r darn syth olaf. Aethon nhw ychydig ar gyfeiliorn wrth ddod allan o'r tro, cyn i Luke weiddi, 'Yn syth!' yn bendant.

Roedd pethau'n mynd yn dda. Yn rhy dda. Roedd rhedwr arall a'i dywysydd yn syth o'u blaenau nhw. Roedden nhw'n dal i fyny â nhw'n gyflym. Yn nes, yn nes. Petaen nhw ddim yn symud allan neu'n arafu, bydden nhw'n rhedeg i mewn iddyn nhw.

Edrychodd Luke ar Jodi. Beth oedd hi wedi'i ddweud yn gynharach? *Pan fyddwn ni'n rhedeg, ti sy'n gyfrifol. Ti sy'n gwneud y penderfyniadau. Dwi innau'n ufuddhau iddyn nhw.* Oedd e'n gallu credu hynny? Oedd hi wir yn gallu ymddiried cymaint â hynny ynddo fe?

Roedden nhw bron â chyrraedd y rhedwyr eraill. Bydden nhw'n eu taro nhw mewn ychydig o gamau eto...

'Symuda allan!' gwaeddodd Luke, gan symud allan yn gyflym ei hunan. Teimlodd y strap yn tynhau. Oedd Jodi wedi clywed? Gwaeddodd eto, bron fel gorchymyn. 'Symuda allan, Jodi!'

Dyma'r strap yn llacio. Roedd hi wedi ufuddhau iddo fe!

'Allan, allan...' aeth Luke yn ei flaen. Roedden nhw'n mynd am ganol y trac nawr – ac yn dal i fyny â nhw. 'Yn syth!' gwaeddodd. 'Rydyn ni'n goddiweddyd!'

Aeth y ddau ymlaen yn gyflym, heb arafu dim. Roedd Luke yn ofni mentro meddwl am yr hyn oedd yn digwydd y tu mewn iddo, felly bodlonodd ar yr hyn y gallai ei weld o gornel ei lygad. Roedden nhw wrth ochr y rhedwyr eraill – y bachgen deng mlwydd oed a Mr Lawrence a'i wallt brith oedd wedi rhoi lifft i Jodi a'i thad i'r trac. Yna, yn araf, roedd y bachgen wedi mynd; dim ond amlinell Mr Lawrence yn symud i fyny ac i lawr oedd i'w weld. Ychydig gamau eto ac roedd yntau wedi diflannu hefyd – dim ond sŵn traed yn pwnio a Mr Lawrence yn tuchan oedd yn dweud wrth Luke eu bod nhw yno o hyd.

'Diolch byth, ry'n ni wedi mynd heibio iddyn nhw!' gwaeddodd, wrth ei fodd. 'Dere'n nes draw, Jodi!'

'Rwyt ti'n dysgu,' galwodd Jodi, gan ufuddhau iddo. 'Ro'n i'n meddwl y bydden ni'n gorfod stopio.'

'Beth?' meddai Luke wrth iddo sylweddoli beth ddwedodd hi. 'Felly ro't ti'n gallu dweud ein bod ni'n dal i fyny gyda rhywun?'

Chwarddodd Jodi'n uchel. 'Dwi'n ddall, Luke, nid yn fyddar! Fe fyddwn i wedi gallu ein clywed ni'n dod yn nes at unrhyw un. Ond ry'n ni newydd fynd heibio i Mr Lawrence, yn tywys Tom, ei ŵyr. Rwyt ti'n gallu'i glywed e'n tuchan o ben draw'r trac!'

Roedden nhw bron â chyrraedd y tro olaf. Eto, dechreuodd Luke arwain Jodi o'i gwmpas. Roedd y cyfarwyddiadau'n dod yn fwy naturiol bellach, ac roedd e'n gallu canolbwyntio'n well ar redeg gyda hi. Doedd hynny ddim yn hawdd. Doedd e ddim yn tuchan mor uchel â Mr Lawrence, ond roedd e'n bendant yn dechrau mynd yn fyr ei anadl. Fe fyddai'n falch o roi'r gorau iddi.

Ond roedd Jodi'n edrych fel petai hi'n gallu dal ati i redeg drwy'r dydd. Wrth iddyn nhw ddod allan o'r tro ac i mewn i'r darn syth olaf, gwaeddodd:

'Ti'n gwybod beth, Luke? Bob tro dwi'n dod o gwmpas y darn 'ma dwi'n dychmygu mai dyma ddarn syth olaf Marathon Llundain! Dwi o flaen Palas Buckingham ac mae'r frenhines yn edrych i lawr o'i balconi ac yn fy annog i ddal ati!'

Sylweddolodd Luke yn syth bod meddwl am hyn wedi rhoi hwb ychwanegol i Jodi. Roedd hi bron â'i ddal i fyny, yn hytrach na'i bod hi hanner cam y tu ôl iddo. Roedd yn rhaid iddo fe wneud yn siŵr eu bod nhw'n rhedeg yn gywir, gwyddai hynny. Er ei fod e'n flinedig, roedd yn rhaid iddo fe gyflymu hefyd. Allai e wneud hynny?

Gallai! Ac at hynny, sylweddolodd fod ganddo yntau egni ar ôl hefyd, fel petai brwdfrydedd Jodi wedi ei heintio. Gallai Luke weld y llinell derfyn o'u blaenau.

'Dere, 'te!' gwaeddodd. 'Esgus mai dy farathon di yw hi! Cer amdani!'

Estynnodd ei gam. Dilynodd Jodi, a'i hwyneb yn pefrio wrth iddi fwynhau rhedeg. Cyn hir roedden nhw bron yn gwibio, yn rasio yn erbyn ei gilydd.

Dyna beth achosodd y ddamwain. Wrth iddyn nhw ddod yn nes at y llinell, anghofiodd Luke mai tywysydd oedd e. Rhedwr oedd e, gwibiwr, yn ceisio ennill. Gwasgodd ei ddannedd yn dynn wrth wthio'i hunan yn galetach eto, heb sylweddoli bod y strap oedd yn ei gysylltu â Jodi wedi tynhau.

Dim ond pan sgrechiodd hi, 'Arafa!' y daeth e at ei goed. Arafodd e'n syth. Y tu ôl iddo, roedd Jodi'n ymdrechu i aros ar ei thraed ar ôl cael ei thynnu cymaint. Ond roedd pethau wedi gwella ar ôl i Luke arafu. Roedd Jodi wedi dechrau rhedeg yn iawn eto – ond, yn y panig, roedd Luke wedi anghofio ei bod hi'n beryglus iddi fynd yn rhy agos at ymyl y trac.

Trawodd troed chwith Jodi yr ymyl concrit. Petai hi wedi bod yn rhedeg yn iawn, efallai na fyddai cymaint o wahaniaeth. Ond roedd hi eisoes yn hanner baglu wrth iddi geisio arafu. Taro'r ymyl oedd yr hoelen olaf yn yr arch. Dyma hi'n gweiddi mewn braw, yna plygodd ei choesau a chwympodd hi'n drwm ar y trac. Eiliad yn ddiweddarach, wrth i'r strap oedd yn eu cysylltu dynhau a throi, cafodd Luke ei lusgo i lawr gyda hi.

Ymdrechodd Luke i godi ar ei draed, gan anwybyddu'r poen tanllyd o'i benelin oedd wedi colli'i groen ar ôl cael ei lusgo ar hyd y trac. Er mawr ryddhad iddo, doedd Jodi ddim yn edrych fel petai hi wedi cael anaf. Roedd hi eisoes wedi rhyddhau'i hunan o'r strap oedd yn eu cysylltu nhw ac yn neidio i fyny ar ei thraed. Marciau llwyd y lludw ar hyd ochr ei choes chwith oedd yr unig arwydd iddi gwympo.

'Jodi! Jodi!' Roedd Mr Webb yn dod tuag atyn nhw, gan ruo a neidio ar yr un pryd. Roedd e wedi cyrraedd erbyn i Luke godi ar ei draed a sefyll wrth ymyl Jodi. 'Wyt ti'n iawn?'

'Dwi'n iawn, Dad,' meddai Jodi'n gyflym. Symudodd hi ei migwrn chwith i brofi hynny. 'Fi oedd ar fai. Fe anghofiais i fy hunan.'

Ond doedd hi ddim mor hawdd taflu llwch i lygaid Mr Webb. 'Paid â siarad dwli!' poerodd, gan droi at Luke. 'Fe welais i beth ddigwyddodd. Ti oedd ar fai, Reid.'

Caeodd Luke ei ddyrnau'n dynn wrth iddo bron â chael ei lethu gan awydd i roi ergyd i dad Jodi yn ei geg. Yr unig beth a'i rhwystrodd e oedd cyffyrddiad ei bysedd hi ar ei fysedd yntau, yn ysgafn fel pluen a heb yn wybod i'w thad, fel petai hi'n dweud, 'Paid. Dyna mae e ei eisiau. Mae e'n trïo gwneud i ti roi'r ffidl yn y to.'

Felly daliodd ei dir a'r cyfan a ddwedodd e oedd, 'Luke yw f'enw i.'

Ond wnaeth hynny ddim gwahaniaeth o gwbl, man a man iddo fod wedi dweud mai Eira Wen oedd ei enw. Aeth Mr Webb yn ei flaen yn wyllt. 'Ti oedd ar fai,' meddai eto'n gas, gan wthio ei fys i frest Luke hefyd. 'Fel ro'n i wedi disgwyl. Wyt ti eisiau gwybod pam? Achos, Reid, ro'n i'n gwybod y byddet ti'n gwneud yr hyn sy'n dod yn naturiol i ti, o gael y cyfle.'

Pwyntiodd Mr Webb yn gandryll at y darn syth olaf roedd Luke a Jodi newydd rasio ar ei hyd. 'Am ei redwr mae tywysydd i fod i feddwl bob amser. Wel, wnest ti ddim. Doeddet ti ddim yn rhedeg dros Jodi gynnau fach. Roeddet ti'n rhedeg dros dy hunan. Wyt ti'n 'y 'nghlywed i? Dros dy hunan!'

Roedd e'n rhythu ar Luke, yn ei herio i edrych draw. 'A dyna'n union y byddi di'n ei wneud bob amser pan fydd hi'n dod i'r pen, ynte, Reid? Byddi di'n rhoi dy hunan yn gyntaf.'

Tan hynny, roedd Luke wedi bod yn dal ei dir, gan wrthod cael ei ddychryn. Nawr, heb yngan gair, tynnodd y strap oedd yn dal i hongian yn llipa oddi ar ei arddwrn chwith a'i roi yn llaw Jodi. Wedyn trodd a'u gadael nhw.

Roedd e'n aros y tu allan wrth i Viv ddod â'r car. 'Sut aeth hi?' gofynnodd y swyddog prawf.

'Yn iawn.'

Dyna'r unig eiriau a ddwedodd Luke yr holl ffordd 'nôl. Doedd e ddim yn gweld bod rhaid manylu. Doedd dim rhaid egluro pam roedd e wedi cerdded i ffwrdd. Doedd dim rhaid dweud iddo gerdded i ffwrdd oherwydd bod rheswm arall, nid dim ond oherwydd bod tad Jodi wedi'i wylltio'n gacwn.

Ac, yn enwedig, doedd dim rhaid cyfaddef ei fod yn gwybod bod Mr Webb yn llygad ei le.

Pennod Naw

Eisteddodd Jodi o flaen ei chyfrifiadur. Pwysodd ymlaen a
theimlo am y darnau bach wedi'u codi ar waelod bysellau 'F'
a 'J' ar y bysellfwrdd. Pan oedd ei mynegfys chwith ar 'F' a'i
mynegfys de ar 'J', gwyddai y byddai ei bysedd yn y mannau
cywir i wasgu'r bysellau eraill. Dechreuodd deipio'n rhwydd
ac yn hyderus...

```
Rwy'n ffodus fy mod i'n byw yn yr unfed
ganrif ar hugain. Rwy'n gallu teipio'r
traethawd hwn ar fy nghyfrifiadur. Ar
ben hynny, er nad ydw i'n gallu gweld yr
hyn rwy' wedi'i ysgrifennu, rwy'n gallu
ei ddarllen e! Ar waelod y bysellfwrdd
mae gen i ddyfais er mwyn i mi wneud
hynny. Dyfais fodern yw hi, ond dim ond
achos mai rhan o gyfarpar cyfrifiadur yw
hi. Daeth y syniad sydd y tu ôl iddi gan
rywun a gafodd ei eni tua 200 mlynedd
yn ôl. Dyma rywun a newidiodd y byd, yn
bendant...
```

Dyna oedd teitl y traethawd bywgraffiadol roedd mam Jodi
wedi'i osod iddi: *Y Dyn/Y Ddynes a Newidiodd y Byd*. Byddai
Jodi wedi dwlu petai'r person roedd hi'n mynd i ysgrifennu

amdano'n ddynes, ond dyn oedd y person roedd hi'n ei edmygu fwyaf a doedd dim modd iddi newid hynny!

Cafodd Louis Braille ei eni yn y flwyddyn 1809. Roedd e'n byw mewn tref fach ger Paris. Crefftwr oedd ei dad a oedd yn gwneud pob math o bethau o ledr. Un diwrnod, pan oedd Louis yn dair, daeth o hyd i un o offer ei dad. Erfyn o'r enw mynawyd oedd e. Erfyn pigfain yw hwn sy'n cael ei ddefnyddio i wneud tyllau mewn lledr. Digwyddodd damwain. Rywsut, rhoddodd Louis y mynawyd yn ei lygad. Aeth y clwyf yn heintus. Cyn hir lledodd yr haint i lygad arall Louis. Aeth e'n hollol ddall.

Gwrthododd Louis adael i'w gyflwr newydd ei drechu. Enillodd le mewn ysgol arbennig ym Mharis, y Sefydliad Brenhinol i Ddeillion Ifanc. Yno, dysgodd bethau defnyddiol – *naddo ddim!* Doedd neb yn disgwyl llawer gan blant dall. Dim ond sgiliau syml roedden nhw'n disgwyl iddyn nhw eu meistroli. Felly, dwedodd athrawon yr ysgol wrth Louis y byddai'n rhaid iddo ddysgu gwneud cadair wiail neu wnïo pâr o sliperi er mwyn osgoi bod yn gardotyn fyddai'n begera ar y stryd. Dangosodd Louis eu bod nhw'n anghywir. Daeth yn gerddor medrus yn y lle cyntaf.

Efallai y byddai Louis Braille wedi hoffi byw yn yr unfed ganrif ar hugain, meddyliodd Jodi. Gallai e fod wedi bod yn aelod o grŵp pop! Efallai y byddai hi wedi mwynhau gwrando ar ei gerddoriaeth yn swnllyd iawn!

Daliodd Jodi ati i deipio, a'r geiriau'n llifo'n hawdd. Ysgrifennodd hi am sut roedd yr ychydig lyfrau yn llyfrgell yr ysgol yn enfawr ac yn lletchwith, a phob llythyren wedi'i hargraffu'n anferth ac yn codi o'r papur er mwyn i'r darllenwyr allu eu teimlo â blaenau eu bysedd. Ysgrifennodd hi fod Louis yn credu bod rhaid bod ffordd well na hyn ac i hynny gael ei gadarnhau pan glywodd am system côd gan y fyddin oedd yn defnyddio dotiau a llinellau toriad i drosglwyddo negeseuon yn y nos. Roedd y system honno'n llawer rhy gymhleth i gael ei defnyddio bob dydd, ond roedd Louis Braille wedi gweithio arni yd nes iddo greu côd ei hunan yn y diwedd...

Roedd y côd wedi'i seilio ar grid bychan o chwech o ddotiau. Roedd e'n hawdd ei ddarllen gan fod patrymau gwahanol yn cynrychioli llythrennau gwahanol. At hynny, roedd e'n golygu bod modd dysgu'r deillion i ysgrifennu hefyd. Y cyfan oedd ei angen oedd erfyn bach pigfain i wneud y dotiau (gan wneud yn siŵr na fydden nhw'n bwrw'r erfyn i mewn i'w hunain!).

Dros ganrif a hanner yn ddiweddarach, system Braille (a enwyd ar ôl Louis) yw'r dull pwysicaf mae'r deillion yn ei ddefnyddio i ddarllen ac ysgrifennu. Mae popeth ar gael, o galendrau Braille i gardiau chwarae. Wrth i mi deipio'r traethawd hwn, rwy' wedi bod yn gwirio

```
pob llinell ar y ddyfais y soniais i
amdani'n gynharach, yr un ar waelod fy
mysellfwrdd. Darllenydd Braille yw e.
Mae'n troi'r llythrennau rwy' newydd eu
teipio yn godau Braille. Ac mae system
Braille ar gael i siaradwyr bron pob
iaith, o iaith Albania i Zulu.
   Dyna pam rwy'n enwebu Louis Braille.
Fe newidiodd e'r byd i'r deillion.
```

Eisteddodd Jodi 'nôl a rhoi ochenaid o ryddhad. Roedd y gwaith ar ben. Amser gwrando ar gerddoriaeth! Roedd hi newydd neidio ar ei gwely i nôl yr iPod pan glywodd gnoc ar ei drws.

'Jodi?'

'Os wyt ti'n dod i weld a ydw i wedi gwneud y traethawd 'na, Mam, dwi newydd ei orffen e.'

Clywodd Jodi'r drws yn cau, a'r gadair yn gwichian wrth i'w Mam eistedd wrth y cyfrifiadur. Yna chlywodd hi ddim byd tan i'w thraethawd gael ei ddarllen ac meddai Mrs Webb, 'Da iawn! Ro'n i'n hoffi'r darn am yr erfyn Braille. Do'n i erioed wedi meddwl amdano fe fel arf peryglus o'r blaen!'

'Wir?'

'Wel – unwaith neu ddwy, efallai.' Newidiodd mam Jodi bwnc y sgwrs yn ofalus. 'A sôn am ddamweiniau, sut mae dy goes di?'

'Dim problem, Mam. Fe ddwedais i hynny wrth Dad yn syth wedyn.'

'Dim cleisiau?'

'Dwi ddim wedi sylwi ar unrhyw un.'

Dwedodd Jodi hynny mor ddidaro fel bod ei mam hyd yn oed wedi methu gweld y jôc am eiliad. Ond roedd hanner gwên yn ei llais wrth iddi ddweud, 'Fe glywais i fod Luke wedi gwneud yn dda – tan y diwedd, hynny yw.'

'Dad ddwedodd hynny?'

Sylwodd Jodi ar yr oedi, y newid goslef. 'Na-a. Mr Lawrence ddwedodd. Fe ffoniodd e i ddweud ei fod e'n gallu rhoi lifft i ni yn y car i ddigwyddiad y CGD ddydd Sul. Yn ystod y sgwrs fe ddwedodd e eich bod chi'ch dau'n edrych fel petaech chi wedi bod yn rhedeg gyda'ch gilydd ers blynyddoedd pan aethoch chi heibio iddo fe a Tom.'

'Waw! Beth ddwedodd Dad am hynny?'

'Dim llawer,' meddai Mrs Webb. Roedd hynny'n wir. Doedd dim angen iddo yngan gair. Roedd yr olwg ar ei wyneb wedi dweud y cyfan.

'Rho dy draed i lawr!' meddai Mr Harmer yn swta.

Agorodd Luke ei lygaid. Roedd ei gadair yn pwyso am 'nôl a'i sodlau ar ymyl y bwrdd. Roedd e'n tybio y gallai wthio ei athro dosbarth ychydig bach yn bellach.

'Dwi'n gysurus fel hyn.'

'Traed – *LAWR*!'

Roedd Luke wedi camgymryd. Roedd y wythïen enwog ar wddf Harmer wedi chwyddo'n barod. Roedd e mewn hwyl benderfynol iawn. Ufuddhaodd Luke, ond gwnaeth yn siŵr fod ei gadair yn glanio'n swnllyd ar y llawr.

'Diolch,' meddai Mr Harmer.

Agorodd yr athro dosbarth ei ffolder a dechrau mynd drwy'r gofrestr. Agorodd Luke ei geg yn flinedig, plygu ei freichiau ar y bwrdd a gorffwys ei ben arnyn nhw fel petaen nhw'n glustog. Heblaw am wneud rhyw sŵn pan gafodd ei enw ei alw, symudodd e ddim tan amser egwyl. Roedd Mr Harmer bob amser yn fodlon â hynny.

Y tu allan, dechreuodd Luke grwydro'n ddiamcan ar hyd ffens allanol yr ysgol.

Daeth pêl dennis o rywle a stopio o'i flaen. Rhoddodd Luke ei droed arni, a'i chadw yno tan i fachgen o flwyddyn wyth ddod i'w nôl hi. Arhosodd yntau, gan edrych ar Luke.

'Hei. Luke Reid wyt ti, ynte?'

'Ie, wel?'

'Fe welais i di'n mynd i mewn i gar Viv Defoe'r diwrnod o'r blaen. Ti'n gorfod gwneud gwasanaeth cymunedol eto, wyt ti?'

'Efallai.'

Trodd gwefus y bachgen blwyddyn wyth. 'Allet ti byth â bod wedi gwneud llawer, 'te. Mae pawb yn gwybod bod Lee Young wedi gorfod mynd i Markham y tro diwethaf.'

'Do. Fe ddwedodd e wrtha i,' gorliwiodd Luke.

Roedd y bachgen iau wedi dweud enw Lee Young mewn ffordd arbennig. Yn llawn parchedig ofn. Roedd Luke yn teimlo fel cael ychydig o barch am unwaith. Dyna gafodd e.

'Wyt ti'n ei nabod e? Lee Young?'

Nodiodd Luke. 'A Mig Russell.'

'Cŵl.'

Cododd Luke y bêl dennis a'i thaflu 'nôl. Rhedodd y bachgen blwyddyn wyth 'nôl i chwarae, gan edrych ar Luke dros ei ysgwydd wrth iddo redeg.

Parchedig ofn. Roedd hynny'n teimlo'n dda.

Pennod Deg

Fyddai neb roedd Luke yn ei adnabod wedi sylweddoli mai 'rêf' oedd digwyddiad Jodi. Doedd dim goleuadau gwallgof, dim cerddoriaeth swnllyd yn pwnio – ac roedd llawer gormod o oedolion.

Roedd oedolion yn cwrdd â'r rhai oedd newydd gyrraedd, oedolion yn symud cwpanau a phlatiau o gwmpas, oedolion yn rhoi gemau bwrdd a chardiau chwarae ar fyrddau, ac oedolion yn tynnu blychau o'r naill le i'r llall. Dim ond pan welodd Luke gi tywys o dan un o'r byrddau y sylweddolodd e nad pobl neis-neis oedd eisiau helpu oedd pob un o'r oedolion. Roedd sawl un yn yr un sefyllfa â Jodi. Eto fyth dyma ei geiriau hi'n canu yn ei glustiau. *Dwi eisiau bod mor normal ag y galla i fod.*

'Reid. Gan dy fod ti wedi cyrraedd, man a man i ti wneud rhywbeth. Cer i roi help llaw i Mr Lawrence.'

Mr Webb. Un oedolyn yn ormod, hyd yn oed petai dim un oedolyn arall yno, meddyliodd Luke.

Yn ogystal â swnio'n sarrug, roedd tad Jodi'n pwyntio i wagle – neu'r peth agosaf ato, sef y ffenest enfawr oedd yn un o waliau'r ystafell roedden nhw ynddi. Aeth Luke yn agosach ati, gan obeithio cael rhyw awgrym am beth roedd e'n sôn.

Wrth gyrraedd y ffenest, gwelodd ei fod e'n edrych i lawr ar neuadd chwaraeon fawr. Roedd y rhan oedd yn union o dan y ffenest, maint cwrt tenis, wedi cael ei wahanu. Roedd Mr Lawrence newydd wthio drwy'r drysau, yn cario blwch plastig mawr o... wel, allai Luke ddim dyfalu beth. Doedd dim llawer o ddiddordeb ganddo mewn gwybod beth oedd ynddo chwaith, ond os byddai'r gwaith yn golygu ei fod e'n cadw'n ddigon pell oddi wrth Mr Webb am dipyn, roedd e'n barod i wneud yr ymdrech.

'Helô. Luke wyt ti, ynte?'

'Ie,' nodiodd Luke. Roedd yr hen ddyn wedi defnyddio'i enw, o leiaf.

'Beth wyt ti'n ei wybod am bêl-gôl, 'te?' gofynnodd Mr Lawrence.

Pêl-gôl? Gwgodd Luke. Diawl o ddim, meddyliodd. 'Dim byd,' meddai.

'Does dim rheswm pam dylet ti wybod unrhyw beth,' gwenodd Mr Lawrence. 'Ond, cred ti fi, mae hi'n gamp boblogaidd iawn. Mae timau rhyngwladol a phob math o bethau.'

'Felly sut ry'ch chi'n chwarae, 'te?'

'Wel, mae e ychydig bach fel cymysgedd rhwng bowlio deg a phêl-droed. Ond dwi ddim yn chwarae.'

'Dy'ch chi ddim yn ddigon ifanc, ydych chi?' tynnodd Luke ei goes.

'Nage, nid hynny,' meddai Mr Lawrence. 'Dwi ddim yn ddigon dall. Dere, cymer hwn.'

Teimlai Luke gymysgedd o embaras a dryswch wrth iddo gymryd un pen o rilen fawr o dâp gwyn trwchus roedd Mr Lawrence wedi'i nôl o focs plastig wrth ei draed. O hynny ymlaen, dim ond dilyn cyfarwyddiadau wnaeth e.

'Dyna ti,' meddai Mr Lawrence, hanner awr yn ddiwedd-arach, 'un cwrt pêl-gôl.'

Edrychodd Luke ar eu gwaith nhw. Roedd e wedi syl-weddoli'n gyflym fod y tâp yn ludiog ar y naill ochr ac yn arw ar y llall. Roedden nhw wedi'i ddefnyddio i farcio petryal maint cwrt tenis. Ychydig fetrau o bob pen, roedd darnau eraill o dâp yn rhedeg o naill ochr y petryal i'r llall. 'Rhyw fath o flychau cosbi,' roedd Mr Lawrence wedi'i ddweud. 'Mae'n rhaid i chwaraewyr y ddau dîm aros yn eu hardal-oedd eu hunain.'

Roedd Luke wedi gallu gweithio allan sut roedden nhw'n llwyddo i wneud hynny o'r ychydig amser roedd e wedi'i dreulio gyda Jodi. 'Dyna pam mae'r tâp yn arw, ie? Fel eu bod nhw'n gallu'i deimlo fe.'

'Ie, dyna ni. Mae chwaraewyr pêl-gôl yn treulio'r rhan fwyaf o'u hamser ar eu pedwar.'

Ond roedd pethau eraill yn dal i ddrysu Luke. 'Beth am y darnau eraill?' gofynnodd. Roedd Mr Lawrence wedi defnyddio darnau llai o dâp yn gyson ar draws y 'blwch cosbi' i wneud marciau tebyg i'r marciau ar ymyl pren mesur.

'Maen nhw'n helpu'r chwaraewyr i weithio allan lle maen nhw.' Chwarddodd. 'Ond dy'n nhw ddim bob amser yn ddigon. Mae'r dyfarnwr yn gorfod stopio'r chwarae'n aml oherwydd bod rhywun yn wynebu'r ffordd anghywir! Felly, Luke, wyt ti'n gallu dyfalu sut mae'r gêm yn cael ei chwarae?'

Meddyliodd Luke am eiliad. Cymysgedd rhwng bowlio deg a phêl-droed... 'Â phêl?' meddai, gan deimlo'n dwp ac yn syfrdan ar yr un pryd.

'Ie!' Rhoddodd Mr Lawrence ei law yn y blwch plastig a thynnu rhywbeth allan oedd yn edrych fel pêl droed a thyllau ynddi. 'Dyma ti, dal hi!'

Tincialodd y bêl wrth iddi hedfan drwy'r awyr a glanio yn nwylo Luke.

'Gêm tri bob ochr yw hi,' aeth Mr Lawrence yn ei flaen. 'Mae'r chwaraewyr yn sefyll dros eu hardal nhw i gyd. Maen nhw'n ceisio sgorio drwy fowlio'r bêl i gôl y tîm arall, yna maen nhw'n amddiffyn eu gôl eu hunain pan fydd y bêl yn cael ei saethu 'nôl eto! Syml, ynte?'

Syml? Stopio pêl sy'n gwibio heibio a thithau'n gallu ei chlywed hi ond yn methu ei gweld hi? Roedd hynny'n swnio'n gymhleth.

Clywodd Luke leisiau cyffrous y tu allan oedd yn dweud wrtho fod y chwaraewyr yn cyrraedd. Tybiodd y byddai Jodi yn eu plith nhw a sylweddolodd ei fod e'n edrych ymlaen at weld sut byddai hi'n dod ymlaen. Dim ond un peth arall oedd yn ddirgelwch iddo.

'Felly ble mae'r goliau?' gofynnodd.

'Da iawn ti am sylwi, Luke!' chwarddodd Mr Lawrence. 'Does dim goliau. Mae goliau pel-gôl fel tair gôl pump bob ochr gyda'i gilydd – maen nhw'n ymestyn ar draws lled pob pen o'r cwrt. Mae goliau go-iawn, gyda rhwydi a phopeth arall fel pyst a phadin arnyn nhw, yn costio ffortiwn. Dy'n ni ddim wedi gallu'u fforddio nhw. Gobeithio bydd Marathon Llundain yn newid hynny.'

'Sut felly?'

'Arian noddi Jodi. Mae hi eisiau i ychydig ohono fe gael ei ddefnyddio i brynu goliau.'

Rhywbeth arall y buest ti bron â'i ddifetha, roedd Luke yn aros i glywed Mr Lawrence yn ei ychwanegu. Ond ddwedodd e ddim byd, gan wneud i Luke feddwl tybed a oedd e'n gwybod – neu a oedd e'n dewis peidio â sôn am y peth. Beth bynnag, roedd e'n anarferol o ddiolchgar am hynny.

'Felly,' roedd Mr Lawrence yn dweud, 'tan hynny, fe wnawn ni'r hyn ry'n ni wedi bod yn ei wneud bob amser: defnyddio conau plastig a gadael i'r dyfarnwr – sef fi – wneud y penderfyniad terfynol!'

'Ac achos bod Mr Lawrence yn gallu gweld a ninnau'n methu gweld, dy'n ni ddim mewn sefyllfa i ladd arno fe!'

Jodi oedd yno. Roedd Mrs Webb wedi'i harwain hi at ddrws y neuadd, ond dim pellach, ac roedd hi'n un o grŵp o chwaraewyr oedd wedi dod yn syth draw at Luke a Mr Lawrence.

'Helô!' gwenodd Luke. 'Ti'n iawn?'

'Ydw, diolch,' gwenodd Jodi. Dyma hi'n troi at Mr Lawrence. 'Mae problem fach 'da ni. Dyw Sean ddim wedi dod, felly dim ond pump ohonon ni sydd.'

'Fe ddwedais i wrthi nad oedd gwahaniaeth achos dwi'n chwarae fel dau ddyn!' gwaeddodd bachgen cryf tua'r un oedran â Luke wrth godi pâr o badiau pen-glin cadarn yr olwg o flwch plastig Mr Lawrence a dechrau eu gwisgo nhw.

Wrth ei ochr, roedd tri arall yn gwneud yr un fath. Roedd dwy ferch, un yn hŷn na Jodi ac un yn iau. Gwelodd Luke mai Tom oedd y llall, ŵyr Mr Lawrence. Rhoddodd pob un ohonyn nhw badiau amdanyn nhw tra roedd cwpwl o rieni ac eraill yn hofran yn y cefndir.

Roedd Jodi a'r bachgen mawr yn amlwg yn hoffi herio'i gilydd. 'Ac fe ddwedais i wrth Rick, dyw bod yr un maint â dau ddyn ddim yn golygu ei fod e'n chwarae fel dau ddyn. Beth bynnag, dwi ddim eisiau iddo ddefnyddio hynny fel esgus pan fydd ei dîm e'n cael eu curo'n rhacs. Mae gen i syniad gwell.'

'Ie?' meddai Mr Lawrence.

'Gall Rick, Beth a Susila fod ar un ochr...' dechreuodd Jodi.

'Yn dy erbyn di a Tom?' gwaeddodd Rick. 'Fe gewch chi eich llorio!'

'Nage,' meddai Jodi. 'Yn f'erbyn i, Tom – a Luke.'

'Fi?' meddai Luke. 'Jodi, dwyt ti ddim yn anghofio rhywbeth?'

'Yyy!' chwarddodd Jodi. 'Rwyt ti'n gallu gweld, on'd wyt ti?' Newidiodd ei goslef i fod yn fwy pigog, ond eto'n chwareus. 'Wel, fyddwn ni ddim yn hir yn newid *hynny*! Set lawn o offer i Luke, os gwelwch chi'n dda, Mr Lawrence. Padiau pen-glin, padiau peneliniau – a masg!'

Roedd Mr Lawrence yn mwynhau'r hwyl hefyd wrth iddo chwilio yn nyfnderoedd ei focs plastig.

Roedd Luke yn dechrau cael ofn. 'Jodi – na...'

Roedd hi fel petai hi'n gallu deall sut roedd e'n teimlo. 'Hei, paid â phoeni. Dwi ddim yn pigo arnat ti. Ry'n ni'n aml yn cael pobl sy'n gallu gweld i chwarae.'

'Ond – fi fydd yr unig un fydd yn gwisgo masg.' Dwi ddim eisiau edrych yn wahanol. Ddim fan hyn. Dwi ddim eisiau sefyll allan.

'Nage ddim,' meddai Jodi. 'Ry'n ni gyd yn eu gwisgo nhw.' Hyd yn oed wrth iddi siarad, tynnodd Tom rywbeth oedd yn edrych fel fisor mawr dros ei ben.

'Pam? Hynny yw...'

'Hei, dyw pawb fan hyn ddim yr un peth â fi. Mae rhai – Rick, er enghraifft – yn gallu gweld ychydig. Dim ond pethau agos, a hyd yn oed wedyn dy'n nhw ddim yn glir iawn. Mae Beth yn gallu gweld pethau sy'n bellach i ffwrdd, ond mae hi'n dweud ei fod e fel edrych drwy welltyn! Beth bynnag, dyna pam mae pawb yn gwisgo masgiau. Mae'n gwneud i bawb fod yr un peth. Ac mae'r rheolau swyddogol yn dweud hynny!' ychwanegodd Jodi, fel petai hynny'n setlo'r ddadl.

Gan nad oedd Luke yn gallu meddwl am esgus arall, dyna ddigwyddodd. Ar ôl rhoi padiau a masg amdano, arweiniodd Mr Lawrence Luke i'r ardal chwarae.

'Penlinia,' meddai Mr Lawrence pan stopion nhw. 'Wyt ti'n gallu teimlo marciau'r tapiau? Ceisia aros yn agos atyn nhw.'

'Rwyt ti ar yr ochr dde,' galwodd Jodi. 'Fi sydd yn y canol ac mae Tom ar y chwith. Hei – a chofia mai hwyl yw hwn i fod!'

Hwyl? Roedd e'n teimlo fel artaith. Y cyfan allai Luke ei wneud oedd ceisio defnyddio'r unig fantais oedd ganddo, sef cadw darlun o'r olygfa yn ei feddwl...

Tri ohonyn nhw'r pen draw. Mae'r bêl gan un ohonyn nhw. Mae'r hen Mr Lawrence wedi chwythu ei chwiban. Tincial! Mae'r bêl yn dod draw aton ni – ar wib. Ond ddim tuag ata i. Sŵn rhywun yn neidio a sgrechian chwerthin, draw i'r chwith.

'Dwi wedi'i chael hi!'

Tom. Sŵn Tom yn sefyll ar ei draed. Sŵn ymdrech. Tincial, yn mynd oddi wrthon ni'r tro hwn – a bloedd gan y rhai oedd yn gwylio.

'Gôl i dîm Jodi!' cyhoeddodd Mr Lawrence.

Tawelwch. Y bêl yn cael ei rhoi i un o'r tîm arall, siŵr o fod. Tincial yn dod tuag aton ni eto. Mae'r bêl yn dod ata i! Ond pa mor agos? Ar y chwith. Ond ddim yn bell iawn, chwaith. Symud! Mae hi bron â dod. Estyn dy law. Mae hi wedi mynd heibio! Sgrech arall nawr. Jodi'r tro hwn, ar y chwith a rhyw fetr 'nôl, mae hi'n taflu ei hunan ac yn sgrechian yn rhwystredig ar yr un pryd...

'Gôl i dîm Rick!'

'Dwi'n ei gasáu e!' chwarddodd Jodi i Luke gael clywed.

'Mae e'n eu troelli nhw. Maen nhw'n mynd o'r chwith i'r dde. Soniais i am hynny?'

'Naddo, wnest ti ddim!' Roedd Luke yn methu peidio â chwerthin.

Mae rhywun wrth fy ochr i nawr. Un o'r rhai sy'n helpu. Mae'r bêl yn cael ei rhoi yn fy nwylo i. Beth nawr? Saf ar dy draed. Bowlia hi. Bant â ti! Tincial yn diflannu. Sŵn y bêl yn cael ei hatal yn y pen draw. Dyw Mr L ddim yn chwibanu na dweud dim, felly dim gôl. Tincial. Mae'r bêl yn dod yn syth 'nôl eto! Ble rydw i? 'Nôl ar fy mhedwar, yn chwilio am y tâp. Dwi'n methu dod o hyd iddo fe! A – dyma fe. Dim marc. Dwi ddim yn y man iawn! Mae'r bêl yn dod i'r chwith...

'Ie!'

Gwaeddodd Jodi yn fuddugoliaethus wrth ddal y bêl yr un pryd ag y daeth Luke o hyd i'r marc ar y llawr. Allai e ddim dweud pa un o'r ddau beth wnaeth iddo deimlo'r llawenydd mwyaf. Ond roedd e wedi teimlo'n llawen, felly gwaeddodd yntau 'Ie!' hefyd...

Roedd y gêm yn un gyflym a ffyrnig a – doedd dim gair arall am hyn – roedd hi'n hwyl. Doedd dim syniad gan Luke pa mor hir roedden nhw wedi bod yn chwarae, neu beth oedd y sgôr. Doedd dim gwahaniaeth. Roedd chwerthin heintus y lleill a'r ffaith ei bod hi'n gêm mor wallgof yn ei wneud e'n brofiad bythgofiadwy. Felly, roedd e wedi methu dal mwy na'i siâr o beli, ond pwy fyddai wedi gallu eu dal nhw gyda rhywun fel Rick yn y pen draw oedd yn gwneud i'r bêl wyro dros y lle i gyd.

Ond dwi'n dechrau deall beth mae e'n ei wneud. Mae'r bêl yn dod o'r dde ac yn dod draw i'r chwith. Mae e wedi cael y bêl eto. Dwi'n adnabod y sŵn pwffian mae e'n ei wneud wrth godi

111

ar ei draed. Tincial. Wwwsh. Tincial cyflym, yn dod yn nes. Mae hi'n dod ata i! Wel, ar y chwith, y tro hwn. Ond does dim rhaid i mi symud, fe fydd hi'n troi 'nôl ata i... Dyw hi ddim yn troi! Roedd hi'n swnio'n wahanol i'r holl droeon eraill, roedd y tincial yn newid wrth i'r bêl droi. Y diawl cyfrwys! Mae e wedi'i thaflu hi'n syth! Cer i'r dde! Breichiau allan! Wedi'i dal hi!

Dyna'r daliad gorau roedd Luke wedi'i wneud gydol y gêm. Glaniodd y bêl yn drwm yng nghledrau ei ddwylo, a glynu'n dynn wrth i Luke blymio amdani a rholio i'r chwith. Roedd e ar ei draed mewn chwinciad, a llawenydd yr eiliad yn llenwi ei galon ac yn drech na sŵn cymeradwyo'r rhai oedd yn gwylio.

Tafla hi 'nôl yn gyflym! Cer amdani! Tynna dy fraich am 'nôl – gad iddyn nhw ei chael hi. Tincial ffyrnig. Mae hi ar ei ffordd! Felly pam mae hi wedi stopio? Pam mae sŵn chwibanu?

'Camdaflu, Luke!' Llais Mr Lawrence, yn ceisio swnio'n swyddogol.

'Beth? Pam?'

Wedyn clywodd Luke Jodi, roedd hi'n swnio fel petai hi yn ei dyblau'n chwerthin. 'Achos dy fod ti'n wynebu'r ffordd anghywir. Mae'n rhaid dy fod ti. Fe deimlais i'r bêl yn chwibanu heibio i 'nghoes i! Rwyt ti newydd ei thaflu hi i'n gôl ni!'

Tynnodd Luke ei fasg i ffwrdd. Roedd Jodi'n dweud y gwir. Roedd e mor gyffrous, doedd dim syniad ganddo ble roedd e. Roedd un o'r menywod oedd yn helpu yn dal y bêl, ac yn chwerthin nerth ei phen, ac yntau wedi gobeithio sgorio. Teimlodd ei hunan yn gwrido.

Chwibanodd Mr Lawrence yn hir. 'Amser da i orffen. Da iawn, bawb!'

Aeth Jodi'n syth at Luke. 'Dyw'r goliau yn erbyn ein hunain ddim yn cyfrif, ti'n gwybod. Mae hynny yn y rheolau hefyd. Ry'n ni i gyd wedi'i wneud e. Y mis diwethaf bu bron i mi fwrw pen Tom i ffwrdd!'

Teimlodd Luke yn well ar unwaith. 'Mae'n dda o beth na wnes i dy fwrw di, felly,' meddai.

'Ydy! Fe fyddai hi'n edrych yn wael petaet ti wedi torri fy nghoes i yn ogystal â choes Dad!' Roedd hi'n dal i hollti ei bol yn chwerthin ac roedd Luke yn gwenu hefyd nawr.

Rhaid bod chwerthin yn heintus, meddyliodd. Achos roedd Mrs Webb yn gwenu hefyd. Roedd hi'n sefyll wrth y ffenest fawr ar ôl bod yn gwylio'r gêm. Roedd Mr Webb wrth ei hochr, yn eistedd ar gadair a'i faglau'n pwyso yn erbyn y gwydr. Doedd e ddim yn gwenu.

Nid bod hynny'n syndod.

'Fe alla i dacluso fan hyn, Luke,' meddai Mr Lawrence. 'Wnei di fynd â Tom lan y grisiau i fi?'

'Wrth gwrs,' nodiodd Luke. Roedd Jodi wedi mynd i newid yn barod, fraich ym mraich gyda Beth a Susila. Roedd Tom yn amlwg yn byw yn ei siorts a chrys pêl-droed West Ham. Arhosodd Luke iddo gydio yn ei benelin, yna arweiniodd ef drwy ddrws y neuadd chwaraeon ac yna'n ofalus i fyny'r grisiau cul i'r brif ystafell. Siaradodd Tom yr holl ffordd.

'Roedd honna'n gêm wych! Wnest ti dwyllo?'

'Naddo,' gwenodd Luke.

'Fe fyddwn i wedi. Fe fyddwn i wedi edrych o dan y masg! Pam na wnest ti?'

'Achos fe fyddai dy dad-cu wedi fy ngweld i, i ddechrau arni.'

'Wrth gwrs! Fe fyddai e wedi dy anfon di oddi ar y cwrt!'

'Byddai,' chwarddodd Luke. 'Fe fyddai e wedi rhoi cerdyn coch i mi!'

Roedden nhw wedi cyrraedd pen y grisiau. Dyma Tom, oedd gam y tu ôl i Luke er mwyn iddo wybod pryd roedd e wedi stopio dringo, yn dod ato.

'Byddai!' meddai'n hapus, ond aeth yn feddylgar mewn chwinciad. 'Sut mae cerdyn coch yn edrych, Luke?'

'Cerdyn coch? Wel, mae e fel sgwâr. Ac...' *Yn goch.*

Beth arall y gallai e ddweud? Coch yw coch. Sut rwyt ti'n disgrifio lliw? Yna cofiodd am flodau llachar Jodi.

'Ac yn boeth,' meddai. 'Lliw poeth yw coch. I ddyfarnwyr gael ei chwifio at chwaraewyr penboeth!'

Arweiniodd e Tom i'r brif ystafell. Trodd y bachgen bach ei wyneb i fyny tuag at Luke.

'Rwyt ti'n cŵl.'

Dwedodd e hyn mewn ffordd oedd yn atgoffa Luke o'r bachgen blwyddyn wyth ar yr iard. Yn llawn parchedig ofn. Ond roedd hyn yn teimlo'n well, o bell ffordd.

'Nac ydy, dydy e ddim.'

Mr Webb oedd yno, yn gwgu. Roedd e wedi gadael y ffenest ac yn eistedd yn anghyfforddus ar gadair wrth ymyl y drws.

'Dyw e ddim yn cŵl o gwbl, Tom. Lleidr yw e.'

Pennod Un ar Ddeg

Roedd swyddfa fach Viv Defoe yn gyfyng ac yn orlawn. Roedd ffeiliau ar silffoedd oedd yn gwegian. Roedd papurau'n arllwys allan o ddau hen gabinet ffeilio, a'r droriau'n rhy lawn i'w cau'n iawn. Roedd desg fach y swyddog prawf fel petai hi wedi cael ei gwneud i wasgu'n union i'r ychydig le oedd ar ôl. Roedd Viv yn eistedd yn anghyfforddus ar gadair oedd hefyd yn rhy fach, ac roedd e'n atgoffa Luke am fachgen mawr oedd wedi cael ei anfon i ddosbarth y babanod i gael ei gosbi.

Efallai y byddai Luke wedi dweud hynny ryw ddiwrnod arall. Ond ddim heddiw. Doedd dim hwyl tynnu coes arno. Siaradodd e heb flewyn ar dafod.

'Dwi eisiau rhoi'r gorau iddi, Viv.'

Gwenodd Viv. 'Rwyt ti eisiau rhoi'r gorau i ladrata? Dwi wrth fy modd o glywed hynny, Luke.'

'Ry'ch chi'n gwybod yn iawn beth dwi'n ei feddwl. Gweithio gyda nhw. Bod yn rhedwr tywys. Dwi eisiau gwneud rhywbeth arall.'

'Pam?'

'Ry'ch chi'n gwybod pam. Fe.'

'Mr Webb?'

Nodiodd Luke. 'Mae e'n fy nghasáu i.'

Safodd Viv, gan ymestyn ei gefn fel petai wedi bod yn ei gwrcwd am ormod o amser. 'Wyt ti'n gallu'i feio fe?'

115

Cafodd Luke ei synnu gan y cwestiwn. Allai e feio Mr Webb am ei gasáu e? Doedd e erioed wedi meddwl am y peth yn iawn. Llenwodd Viv y tawelwch â rhagor o bethau iddo feddwl amdanyn nhw.

'Oni bai amdanat ti fyddai e ddim wedi torri'i goes. Oni bai amdanat ti fe fyddai e'n dal i allu helpu ei ferch. Oni bai amdanat ti efallai y byddai ei gar gyda fe o hyd...'

'Nid fi aeth ag e!'

'Ond dwyt ti ddim wedi helpu i ddal y rhai wnaeth, wyt ti?'

Dyma Luke yn rhaffu'r un hen gelwydd unwaith eto. 'Dwi ddim yn gwybod pwy aeth ag e,' meddai, cyn newid y pwnc 'nôl i'r hyn roedd e eisiau siarad amdano. 'A dwi eisiau rhoi'r gorau i wneud gwasanaeth cymunedol gyda'r criw o ddeillion 'ma. Chwilia am rywbeth arall i mi ei wneud.'

'Pam? Pam rwyt ti eisiau rhoi'r ffidl yn y to cyn i ti roi cyfle iddo fe?'

'Dwi wedi rhoi cyfle iddo fe!'

'Dwy sesiwn? O, da iawn, Luke. Ardderchog. Marciau llawn am ddyfalbarhad.'

Roedd Viv yn grac nawr, yn fwy crac nag oedd Luke wedi'i weld e erioed o'r blaen. Pwyntiodd ei fys at y rhes o ffeiliau, agorodd un o ddroriau bochiog y cabinet ffeilio a'i gau'n glep unwaith eto.

'Edrych ar y rhain i gyd. Plant East Med, plant West Med. A digon o blant y Dre hefyd rhag ofn dy fod ti'n meddwl mai chi sy'n ei chael hi o hyd. Mae pob un wedi cael cyfle i roi trefn ar eu hunain. Mae rhai...' syllodd yn gas ar Luke, 'wedi cael dau gyfle, tri chyfle, rhagor. Efallai nad wyt ti'n hoffi'r system, Luke, ond mae hi'n rhoi llawer iawn mwy o gyfle i ti nag rwyt ti'n ei roi iddi hi.'

Eisteddodd eto, yn grac o hyd, gan bwyso ymlaen ar ei gadair fach i yrru ei neges adref. 'Sawl sesiwn mae Jodi wedi'i wneud, tybed? Roddodd hi'r gorau iddi ar ôl y ddwy gyntaf? Wrth gwrs na wnaeth hi. Ond wedyn dwyt ti ddim yn meddwl amdani hi, wyt ti? Dim ond meddwl amdanat ti dy hunan rwyt ti!'

'Rwyt ti'n swnio fel yr hen Mr Webb 'na!' meddai Luke yn swta.

'Oherwydd ei fod e yn llygad ei le, efallai!' gwaeddodd Viv. Pwysodd 'nôl, gan siarad yn dawelach ond heb ildio dim. 'Felly fe gawsoch chi ddamwain ar y trac ac fe roddodd e bryd o dafod i ti. Chafodd Jodi ddim niwed. Dyw hi ddim yn dal dig, ydy hi?'

'Mae mwy iddi na hynny,' chwyrnodd Luke, gan fwrw ei fol o'r diwedd a dweud beth oedd wedi bod yn ei gnoi gydol gweddill y noson yn y ganolfan hamdden, beth roedd Luke wedi methu ei ddweud wrth Viv wrth i'r swyddog prawf ei yrru adref. 'Fe ddwedodd e wrth un o'r plant iau mai lleidr o'n i.'

'Dyna wyt ti, Luke.'

Dwedodd Viv hyn yn dawel, ond fyddai geiriau'r swyddog prawf ddim wedi gallu atseinio'n uwch ym mhen Luke petai e wedi'u gweiddi nhw drwy uchelseinydd. Ddwedodd Luke ddim byd – allai e ddim. Roedd Viv yn ymddangos fel petai'n synhwyro hyn a thorrodd e'r garw ei hunan.

'Pam rwyt ti eisiau rhoi'r ffidl yn y to nawr?' gofynnodd. 'Achos rwyt ti'n gwybod beth sy'n mynd i ddigwydd i ti os gwnei di, on'd wyt ti? Fe fydd hi'n ddigon hawdd i mi ddod o hyd i waith glanhau graffiti i ti, ond yn y pen draw, i Markham y byddi di'n mynd. Ai dyna rwyt ti eisiau?'

Cododd Luke ei ysgwyddau. Nid dyna roedd e eisiau. Doedd e ddim eisiau hynny o gwbl. Ond doedd e ddim eisiau gorfod ymdopi â Mr Webb rhagor chwaith. Yn y bôn, doedd e ddim yn gwybod beth roedd e eisiau ei wneud.

Cododd Viv ar ei draed yn sydyn, tynnu ei siaced o gefn ei gadair a'i rhoi amdano. 'O'r gorau, 'te. Gwell i ni fynd.'

'Mynd? I ble?'

'I dŷ Mr a Mrs Webb. Dw *i* ddim yn mynd i ddweud wrthyn nhw. Fe gei di wneud hynny dy hunan. Fe gei di ddweud wrth Jodi yn ei hwyneb dy fod ti'n mynd i'w siomi hi.'

'Fydd dim ots ganddi hi,' meddai Luke, er nad oedd e'n credu hynny.

Roedd Viv yn ergydio'n galed. 'Wel, fe fydd hi'n hawdd i ti felly, yn bydd hi?' meddai.

Roedd e wedi agor drws ei swyddfa ac yn aros. Wnaeth Luke ddim symud, dim ond edrych yn ddiflas i lawr ar ei ddwylo. Allai e ddim mo'i wneud e. Fe allai ei wneud e i Mr Webb, yn hawdd. O gael cyfle, fe fyddai e'n rhoi pryd o dafod iddo ac yn mwynhau – ond allai e mo'i wneud e iddi hi. Ddim i'r unig berson oedd wedi dweud erioed ei bod hi'n ymddiried ynddo.

Eisteddodd Viv yn dawel unwaith eto, mor dawel fel na allai Luke beidio â meddwl tybed oedd e wedi cael ei dwyllo gan actio gwych.

'Hei. Rho un sesiwn arall iddi, o leiaf. Bore dydd Sadwrn mae'r un nesaf, ynte?'

Nodiodd Luke. Edrychodd ar Viv. 'Wnewch chi aros y tro hwn? Cadw'r hen Mr Webb draw oddi wrtha i?'

'Does dim rhaid i ti boeni am Mr Webb y dydd Sadwrn 'ma. Pan gawson ni ein cyfarfod ni, fe ddwedodd e wrtha i na fyddai e yno. Mae sesiwn o ffisiotherapi ganddo fe neu rywbeth fel 'na.'

Cododd calon Luke fymryn bach. 'Dim bwbach surbwch? Fe fyddai hi'n drueni colli hynny.'

Cododd Viv ar ei draed ac agor y drws i Luke, gan wenu'r tro hwn. 'Fe ddof i draw i dy nôl di, 'te.'

Oedodd Luke wrth y drws. 'Wnewch chi roi lifft draw i'r Riverside i fi wedyn?'

'Alla i ddim. Mae pethau eraill ar y gweill. Pam wyt ti eisiau mynd?'

'Dim ond i nôl cerdyn i Dad. Mae hi'n ben-blwydd arno fe ddydd Sadwrn. Dim ond diwrnod yn hwyr fydd y cerdyn eleni.'

Gwyliodd Viv y llanc yn mynd i lawr y stryd. Wrth ei waith, roedd e bob amser yn gwneud yn siŵr ei fod e'n gwybod mwy am ei 'gleientiaid' nag roedden nhw'n sylweddoli. Ffeithiau fel beth roedd eu rhieni nhw'n ei wneud a ble roedden nhw. Roedd hynny'n ei helpu i osgoi gwneud iddyn nhw deimlo'n anghyffordus drwy ofyn cwestiynau dwl – cwestiynau fel pam na fyddai tad Luke yn cael ei gerdyn pen-blwydd tan ddydd Sul.

Gwyddai mai dydd Sul oedd y diwrnod mwyaf cyfleus i fam Luke ymweld â'r carchar.

Aeth sesiwn hyfforddi bore dydd Sadwrn yn well nag y gallai Luke fod wedi breuddwydio.

Roedd Viv wedi gyrru i ffwrdd yn syth ar ôl i Jodi gyrraedd. Mr Lawrence oedd y rhiant oedd wedi rhoi lifft i Jodi i'r ganolfan hamdden unwaith eto – gyda Tom ei ŵyr. Crwydrodd Luke yn araf ar draws y maes parcio wrth i Tom a Jodi ddringo allan o hen gar Mr Lawrence oedd yn amlwg yn cael ei gadw'n dda.

'Helô,' meddai Luke yn ansicr.

Rhoddodd Tom hanner gwên iddo, yn llawn amheuaeth. Ond roedd Jodi'n amlwg mewn hwyliau rhagorol fel arfer. 'Helô, Luke! Wyt ti'n teimlo'n ffit?'

Cododd Luke ei ysgwyddau, yna rhegodd ei hunan am fod mor dwp. 'Ddim yn ddrwg,' meddai. 'Beth amdanat ti?'

'Gwych.' Roedd llaw Jodi'n chwilio am ei benelin yn barod. 'Bant â'r cart!'

Roedd hi'n dal mewn hwyliau da ar y trac rasio. Ar ôl cynhesu roedden nhw wedi mynd o gwmpas unwaith heb fod yn rhy gyflym. Roedd pethau wedi mynd yn dda. Roedd Luke wedi cadw at ei safle, dweud wrth Jodi pryd y dylai hi droi a sythu, ac yn bendant fe wnaeth yn siŵr nad oedd ei thraed yn glanio unrhyw le'n agos at ymyl y trac.

'Gwych!' meddai hi wrth i Luke ddod â nhw i stop. 'Roedd hwnna'n teimlo'n rhwydd iawn.'

'Wir?'

'Wir. Do'n i ddim yn poeni o gwbl. Fe ddylet ti fod wedi gallu dweud hynny wrth y ffordd ro'n i'n rhedeg.'

Gwgodd Luke. 'Sut?'

'Doedd fy mhengliniau ddim yn bwrw yn erbyn ei gilydd!' chwarddodd Jodi.

Roedd hi'n dal i chwerthin wrth iddi deimlo'r wats oedd ar ei harddwrn. Roedd Luke wedi'i weld e o'r blaen, ond dim ond nawr y meddyliodd tybed sut roedd hi'n gallu dweud faint o'r gloch oedd hi. Cafodd y cwestiwn ei ateb yn gyflym. Gwasgodd Jodi fotwm ar yr ochr a neidiodd y wyneb gwydr ar agor i Jodi gael rhedeg ei bysedd drosto.

'Wats smart,' meddai Luke, o ddifrif.

'Anrheg pen-blwydd,' meddai Jodi, gan ychwanegu, 'oddi wrth fy rhieni.' Rhoddodd hi ochenaid fach drist. 'O, dwi'n eu gwerthfawrogi nhw mewn gwirionedd, ti'n gwybod. Maen nhw wedi gwneud eu gorau drosof i bob amser. Mae'n siŵr nad oedd hi'n hawdd pan aeth eu babi bach nhw'n ddall.'

Oedodd Luke. 'Sut...'

'Sut digwyddodd e? Wel fe fues i'n anlwcus wrth gael genynnau. Mae dallineb ar ochr fy mam, mae'n debyg. Clefyd etifeddol o'r enw *retinitis pigmentosa*. Fy anlwc i oedd i'r clefyd neidio cenhedlaeth a glanio arna i. Ond fe allai pethau fod wedi bod yn waeth. Fel arfer, mae'r rhai sy'n dioddef yn colli'u golwg pan fyddan nhw yn eu pedwar-degau neu'u pumdegau.'

'Fe fyddai hynny wedi bod yn *waeth*?'

'Wrth gwrs hynny. Dwyt ti ddim yn gweld eisiau rhywbeth nad wyt ti erioed wedi'i gael.' Symudodd hi ei harddwrn yn hapus. 'A fyddwn i ddim wedi gallu cael wats cŵl fel hon! Mae hi'n stopwats hefyd, ti'n gwybod. Wyt ti eisiau ei thrïo hi?'

'I wneud beth?'

'I weld faint o amser mae hi'n ei gymryd i ni redeg milltir.'

'Milltir!'

'Mae'r marathon bach dros ddwy filltir a hanner. Mae'n rhaid i ti ddechrau rhedeg yn bellach er mwyn gallu fy nhywys i dros y pellter llawn...'

Doedd Luke ddim wedi gallu dadlau yn erbyn hynny. Beth bynnag, roedd e'n dechrau teimlo'n dda ei hunan heb fod Mr Webb yn rhythu'n gas arno o'i fainc.

Ond wnaethon nhw ddim rhedeg yn rhy gyflym ar y dechrau. Mynd o gwmpas y trac unwaith ac yna'r eilwaith, a dechrau ar y drydedd waith. Roedd pethau wedi mynd yn dda, heblaw am ambell waith pan oedd e wedi methu cam neu heb rybuddio Jodi am droeon ar yr union adeg gywir iddi ddechrau mynd o gwmpas y tro.

Pan ddechreuon nhw fynd o gwmpas am y pedwaredd waith, y tro olaf, y dechreuodd Luke deimlo'n flinedig. Yn y sesiwn gyntaf honno roedden nhw wedi mynd o gwmpas unwaith ac wedi cael egwyl dda cyn mynd o gwmpas eto. Nawr roedd ei frest yn dynn ac roedd ei goesau'n teimlo fel petai pwysau plwm wrthyn nhw.

'Wyt ti eisiau stopio?'

Jodi. Allai hi ddim peidio â sylwi bod ei anadl yn ei ddwrn.

'Dim o gwbl, dwi'n iawn.'

'Ti'n siŵr?'

'Siŵr.' Gwasgodd Luke ei ddannedd yn dynn, hyd yn oed wrth iddo rybuddio Jodi bod y tro olaf yn dod, yn fyr ei anadl. 'Yn araf i'r chwith – nawr!'

Ond roedd e'n ei chael hi'n anodd. Wrth iddyn nhw ddod allan o'r tro, roedd y strap oedd yn eu cysylltu nhw'n symud yn rhydd. Roedd Jodi'n mynd yn gynt nag roedd e. Petai e'n methu rhedeg yn gyflymach, fe fyddai e'n ei dal hi 'nôl...

'Aros!' gwaeddodd Jodi.

Edrychodd Luke ar Jodi'n syn, hyd yn oed wrth iddo arafu i stop, er mawr ryddhad iddo. Roedd hi wedi bod yn rhedeg mor dda. Nawr roedd hi'n cydio yn ei hystlys.

'Sori,' meddai hi. 'Pigyn ofnadwy. Roedd yn rhaid i mi stopio.'

Roedd Luke yn teimlo fel gweiddi hwrê. Ond cafodd ei atal gan ddau beth: doedd dim anadl ganddo o gwbl – a daeth sgrech sydyn o boen draw o bydew'r naid hir.

'Tom yw hwnna!' gwaeddodd Jodi ar unwaith. 'Beth sydd wedi digwydd?'

Edrychodd Luke draw. Roedd Mr Lawrence eisoes yn penlinio wrth ochr ei ŵyr oedd yn gwingo yn y tywod.

'Mae'n edrych fel petai e wedi troi ei figwrn,' meddai Luke. 'Neu efallai'n waeth na hynny.'

'Cer â fi draw 'na, Luke. Mae e wedi'i dorri fe o'r blaen. Efallai bydd angen iddo fe fynd i'r ysbyty i gael pelydr X.'

Teimlodd Luke hi'n cydio yn ei benelin, a bron â'i wthio ymlaen. 'Wyt ti'n dweud wrtha i ei fod e'n gwneud y naid hir hefyd? Pam?'

'Oherwydd ei fod e'n gallu,' meddai Jodi yn blwmp ac yn blaen.

Arweiniodd Luke Jodi draw. Gwelodd Mr Lawrence hi'n dod a'i thynnu draw ato fel ei bod hi'n gallu helpu i dawelu Tom, oedd yn dal i sgrechian.

Dim ond wedyn, wrth iddo ei gwylio hi'n siarad heb unrhyw anhawster o gwbl, y sylweddolodd Luke nad oedd pigyn wedi bod ganddi o gwbl. Roedd hi wedi gwybod ei fod e'n fyr ei anadl. Dyna pam roedd hi wedi gofyn am aros – rhag iddo fe ei siomi hi eto.

Beth oedd Mrs Coffi, yr ynad, wedi dweud amdanyn nhw? *Teulu hollol ryfeddol*? Doedd e ddim mor siŵr am Mr a Mrs Webb – doedd dim byd yn rhyfeddol amdanyn nhw, am y ffordd roedden nhw'n ei drin fel darn o faw ci, roedd digon o bobl yn gwneud hynny – ond roedd e'n dechrau gweld beth roedd hi'n ei olygu wrth feddwl am Jodi.

A dim ond y dechrau oedd hynny. Daeth y bennod nesaf bron ar unwaith. Tra roedd rhai o'r bobl oedd yn helpu yn ysgwyd eu pennau wrth iddyn nhw archwilio migwrn Tom, arweiniodd Mr Lawrence Jodi 'nôl draw at Luke. 'Nawr rwyt ti'n siŵr am hyn, Jodi?' roedd e'n dweud.

Cydiodd Jodi ym mhenelin Luke eto. 'Yn bendant. Mae fy ffôn bach gyda fi. Fe alla i ffonio am un ac fe gaiff Dad dalu pan gyrhaedda' i adref.'

Aeth Mr Lawrence 'nôl at ei ŵyr, gan edrych yn ddiolch-gar ac yn bryderus ar yr un pryd.

'Beth sy'n digwydd?' gofynnodd Luke.

'Mae Mr Lawrence yn mynd â Tom i'r ysbyty. Fe ddwedais i wrtho am beidio â phoeni am roi lifft 'nôl adref i mi. Mae e'n meddwl 'mod i'n ffonio am dacsi.'

'Pam *mae e'n meddwl*?'

'Achos dwi ddim yn mynd i ffonio. Dim ond milltir neu ddwy yw hi. Fe gei di fy nhywys i.'

'Fi?'

'Ie, ti. Hei, fe wnaf i daro bargen â ti. Does dim rhaid i ni redeg, fe gerddwn ni! Iawn?'

Ysgydwodd Luke ei ben. Doedd dim pwynt dadlau â Jodi, hyd yn oed petai e eisiau gwneud hynny – a doedd e ddim.

'Iawn,' gwenodd. 'Mae'n well i mi fenthyg y ffôn 'na a dweud wrth Viv nad oes angen lifft arna i wedi'r cyfan.'

Fuodd Luke ddim yn hir cyn sylweddoli bod tywys Jodi o gwmpas trac rhedeg yn syml o'i gymharu â stryd brysur. Roedd Jodi wrth ei bodd, ond roedd Luke yn teimlo cymysgedd o falchder ei fod e'n gallu ei thywys hi ac ofn rhag ofn iddo fethu.

'Mae hyn yn well na'r trac!' chwarddodd hi wrth i Luke lwyddo i osgoi ei thywys i mewn i bolyn lamp o drwch blewyn. 'Fel hyn yn union fydd Marathon Llundain, Luke. Rhwystrau ym mhobman! Dwi'n ymddiried ynot ti i'm hachub i.'

'Fyddai dy dad ddim yn ymddiried yno i o gwbl.'

'Fe yw hynny, nid fi.' Chwarddodd Jodi'n uchel eto.

Roedden nhw wedi cyrraedd cyffordd oedd yn cael ei rheoli gan set o oleuadau traffig. Fel arfer byddai Luke wedi croesi'r ffordd ar wib, gan wau ei ffordd rhwng y ceir a chodi ei ddwrn ar unrhyw un fyddai'n mentro canu corn arno. Ddim heddiw.

'Aros,' meddai, gan stopio wrth ymyl y palmant.

'Heol Newydd,' meddai Jodi. Arhosodd hi ddim i Luke holi sut roedd hi'n gwybod. 'Mae Dad yn cwyno am y goleuadau hyn bob amser. Mae e'n dweud eu bod nhw'n rhoi gormod o amser i gerddwyr groesi.'

Ar ochr draw'r ffordd dechreuodd y dyn bach gwyrdd fflachio. Ar yr un pryd dechreuodd y pipian uchel oedd yn arfer codi gwrychyn Luke bob amser. Wrth i Jodi roi pwt iddo a dweud, 'Dere, mae hi'n amser symud. Wyt ti'n fyddar, neu beth?' gwyddai Luke na fyddai'r sŵn byth yn dân ar ei groen eto.

Ymlaen â nhw, gan anelu am fersiwn West Med o'r Bont. Yn union fel ystad East Med, roedd West Med wedi'i chysylltu â'r Dref gan bont droed fetel gul oedd yn mynd dros y briffordd. Yr unig wahaniaeth, sylwodd Luke wrth iddyn nhw ei chyrraedd hi, oedd bod mwy o rwd ar bont West Med.

Croesodd y ddau'r bont. Roedd Luke yn arafu dipyn yn llai aml nawr. Roedd hi'n amlwg fod gan Jodi fwy o hyder ynddo. Os oedd e'n rhoi cyfarwyddyd iddi, neu hyd yn oed os oedd e'n newid cyfeiriad yn esmwyth i osgoi rhywun oedd yn dod tuag atyn nhw, byddai'n hi'n ei ddilyn ar unwaith. Erbyn iddyn nhw gyrraedd y siopau bach anniben ym mhen gogleddol Heol Rigby, roedd e'n teimlo'n ddigon hyderus i fentro.

'Mae 'na siop gwerthu popeth dwi eisiau mynd iddi,' meddai e. 'Ry'n ni'n dod ati hi nawr.'

'Dwi'n gwybod.'

Allai Luke ddim peidio â gofyn y tro hwn. 'Sut rwyt ti'n gwybod? Dere, dwed wrtha i.'

'Fe aethon ni i'r chwith wrth y goleuadau. Dyna sut ro'n i'n gwybod ein bod ni'n mynd am y bont droed. Ac fe fyddwn i wedi gwybod ein bod ni wedi'i chyrraedd hi hyd yn oed petawn i'n methu clywed y traffig ar y briffordd. Pont fetel yw hi, felly mae hi'n swnio ac yn teimlo'n wahanol wrth gerdded drosti. Wedyn mae'r siop sglodion ar y cornel, ro'n i'n gallu arogli honno cyn i ni ddod yn agos ati! Mae'r un peth yn wir am y caffi ry'n ni newydd fynd heibio iddo fe, yn enwedig pan fyddan nhw'n coginio brechdanau bacwn. A dwi'n gwybod bod y siop gwerthu popeth dair siop i lawr o'r fan honno, felly, dyna ni!'

'Mae'n well i ti gyfaddef,' meddai Luke. 'Does dim o fy angen i arnat ti, oes e?'

Gwasgodd Jodi ei fraich yn dyner. 'O, oes. Dere, mae rhywbeth dwi eisiau ei nôl o'r siop gwerthu popeth hefyd.'

Yn y siop, cafodd Jodi groeso fel hen ffrind. Daeth un o'r gweithwyr draw yn gyflym a'i chymryd hi oddi ar fraich Luke. Gadawodd Luke nhw a chrwydro draw yn hamddenol i weld y cardiau.

Pen-blwydd Hapus i'r Tad Gorau yn y Byd!

Pen-blwydd Hapus i Dad Gwych!

Mwynha dy Ben-blwydd, Dad. Rwyt Ti'n ei Haeddu e.

Dewisodd Luke gerdyn oedd â dim ond *Pen-blwydd Hapus, Dad* arno. O ran maint, roedd e'n ddelfrydol. Ddim yn rhy fach a ddim yn rhy fawr i'w guddio yn ei siaced. Edrychodd i fyny ar y drych oedd yn y cornel. Roedd y gweithiwr wedi gorffen gofalu am Jodi. Nawr roedd hi'n sefyll wrth y cownter – yn edrych arno fe. Roedd e'n mynd i orfod talu.

'Beth brynaist ti?' gofynnodd Jodi, y tu allan.

'Cerdyn pen-blwydd. I Dad.' Newidiodd Luke y pwnc yn gyflym. 'Beth amdanat ti?'

Rhoddodd Jodi ei llaw yn y bag papur roedd hi'n cydio ynddo. 'Hadau blodau. Pys pêr. Mae arogl hyfryd arnyn nhw pan fyddan nhw'n blodeuo.' Teimlodd am law Luke a rhoi un o'r ddau becyn roedd hi wedi'u prynu rhwng ei fysedd. 'I ti.'

'I fi!' Doedd Luke ddim eisiau gwawdio, ond allai e ddim peidio. 'Hadau? Ble rwyt ti'n meddwl y galla i roi'r rhain? Dwi'n byw mewn fflat ar y degfed llawr, dim gardd, dim byd. Cadwa di nhw.'

'Does dim angen gardd arnat ti. Rho ychydig o bridd mewn blwch pren. Unrhyw beth. Planna nhw a gweld beth sy'n digwydd.'

Daeth gwaedd o ddrws y caffi, dair siop i ffwrdd, i dorri ar eu traws.

'Hei, Luke! Pwy yw'r cariad?'

Mig Russell oedd yno, ei geg yn llawn a brechdan facwn wedi hanner ei bwyta yn ei law. Roedd Lee Young yn yfed allan o gan wrth y bwrdd yn union y tu ôl i'r drws. Gwaedd - odd yntau, 'Un bert yw hi hefyd!'

Chwarddodd Mig Russell a'i geg ar agor, a phoeri briws- ion bara i'r awyr. 'Fe welwn ni di, Luke, o gwnawn.'

Doedden nhw ddim wedi adnabod Jodi fel y ferch oedd yn y maes parcio, sylweddolodd Luke. Doedd hynny ddim yn syndod. Roedd popeth wedi digwydd mor gyflym. A hefyd, dwedodd wrth ei hunan eto, yr unig reswm pam aethon nhw mor agos ati yn y 4x4 wedi'i ddwyn oedd na welson nhw hi tan yr eiliad olaf.

Hyd yn oed wedyn, trodd Luke ar ei sawl yn gyflym – mor gyflym fel yr anghofiodd e roi'r pecynnau hadau 'nôl i Jodi cyn ei harwain hi ymlaen ar hyd Heol Rigby.

'Pwy oedd y rheina?' gofynnodd hi'n dawel.

'Neb. Cwpwl o fechgyn dwi'n eu nabod. Dim syniad beth maen nhw'n gwneud yr ochr 'ma. Yn East Med maen nhw'n byw.'

Cwestiwn arall, wedi'i holi'n dawel o hyd. 'Oes enwau 'da nhw, 'te?'

'Lee Young, Mig Russell,' atebodd yntau heb feddwl.

Roedden nhw wedi cyrraedd cartref Jodi. Wrth i Luke agor y glwyd ffrynt, gwelodd symudiad y tu ôl i'r llenni lês a gwyddai fod Mrs Webb ar ei ffordd i agor y drws. 'Fe wela' i di yn y sesiwn hyfforddi nesa, 'te,' meddai e.

Nodiodd Jodi, ond doedd hi ddim yn edrych mor fywiog ag o'r blaen. Trodd hi i'w wynebu e, gan ei orfodi yntau i'w hwynebu hithau. 'Fe ddwedaist ti nad oeddet ti'n gwybod pwy aeth â'n car ni.'

Daliodd Luke ei anadl. 'Beth?'

'Ond rwyt ti'n gwybod, on'd wyt ti? A finnau hefyd, nawr. Lee Young a Mig Russell yw eu henwau nhw. Fe ddwedais i wrthot ti y byddwn i'n adnabod eu lleisiau nhw petawn i'n eu clywed nhw eto.'

Llyncodd Luke ei boer. Doedd dim modd iddo osgoi'r peth. Roedd yn rhaid iddo ddweud wrthi, gwneud iddi sylweddoli pam.

'Jodi, dydyn nhw ddim yn ffrindiau i mi. Ro'n i'n gwybod *amdanyn* nhw, dyna i gyd – a beth fydden nhw'n ei wneud i fi petawn i'n cario clecs wrth yr heddlu. Petawn i'n dweud gair, fe fyddai hi ar ben arna i.'

Roedd Mrs Webb ar drothwy'r drws nawr. Doedd hi ddim wedi rhuthro ymlaen i helpu Jodi, ond roedd Luke yn

meddwl am ormod o bethau eraill i werthfawrogi'r ganmol-
iaeth.

'Jodi, plîs!' meddai e o dan ei anadl. 'Addawa i fi na fyddi
di'n dweud dim byd!'

'O Luke,' meddai hi'n dawel. 'Pwy fyddai'n credu merch
ddall?'

Pennod Deuddeg

Roedd ciw, fel arfer. Menywod a phlant oedd yno'n bennaf, a'r ciw'n ymestyn am ugain metr i lawr y stryd a'r holl draffig oedd yn mynd heibio'n gallu eu gweld nhw. Byddai gyrwyr a theithwyr yn edrych allan, yn pwyntio, yn ysgwyd eu pennau. Gallai Luke ddyfalu beth roedden nhw'n ei ddweud...

Amser ymweld. Maen nhw'n aros i'r clwydi agor. Druain bach. Mae'n rhaid bod cael perthynas o dan glo'n brofiad ofnadwy. Ond dyna ni, mae'n debyg eu bod nhw'n haeddu bod 'na.

Rhaid bod swyddog y glwyd wedi gwneud ei waith ym mlaen y ciw. Roedd pawb yn dechrau symud ymlaen yn araf. Symudodd Luke gyda nhw, a'i ddwylo yn ei bocedi, gan geisio meddwl am rywbeth y gallai ei ddweud wrth y dyn oedd yn y carchar.

Roedd mwy o amser ymweld nag oedd yn arfer bod. Ar un adeg dim ond dwywaith y mis roedd hi'n bosib ymweld, ond nawr gallen nhw fod wedi dod bron bob dydd petaen nhw eisiau – a phetai mam Luke wedi gallu fforddio. Doedd hi ddim yn gallu. Roedd hi'n daith ddrud ar ôl talu am y trên tanddaearol ar draws Llundain iddi hi ac iddo fe. Ac nid taith hwyliog oedd hi, fel mynd i lan y môr neu i'r sŵ. Ar ôl i'w frawd a'i chwaer gael gwybod – eto – pwy oedd y dyn dieithr, roedden nhw bron bob amser yn treulio gweddill yr amser yn neidio oddi ar eu cadeiriau ac yn creu tipyn o stŵr. Yr unig ffordd roedd ei fam wedi llwyddo i'w cael nhw i ddod yno'n dawel heddiw oedd drwy ddweud ei bod hi'n benblwydd ar Dadi. Doedd Luke ddim yn hoffi meddwl am yr helynt y bydden nhw'n ei greu pan fydden nhw'n darganfod nad oedd neb yn dathlu ei ben-blwydd drwy fwyta jeli a hufen iâ yng Ngharchar ei Mawrhydi, Wormwood Scrubs.

I mewn â nhw drwy'r glwyd ac i'r fynedfa, a'r holl barablu – hyd yn oed parablu'r ymwelwyr cyson – yn cael ei dawelu gan sŵn swyddog y glwyd yn eu cloi i mewn.

Yna roedden nhw'n mynd drwy ryw fath o giât dro newydd fel petaen nhw'n mynd i stadiwm pêl-droed i wylio gêm fawr. Cerdded ychydig, yna i fyny grisiau, ac roedden nhw'n cael eu tywys i'r neuadd ymweld.

Roedd ei dad yno'n barod, yn y man arferol draw yn y pen pellaf. Tan yn gymharol ddiweddar roedden nhw wedi gorfod eistedd gyda'r holl ymwelwyr eraill ar un ochr rhes o fyrddau oedd wedi'u cysylltu â'i gilydd fel petaen nhw mewn parti stryd – heblaw am y ffaith nad oedd gwesteion mewn parti stryd yn sibrwd fel na fyddai eu cymdogion yn gallu eu clywed nhw. Roedd y lle wedi cael ei adnewyddu ers hynny. Nawr roedden nhw'n eistedd ar seddi meddal wedi'u gosod o gwmpas byrddau coffi isel.

Ond roedd un peth nad oedd wedi newid. Roedd swydd - ogion y carchar yn sefyll o gwmpas y waliau, a'u llygaid byth yn llonydd. Doedd Luke ddim yn gallu eu hanwybyddu nhw, er ei fod yn gwneud ei orau glas.

Edrychodd ei dad ddim i fyny tan iddyn nhw ei gyrraedd, fel petaen nhw wedi tarfu arno wrth iddo eistedd a syn-fyfyrio. Gorfododd ei hunan i wenu. 'Helô. Ydy pawb yn iawn, 'te?'

Ond croeso cyffredinol oedd e, heb edrych ar neb yn benodol. Pwysodd mam Luke ymlaen a'i gusanu, a Billy a Jade yn hongian ar ei sgert. Arhosodd Luke tan i'r lleill orffen, yna dywedodd 'Helô' sydyn ac eistedd i lawr. Dechreuodd y sgwrs yn lletchwith, fel dieithriaid yn cwrdd mewn cerbyd trên.

Mam Luke: 'Sut wyt ti?'

Dad: 'Go lew, siŵr o fod. A ti?'

Nodio a chodi ysgwyddau. 'Iawn. Mae tipyn bach o annwyd wedi bod ar Billy. Ond mae e'n iawn nawr.'

Jade: 'Ac fe gwympais i a brifo fy mhen-glin i!' Gan bwyntio at sgwâr brwnt o blastr.

Billy, yn dal dig o hyd: 'Fe dorrodd hi fy nghar gorau i.'

Jade: 'Dy gar di frifodd fy mhen-glin i!'

Bydden nhw'n dal ati fel hyn wedyn, yn meddiannu'r sgwrs, yn mynnu'r sylw i gyd. Teimlai Luke yn ddim mwy na phapur wal dynol wrth iddo eistedd ac edrych ar ei dad.

Roedd e wedi mynd i edrych yn hŷn. Roedd mwy o staeniau'r sigaréts roedd e'n eu hysmygu ar ei fysedd. Roedd ei groen yn fwy llwyd, a'r tatŵ oedd yn arfer bod yn las llachar ar ei fraich yn edrych yn welw a blinedig yr olwg.

Fyddai hynny'n digwydd iddo fe petai e'n mynd i Markham? A fyddai e'n dod allan yn edrych yn llwyd a difywyd? Gwthiodd Luke y syniad o'r neilltu ar unwaith. Roedd Lee Young a Mig Russell wedi dod drwyddi'n iawn, on'd oedden nhw?

Ond wedyn roedd tipyn o wahaniaeth rhwng pedwar mis a'r amser roedd ei dad wedi'i dreulio yng ngharchar. Dwy flynedd am fwrglera o nifer o siopau. Pedair blynedd am fwrglera dwys a bod â gwn yn ei feddiant. Allan am ychydig, yna 'nôl eto am ddwy flynedd ychydig cyn i Billy gael ei eni. Allan eto, am ddigon o amser i fod yn rhan o dwyll a achos -

odd i hanner dwsin o hen bobl golli popeth roedden nhw wedi'i gynilo. Pedair blynedd o dan glo, y tro hwn. Roedd Jade wedi cael ei geni ar y diwrnod y cafodd ei ddedfrydu. Sawl blwyddyn oedd hynny?

Daeth llais ei fam i dorri ar draws ei feddyliau. Roedd hi'n cymryd mantais tra roedd Billy a Jade yn dawel am eiliad ac yn ceisio swnio'n hapus wrth ddweud, 'Beth bynnag – pen-blwydd hapus!'

Rhoddodd Billy y cerdyn roedd e wedi'i wneud ei hunan – cerdyn anferthol roedd wedi'i greu yn y cylch chwarae lleol a digon o baent wedi'i dasgu drosto i addurno ystafell fach. Roedd e'n gwneud i'r llun o ddyn coesau matsis roedd Jade wedi'i dynnu ar bapur sgrap edrych yn fach a gwgodd hithau wrth weld hynny. Ond cododd ei chalon pan ddaeth yr anrhegion allan achos roedd y bar o siocled roedd ganddi hi i'w roi i'r dyn dieithr yn llawer mwy na phecyn sigaréts Billy. Draw wrth y wal, sylwodd un o'r swyddogion carchar ar hyn. Fe fyddai e'n gorfod archwilio'r pecynnau pen-blwydd hyn yn syth ar ôl i'r ymweliad ddod i ben. Roedd hynny'n groes i'r graen, ond roedd yn rhaid dilyn y rheolau.

'Luke?'

Roedd ei fam yn edrych arno. A'i dad hefyd, fel petai hanner diddordeb ganddo. Rhoddodd Luke y cerdyn roedd e wedi'i brynu'r diwrnod o'r blaen. 'Ie. Pen-blwydd hapus,' meddai.

Cymerodd ei dad e, agor yr amlen â'i fawd, edrych ar y cerdyn gwerth punt pum deg ceiniog y tu mewn iddi, a'r neges wedi'i sgriblan arno. Gwnaeth e ryw sŵn, a allai fod wedi bod yn 'Diolch' ond efallai ddim.

Roedd Mam yn dal i edrych ar Luke. 'Dyna'r cyfan?' gofynnodd.

Doedd Luke ddim yn sylweddoli am beth roedd hi'n sôn, o leiaf ddim tan i Billy siarad. 'Dyw Luke ddim wedi prynu anrheg! Fe brynais *i* anrheg.'

'A *fi*!' sgrechiodd Jade, oedd yn gwrthod gadael i Billy ei threchu yn eu brwydr ddiddiwedd am oruchafiaeth.

Ar y dechrau, teimlodd Luke gywilydd. Yn y siop gwerthu popeth y diwrnod o'r blaen, doedd dim digon o arian wedi bod ganddo i brynu cerdyn ac anrheg. Roedd e wedi bwriadu mynd allan a nôl rhywbeth wedyn ond rhwng un peth a'r llall roedd e wedi anghofio. Ond roedd dicter tawel yn gymysg â'i gywilydd: Pam dylai e fod wedi prynu anrheg iddo? Pam dylai e fod wedi mentro dwyn rhywbeth iddo fe, hyd yn oed? Oedd pobl fel arfer yn rhoi anrhegion i ddieithriaid?

Allai Luke ddim egluro pam wnaeth e'r hyn wnaeth e nesaf. Efallai mai oherwydd y dicter roedd e'n ei deimlo am gael ei roi mewn picil. Efallai mai oherwydd y cywilydd am nad oedd ganddo rywbeth i'w roi i'w dad ei hun, beth bynnag oedd ei farn amdano. Ond pan sylweddolodd Luke fod rhywbeth arall yn ei boced – yn dal lle roedd e wedi'u stwffio nhw wrth iddo frysio gyda Jodi y tu hwnt i glyw gweiddi Lee Young a Mig Russell – wnaeth e ddim ystyried, dim ond eu rhoi nhw.

'Pecyn o hadau?'

Roedd hi'n amlwg na allai tad Luke gredu'r peth. Roedd e'n gwenu, ond nid y wên gariadus roedd e wedi'i rhoi i Billy a Jade oedd hon. Roedd y wên hon yn gyfuniad o ffieidd-dod a... wyddai Luke ddim, rhywbeth nad oedd e'n gallu ei ddiffinio.

'Beth ydw i i fod i wneud â'r rhain? Eu bwydo nhw i'r adar?'

Roedd Luke yn difaru'r hyn wnaeth e'n barod, yn difaru na ddwedodd e nad oedd e wedi gallu fforddio dim byd. Allen nhw ddim bod wedi dadlau â hynny. Fel roedd hi, y cyfan y gallai e feddwl amdano nawr oedd ailadrodd yr hyn roedd Jodi wedi'i ddweud wrtho fe.

'Does dim angen gardd arnat ti. Rho ychydig o bridd mewn blwch pren. Unrhyw beth. Planna nhw a gweld beth sy'n digwydd.'

Roedd y teimlad na allai Luke ei ddiffinio yn dal yn llygaid ei dad, ac yn cryfhau, os rhywbeth. 'Beth wyt ti'n meddwl yw'r lle 'ma, Luke?' meddai, gan ddiffodd ei sigarét drwy ei gwthio i lawr yn galed. 'Gwersyll gwyliau? Y? Gwesty sy'n llawn o westeion hapus sy'n cael hwyl? Ie?'

'Nage...'

'Rwyt ti yn llygad dy le! Mae chwe chant o ddynion fan hyn – a phob un yn galed fel haearn Sbaen. Os nad wyt ti mor galed â nhw fe fyddan nhw'n dy rwygo di'n ddarnau. Ac rwyt ti eisiau i mi... dyfu *blodau*!'

Dechreuodd tad Luke chwerthin, chwerthiniad caled heb unrhyw lawenydd, fel petai e'n sownd yn ei wddf ac yntau'n ceisio ei orfodi allan. Plygodd ymlaen, a'i ysgwyddau'n ysgwyd wrth iddo droi'r pecyn hadau drosodd o hyd ac o hyd yn ei fysedd, gan edrych ar y darlun ar y blaen a'r cyfar - wyddiadau ar y cefn, oedd yn dweud plannwch ym mis Mawrth i gael toreth o flodau o fis Mehefin ymlaen. Dim ond ar ôl rhyw hanner munud y sylweddolodd Luke nad oedd ei dad yn dal i chwerthin.

Crio roedd e.

Poen oedd y teimlad roedd Luke wedi sylwi arno yn llygaid ei dad, y teimlad nad oedd wedi'i weld o'r blaen ac roedd e'n methu ei ddiffinio.

Draw wrth y wal, roedd un o'r swyddogion yn symud – dim llawer, ond digon i weld beth oedd yn digwydd. Sychodd tad Luke y dagrau yn gyflym â'i lawes, tynnu sigarét yn drwsgl o'r pecyn pen-blwydd a'i danio. Wedyn estynnodd ei law yn araf dros y bwrdd i ddal llaw mam Luke.

'Pan fydda i'n dod allan,' meddai o dan ei anadl, 'dwi'n mynd i fyw'n onest.'

'Rwyt ti wedi dweud 'na o'r blaen, Dave,' atebodd hi'n ddifynegiant.

'Dwi'n gwybod. Ond y tro hwn dwi o ddifrif. Wir o ddifrif.' Plethodd ei fysedd rhwng ei bysedd hi. 'Wyt ti'n gwybod beth drawodd fi wrth i mi ddeffro'r bore 'ma? Dwi'n dri deg pump. Tri deg pump oed. A dwi wedi treulio deng mlynedd o dan glo. Deg pen-blwydd yng ngharchar.'

A deg o'm penblwyddi i! Roedd Luke eisiau sgrechian. Roedd e'n gwneud ei orau glas i beidio â llefain, gan geisio meddwl am rywbeth i'w ddweud a fyddai'n helpu, rhywbeth i wneud yn iawn am yr hen becyn o hadau twp. Ddaeth dim byd i'w feddwl.

Yna roedd hi'n rhy hwyr. Roedd yr eiliad wedi mynd heibio, neu felly roedd hi'n ymddangos. Ysgydwodd ei dad ei ben, fel bocsiwr a oedd wedi cael ei syfrdanu gan ergyd, ac eistedd 'nôl eto. Manteisiodd Billy a Jade ar y cyfle i lenwi'r tawelwch – a gweddill yr awyr ymweld – â'u dadlau a'u parablu.

Ond erbyn iddi ddod yn amser iddyn nhw adael, teimlodd Luke ei dad yn cydio yn ei fraich i'w ddal 'nôl tra roedd ei fam yn mynd â'r ddau fach allan o'r neuadd ymweld. Dim ond wedyn y gofynnodd ei dad, 'Sut mae pethau'n mynd? Y cyfnod prawf?'

Nodiodd Luke. 'Mae'n iawn, sbo.'

Teimlodd ei fraich yn cael ei chydio mor dynn nes ei bod hi'n brifo. 'Dal di ati, Luke. Wyt ti'n clywed? Paid â bod fel fi, yn gwastraffu dy fywyd mewn lle fel hyn. Addawa i fi.'

Trodd Luke i'w wynebu. Ei dad, y dieithryn. 'Dyw hi ddim yn hawdd.'

Sibrwd. Bron yn ymbil arno. 'Addawa i fi!'

Addewid arall? I Jodi'n gyntaf, ac i Dad nawr? Nodiodd. 'Iawn, o'r gorau. Dwi'n addo.'

Roedd hi'n ymddangos ei fod e wedi clywed yr hyn roedd e eisiau. Ar ôl oedi am eiliad i godi ei gardiau a'i anrhegion, trodd tad Luke i ffwrdd i ymuno â'r ciw tawel o garcharorion oedd yn aros i fynd 'nôl i'w celloedd.

Brysiodd Luke i ddal i fyny â'i fam, Billy a Jade. Roedd dagrau'n dechrau dod i'w lygaid e ei hunan nawr. Yn sydyn teimlodd yn wyllt, yn anhygoel, yn fythgofiadwy o hapus. Oherwydd roedd y bwrdd coffi'r tu ôl iddo'n wag.

Dim siocled. Dim sigaréts. A dim pecyn o hadau.

Pennod Tair ar Ddeg

Roedd y teimlad braf ar ôl yr ymweliad pen-blwydd wedi aros gyda Luke am dros dair wythnos. At hynny, roedd e fel petai wedi lledu y tu hwnt i feddwl am ei dad. Roedd blagur o liw wedi dechrau ymddangos mewn rhannau eraill o'i fywyd hefyd.

Jodi, i ddechrau. Roedd sôn wrthi am Lee Young a Mig Russell yn ymddangos fel y peth gorau y gallai fod wedi'i wneud. Doedd hi ddim wedi sôn amdanyn nhw ers hynny.

Wedyn, ei wasanaeth cymunedol yn gyffredinol. Roedd e wedi dechrau teimlo'n fwy cyffordduis am y peth. Roedd e wedi helpu mewn ambell gyfarfod CGD gyda'r nos, yn gweini te a choffi ac ati. Roedd cael rhywun yn diolch iddo am wneud rhywbeth mor syml â gweini cwpaned o de a bisged yn rhyfedd o braf.

Wrth weini diodydd roedd Mrs Webb wedi'i synnu fe hefyd. Digwyddodd y peth mewn digwyddiad ar ôl yr ysgol yn y llyfrgell. Roedd hi wedi dod â Jodi ar y bws i grŵp a oedd yn cwrdd bob mis yn y llyfrgell leol. Roedd Annie, y llyfrgellydd, yng ngofal y grŵp a byddai'r aelodau'n treulio awr yn trafod llyfrau Braille roedden nhw wedi'u darllen neu lyfrau llafar roedden nhw wedi gwrando arnyn nhw. Roedd Luke wedi cael eiliad fach gas pan geisiodd Annie ei gynnwys yn y sgwrs, drwy ofyn iddo beth roedd e wedi'i ddarllen yn ddiweddar.

'Y… dim llawer. Dim byd wir…'

Roedd Mrs Webb wedi dod i'r adwy, gan awgrymu ei bod hi'n bryd paratoi'r diodydd oedd yn dod ar ôl y drafodaeth. Wrth iddyn nhw gasglu gwydrau a phlatiau o ystafell staff fach y llyfrgell, roedd y tawelwch wedi bod yn lletchwith. Roedd Luke wedi bod eisiau torri'r garw drwy ddweud rhywbeth – unrhyw beth. Ond y cyfan y gallai feddwl amdano oedd 'Diolch, y peth diwethaf ddarllenais i oedd taflen gan yr heddlu am sut mae llysoedd ieuenctid yn gweithio. Fel digwyddodd hi, achubodd Mrs Webb y blaen arno.

'Dwi eisiau dweud diolch,' meddai hi'n dawel.

'Am beth?'

'Am helpu Jodi.'

Er nad oedd llawer o ddewis, ychwanegodd Luke yn ei feddwl, ond teimlodd gywilydd yn syth. 'Dim problem,' cododd ei ysgwyddau.

Rhoddodd Mrs Webb ychydig o wydrau ar hambwrdd. 'Mae'n debyg ei bod hi wedi bod yn sôn fel mae hi'n teimlo 'mod i'n ffysian gormod drosti.'

Gwenodd Luke yn drist. 'Dyna mae mamau i fod i'w wneud, ynte? Dweud pethau wrthoch chi a phoeni amdanoch chi?'

Roedd mam Jodi wedi gwenu ei hunan wedyn. 'Digon gwir. Ond weithiau rydyn ni'n gallu, wel… ei gor-wneud hi.'

Doedd hi ddim wedi dweud rhagor. Rhoddodd hi'r hambwrdd i Luke, yna dilynodd hi ef wrth iddo ei gario drwy'r drws.

Oedd, roedd rhai pethau wedi newid, yn wir…

Llithrodd Luke allan o'r gwely. Yn ei gornel ef ei hun o'r ystafell wely bitw fach, symudodd Billy ei frawd ddim gewyn, dim ond sugno ei fawd. Roedd y bawd yn dal yn ei le pan wisgodd Luke ac wrth iddo gau'r drws ffrynt yn ofalus a dechrau symud yn dawel ar hyd y rhodfa.

Hanner awr wedi chwech y bore oedd hi, cyn i'r wawr dorri. Yn ystod yr wythnos diwethaf, roedd hi wedi dod yn anghyfforddus o olau yr adeg hon ond roedd pethau wedi gwella ar ôl i'r clociau gael eu troi ymlaen. Hyd yn oed wedyn, roedd Luke wedi gwisgo'r dillad tywyllaf oedd ganddo: crys chwys glas tywyll, jîns du.

Doedd dim pwynt tynnu sylw ato'i hun. Yn un peth, doedd e ddim yn awyddus i gael Plismon Cas a Plismon Blinedig, neu unrhyw bâr arall mewn car heddlu, yn ei stopio i ofyn ugain cwestiwn am beth roedd e'n ei wneud a ble roedd e'n mynd.

Ond ar y cyfan, roedd e'n dal i deimlo embaras. Teimlai fel pinsio ei hunan i wneud yn siŵr mai fe, Luke Reid, oedd y person yma oedd yn codi'n gynnar yn y bore i fynd i redeg.

Roedd e wedi dechrau drannoeth yr ymweliad pen-blwydd â'r carchar, wedi cael ei ysbrydoli gan benderfyniad ei dad i ddechrau ffordd newydd o fyw. A hefyd wrth gofio sut roedd Jodi wedi ei arbed rhag ymlâdd yn llwyr ar y tro olaf yn y sesiwn hyfforddi drwy esgus fod ganddi bigyn. Roedd hynny ar ôl iddyn nhw redeg milltir yn unig. Mewn llai na mis byddai'n rhaid iddo redeg dwywaith hynny os oedd e'n mynd i'w thywys yn llwyddiannus o gwmpas cwrs y marathon byr.

Y cwrs... dyna broblem arall. Bydden nhw'n rhedeg ar hyd heolydd garw ac anwastad Llundain, nid ar drac rhedeg gwastad. Felly roedd yn rhaid iddo ddod yn gyfarwydd â rhedeg ar heolydd, dod yn gyfarwydd â gweld y math o beryglon y byddai'n rhaid iddo lywio Jodi oddi wrthyn nhw.

Wrth gwrs, roedd Mr Webb wedi bod yn cwyno'n barod y dylen nhw fod yn rhedeg ar heolydd gyda'i gilydd.

'Fe fyddi di'n mynd mas wythnos nesaf, Reid,' roedd e wedi rhybuddio yn eu sesiwn hyfforddi ddiweddaraf. 'Efallai dy fod ti'n meddwl dy fod ti'n gwneud yn iawn, ond cred ti fi, mater gwahanol iawn yw rhedeg ar heolydd. Mae'n rhaid i ti ganolbwyntio gant a deg y cant.'

Roedd Jodi wedi gweld y cwyno mewn goleuni gwahanol. 'Glywaist ti 'na?' meddai hi o dan ei hanadl wrth iddyn nhw fynd i redeg unwaith eto o gwmpas y trac. 'Mae e'n meddwl dy fod ti'n gwneud yn iawn.'

'Nac ydy ddim. Mae e'n meddwl fy mod *i*'n meddwl 'mod i'n gwneud yn iawn,' roedd Luke wedi ateb.

'Y twpsyn! Fyddai e ddim wedi dweud *dim byd* petaet ti ddim!'

Efallai ei bod hi'n iawn. Beth bynnag, doedd hi ddim o bwys beth oedd barn tad Jodi amdano bellach. Roedd Luke eisiau gwneud hyn drosto'i hunan, dros Jodi... ac, mewn ffordd ryfedd, dros ei dad ei hunan. Pe gallai ei dad newid ei fywyd a byw'n onest, yna gallai Luke wneud hynny hefyd. Doedd e ddim wedi bod allan yn dwyn ers iddo ymweld â'r carchar.

Ar waelod Foxglove House, dyma Luke yn agor a chau'r drws metel rhydlyd mor dawel ag y gallai. Yna edrychodd ar ei wats a dechrau rhedeg.

Dechreuodd redeg yn weddol esmwyth, ar gyflymdra roedd Jodi'n ei hoffi hyd nes iddi ddechrau arfer. Rhedodd ar ymyl yr heol, nid ar y palmant. Roedd hynny'n teimlo'n fwy realistig a, beth bynnag, roedd heolydd East Med mewn gwell cyflwr na'r palmentydd rhacs oedd yn llawn chwyn.

Roedd e wedi penderfynu ar ei lwybr drwy edrych ar fap lleol. Byddai e'n mynd i ben deheuol yr ystad, lle roedd hi'n cwrdd ag afon Tafwys. Y cyfan roedd angen iddo ei wneud o'r fan honno oedd mynd ar draws llain o dir anial ac yna byddai e'n cyrraedd yr heol ddiflas roedd lorïau'n mynd arni i gludo nwyddau i Ganolfan Riverside. Fyddai dim llawer ohonyn nhw'n cyrraedd am ryw awr eto, felly roedd hi'n dawel braf yr adeg hon. At hynny, roedd y llwybr tua'r hyd cywir – bron i dair milltir yno a 'nôl.

Ai hwn fyddai'r diwrnod?

Daeth hyn i'w feddwl yn syth. Ceisiodd ei wthio o'r neilltu, fel na fyddai e ar bigau'r drain. Allai e ddim.

Ai hwn fyddai'r diwrnod? Y diwrnod y byddai'n rhedeg yn gynt nag ugain munud?

Doedd e ddim wedi llwyddo eto. Roedd e wedi gwella, wrth reswm. Roedd e'n gynt nag oedd e pan ddechreuodd e, yn sicr. Roedd ei amser e a Jodi dros filltir wedi gwella'n gyson. Roedd yn rhaid ei fod e – doedd Mr Webb ddim wedi cwyno amdano fe'n ddiweddar! Ond doedden nhw ddim wedi rhoi cynnig ar y pellter llawn ar gyflymdra llawn eto. Fel roedd ei thad wedi dweud bob cyfle a gâi, ugain munud oedd amser gorau Jodi. Dyna'r amser roedd Luke eisiau ei guro, yr amser roedd yn rhaid iddo ei guro, os nad oedd e'n mynd i'w dal hi 'nôl.

Ai heddiw fyddai e'n llwyddo i wneud hynny?

Roedd e wedi cyrraedd y tir anial. Roedd arwydd mawr yn cyhoeddi bod y darn tir wedi'i neilltuo ar gyfer tai newydd, ychydig o ddarnau wedi'u lliwio i mewn ar y darlun peintio yn ôl rhifau – dechrau newydd i ychydig o bobl lwcus.

Rhedodd Luke yn ei flaen, gan ganolbwyntio ar beidio â chwympo ynghanol yr hanner brics a'r olion coelcerthi. Wedyn roedd e allan ar yr heol i'r ganolfan siopa ac yn estyn ei gam.

Aeth un car heibio ar yr ochr draw i'r heol, a'i oleuadau ynghyn. Edrychodd y gyrrwr draw ar Luke, gan ysgwyd ei ben fel petai'n meddwl pa fath o ffŵl oedd yn llusgo ei hunan allan o'r gwely i fynd i redeg yr adeg hon o'r bore.

Bu bron i Luke godi llaw arno. Doedd e ddim yn teimlo fel ffŵl. Roedd e'n teimlo'n fyw ac yn rhydd, a'r awel fwyn yn chwythu ar ei grys chwys a thros ei wyneb. Roedd yr arogleuon ffiaidd oedd yn dod o Afon Tafwys yn felysach rywsut.

Ymlaen ag ef, gan symud yn esmwyth, anadlu'n gyson a sylwi ar wahanol bethau wrth fynd heibio: y golau stryd oedd yn fflachio; y rhewgell wedi'i gadael wrth ochr yr heol; y cylch mawr tywyll ar y concrit gwyn lle roedd lori wedi gollwng peth o'i llwyth o duniau paent; y sgip oedd wedi cael ei hen anghofio gan bwy bynnag roddodd hi yno.

Yn fuan – yn syndod o fuan – roedd e wedi cyrraedd y man lle roedd yr heol yn dechrau mynd fel bwa tuag at gyrion Canolfan Riverside. Hanner ffordd – mewn ychydig o dan ddeng munud yn unig! Dechreuodd Luke fynd am adref, gan geisio peidio â gadael i'r cyffro effeithio ar ei rythm.

Nawr daeth popeth 'nôl ato yn y drefn arall. Yr hen sgip, ac roedd e'n dal i symud yn dda. Wrth y cylch paent, gallai deimlo poen diflas yn dod i'w goesau. Erbyn iddo gyrraedd y rhewgell oedd wedi'i gadael, roedd e'n dal yn iawn, ond roedd ei anadl yn fyrrach.

Yna, cafodd ei daro eto gan flinder sydyn a llethol, dim mwy na chan metr cyn y golau stryd oedd yn fflachio. Roedd ei gorff i gyd yn teimlo fel petai'n chwalu. A nawr dyma ei ymennydd, yr unig ran ohono oedd fel petai ag egni ar ôl, yn dechrau chwarae ei driciau arferol.

143

Pam roedd e'n gwneud hyn? Beth oedd y pwynt? Stopia! Petai e'n stopio nawr, byddai'r boen yn mynd i ffwrdd. Stopia, stopia, stopia...

Bob tro hyd yma dyna'n union roedd e wedi'i wneud: roedd e wedi stopio, plygu i lawr, aros i'r boen liniaru, teimlo'r eiliadau'n diflannu wrth i'w galon guro. Ond nid y tro hwn. Y tro hwn gwrthododd ildio, gan wasgu ei ddannedd yn dynn, a cheisio anwybyddu'r llais tywyll oedd yn ei ddenu i stopio.

Roedd e wedi cyrraedd y golau stryd oedd yn fflachio. Roedd e'n gallu gweld y tir anial. Doedd Foxglove House ddim yn bell y tu hwnt iddo. Baglodd Luke yn ei flaen; doedd ei goesau ddim yn teimlo fel petaen nhw'n perthyn i'w gorff e bellach. Roedden nhw'n symud ar eu pennau eu hunain, fel dwy goes robot oedd wedi cael eu rhaglennu i ddod o hyd i'w ffordd adref. Nawr, roedd ei feddwl yn ymladd 'nôl eto gyda phob cam, a Luke yn methu credu ei fod yn gallu bod mor ffyrnig o benderfynol.

Paid â rhoi'r ffidl yn y to! meddai wrtho'i hun. Cadw i fynd! Dal ati, fel yr addewaist ti i Dad!

Bu bron i'r tir anial ei ladd e. Roedd e'n methu gweld yn glir oherwydd ei holl ymdrech, felly welodd e mo'r darn o rwbel adeiladu oedd yn codi o'r ddaear. Baglodd drosto a chwympo gan lanio ar ei bedwar. Rywsut, cadwodd i fynd. Symudodd ymlaen gan gropian yn wyllt fel cranc a rhwygo croen ei bengliniau, ond llwyddodd e rhywsut i'w orfodi ei hunan i godi ar ei draed heb stopio.

Yna roedd e wedi croesi'r tir anial. Roedd palmant rhacs y llwybr oedd yn arwain at Foxglove House yn teimlo fel sidan o dan ei draed. Roedd e wedi anghofio popeth am ei ysgyfaint oedd mor fyr o anadl. Roedd y lleisiau tywyll wedi tewi. Roedd y llinell derfyn yn y golwg.

Gwthiodd Luke ei hun ymlaen. Prin roedd e'n deall beth roedd e'n ei wneud, ond gwyddai mai dim ond wal frics fyddai'n gallu ei atal nawr. Tri deg metr, ugain, deg… ac yna roedd e yno, yn taflu ei hunan yn erbyn y drws metel rhydlyd ar waelod Foxglove House fel petai'n berthynas hoff nad oedd e wedi'i weld ers tro. Edrychodd ar ei wats drwy lygaid oedd yn llawn dagrau. Un deg naw munud, pum deg tri eiliad.

Trodd Luke ei gefn ar y drws a llithro i'r llawr. Roedd ei frest yn boenus a'i goesau ar dân. Roedd East Med i gyd fel petai'n chwyrlïo o flaen ei lygaid. Doedd e ddim yn gallu canolbwyntio ar ddim byd, ddim hyd yn oed ar y graffiti ar y wal gyferbyn. *Marwolaeth i gachwyr sy'n cario clecs.*

Roedd e wedi'i wneud e! Ac os oedd e wedi'i wneud e unwaith, gallai ei wneud e eto. Fyddai e ddim yn siomi Jodi.

Roedd e wir yn credu hynny.

Pennod Pedair ar Ddeg

'Pedair wythnos yn olynol, Luke?' meddai Mr Harmer yn sur. 'Fe fydd yn rhaid i mi ystyried dy enwebu di am fedal presenoldeb da...'

Llithrodd Luke i'w gadair ac aros am y jôc nesaf. Doedd Mr Harmer byth yn bodloni ar un jôc yn unig.

'Heb sôn am y myfyriwr sydd wedi gwneud y cynnydd mwyaf. Hynny yw, pedair wythnos yn olynol o bresenoldeb – os nad wyt ti'n ofalus fe fyddi di'n dysgu rhywbeth!'

Ymatebodd Luke ddim. Er gwaethaf ei holl goegni, roedd gan Mr Harmer bwynt. Roedd presenoldeb diweddar Luke wedi bod yn dipyn o record, roedd hynny'n sicr. A'i ymddygiad, o ran hynny. Roedd hynny'n rhyfedd. Roedd rhedeg yn y bore yn gwneud iddo deimlo'n dda, yn enwedig gan ei fod bellach yn gallu rhedeg o dan ugain munud, ac roedd e'n gallu dioddef meddwl am eistedd yn yr ysgol drwy'r dydd. Roedd e hyd yn oed wedi dechrau gwrando mwy, gan feddwl y byddai'n braf petai ganddo ateb y tro nesaf y byddai grŵp llyfrgell Jodi yn gofyn beth roedd e wedi'i ddarllen yn ddiweddar.

A phan fyddai e'n diflasu ar y gwersi, roedd Luke wedi gweld ei fod yn gallu llenwi'r amser yn breuddwydio am sut y byddai'n tywys Jodi ar hyd llwybr Marathon Llundain.

Dyna wnaeth e drwy'r sesiwn gyda'r tiwtor dosbarth. Yr unig dro y symudodd e oedd er mwyn codi bag trwm Terry

146

Fisher oddi ar ei droed ar ôl i'w bartner wrth y ddesg ei ollwng yno. Ugain munud yn ddiweddarach, roedd yn rhaid i Luke symud y bag eto, y tro hwn er mwyn iddo ymuno â'r criw o set waelod Mathemateg oedd yn mynd am y bloc mathemateg a dwy wers o artaith â chyfrifiannell, yn wahanol i Terry Fisher oedd yn aros lle roedd e gyda'r plant clyfar. Pan ddaeth y ddwy wers i ben, roedd Mr Harmer yn aros amdano yn y coridor y tu allan.

'Ffôn symudol Terry Fisher' meddai Mr Harmer yn swta. 'Ble mae e?'

Ddeallodd Luke ddim yn syth gan fod ei feddwl yn dal wedi'i rewi ar ôl y gwers Mathemateg. 'Beth Terry Fisher?'

'Ei ffôn symudol e. Mae e yn erbyn y rheolau, dwi'n gwybod, ond mae Fisher yn dod â'i ffôn i'r ysgol. Mae'n anodd credu, ond mae ganddo fe gariad mewn ysgol arall ac uchafbwynt ei ddiwrnod yw sleifio i'w ffonio hi rhwng gwersi. Dyma fe'n edrych yn ei fag y bore 'ma a beth welodd e? Bod y ffôn symudol ar goll.'

'Felly? Beth yw'r cysylltiad â fi?'

'Yn ôl Fisher, ti oedd y person olaf i gyffwrdd â'i fag e.'

'Rhag iddo fe dorri fy nhroed i!' atebodd Luke. 'Ei wthio fe allan o'r ffordd wnes i.'

'A dyna i gyd?'

'Ie!'

Aeth corff Harmer yn dynn i gyd. Symudodd ei wyneb yn nes, ac aeth ei lais yn dawel fel mai dim ond Luke allai glywed. 'Wyt ti'n gwybod beth sy'n fy ngwylltio i am y wlad 'ma, Luke? Y ffordd ry'n ni'n rhoi cyfleoedd nad ydyn nhw'n eu haeddu i bobl. Pobl fel ti.'

'Beth amdana' i?' Roedd Luke yn wyllt gacwn nawr.

'Lleidr wyt ti, dyna beth. Rwyt ti'n lladrata ac yn cael dy ddal ac yn lladrata eto ac yn cael dy ddal eto ond does gan neb ddigon o synnwyr i wneud yn siŵr dy fod ti'n cael cosb. Cosb go iawn. Dy fod ti'n cael dy gau i ffwrdd, lle nad wyt ti'n gallu gwneud unrhyw niwed. O, na. Rwyt ti'n cael rhedeg o gwmpas, yn rhydd fel aderyn.'

Ceisiodd Luke droi ond roedd Harmer yn ei rwystro. Roedd ei ddicter yn cael ei danio gan atgofion o wersi di-ri roedd Luke wedi torri ar eu traws a chamymddwyn ynddyn nhw. 'Dwi'n gyrru drwy East Med bob bore. Dwi wedi dy weld di'n rhedeg. Wel, gwna'n fawr ohono fe, y gwalch bach drwg, achos dyw e ddim yn mynd i bara. Ryw ddiwrnod fe fyddi di o dan glo.'

Camodd yr athro i ffwrdd wedyn, a siarad yn naturiol fel bob pawb oedd yn mynd ar y hyd y coridor yn gallu clywed.

'Felly, rwyt ti'n dweud wrtha i nad wyt ti'n gwybod dim am y ffôn symudol mae Terry Fisher wedi'i golli, 'te, Luke? Nid ti aeth ag e?'

'Nage!'

'Wel – dwi'n dy gredu di, wrth gwrs. A dwi'n siŵr y bydd y pennaeth yn dy gredu di hefyd pan fyddi di'n rhoi dy ochr di o'r stori iddi hi. Ond tan hynny… i'r gilfach,' meddai'n sydyn.

'Beth? Pam?'

'Achos 'mod i'n dweud. Ydy hynny'n broblem?'

'Ydy! Dwi ddim wedi gwneud dim byd!'

'A dyw rhai pobl byth yn gallu newid,' meddai Harmer yn swta. 'Cer!'

Rhoddodd Luke y gorau i ddadlau. Beth oedd y pwynt? Trodd ar ei sawdl a cherdded i ben draw'r coridor ac i lawr y grisiau.

Roedd y gilfach ar y llawr gwaelod. Roedd athro ar ddylet - swydd yno, a bwriad y lle oedd cadw'r plant anystywallt draw oddi wrth bawb arall. Roedd disgyblion oedd yn cael eu taflu allan o ddosbarthiadau yn mynd yno i gael pryd o dafod defodol ac yna roedd tri pheth yn bosib: dychwelyd i'r dosbarth dan chwerthin; cyfnod hirach yn y gilfach; neu, y dewis olaf mae'n debyg, aros tan i drefniadau gael eu gwneud iddyn nhw gael eu taflu allan yn barhaol.

Hyd yn oed cyn iddo gyrraedd gwaelod y grisiau, roedd Luke wedi meddwl am bedwerydd dewis: un roedd e wedi'i greu. Allai e ddim bod wedi gwybod y byddai ffôn Terry Fisher yn dod i'r golwg yn ddiweddarach y prynhawn hwnnw – ar bwys y tŷ bach lle roedd e wedi mynd i ffonio ei gariad i wneud yn siŵr ei bod hi wedi cyrraedd yr ysgol yn ddiogel. Wrth feddwl amdani, roedd e wedi anghofio iddo roi'r ffôn y tu ôl i'r bowlen tra roedd e'n gorffen ei fusnes yno. Nawr, erbyn i'r ffôn symudol gyrraedd ei berchennog eto, byddai Luke wedi hen fynd.

Yn lle troi am y gilfach, aeth e i'r cyfeiriad arall, yn ddwfn i berfeddion loceri'r disgyblion. Roedd y loceri wedi dod yno rai blynyddoedd yn ôl, ond roedd mynedfa'n arfer bod yno. Er nad oedd y fynedfa'n cael ei defnyddio bellach, doedd y drws oedd wedi'i guddio y tu ôl i'r loceri yn y pen pellaf ddim wedi cael ei folltio, dim ond wedi'i gloi. Y cyfan oedd ei angen oedd allwedd. Neu rywbeth yn dy boced oedd cystal â hynny...

*

Roedd gwahanol enwau ganddyn nhw arno fe: y Daliwr Llygod Mawr, y Cowboi Plant, y Trapiwr Triwantiaid. Wyddai Luke ddim beth oedd ei enw go iawn e. Swyddog Cydlynu Presenoldeb Ysgolion Bwrdeistref Aber Tafwys, neu rywbeth

arall annealladwy. Doedd hynny ddim o bwys. Y peth o bwys
oedd y gwyddai'r holl blant roedd e wedi'i gyflogi i'w dal
nhw ble byddai e a phryd, yn fras:

Tua 9.30 – o gwmpas yr Ystadau, i ddal y rhai oedd yn
codi'n hwyr.

11.30 i 12.30 – Canolfan Riverside, i ddal y rhai oedd yn
dwyn o siopau.

1 tan 2 – egwyl i gael cinio.

2 i 3 – nôl i'r Ystadau, i ddal y rhai oedd yn osgoi pryn-
hawn yn yr ysgol.

Wedi hynny, roedd e'n mynd 'nôl i'r swyddfa, ble bynnag
roedd honno, i lenwi ei ffurflenni ac ysgrifennu ei adroddiadau.

Allan ar y stryd, edrychodd Luke ar ei wats y tu ôl i res o
goed di-raen fel nad oedd neb yn yr ysgol yn gallu ei weld.
Roedd hi bron â bod yn hanner dydd. Byddai e'n mynd am
ganolfan Riverside. Erbyn iddo gyrraedd yno, byddai'r Daliwr
Llygod Mawr yn cael egwyl ac yn bwyta ei frechdanau ham.
Tynnodd Luke ei siwmper ysgol oddi amdano a'i stwffio yn
ei sach gefn. O leiaf doedd e ddim yn edrych fel y dylai e fod
yn eistedd mewn ystafell ddosbarth yn rhywle nawr.
Rhoddodd y bag ar ei gefn a dechrau loncian.

Roedd loncian fel llyncu dos o foddion sydyn. Hyd yn oed
wrth iddo ddechrau rhedeg yn esmwyth, sylwodd Luke fod
ei ddicter at Mr Harmer yn diflannu. Roedd e'n teimlo'n well
gyda phob cam. Syllodd yr haul allan y tu ôl i lenni o gymylau
llwyd, gan fwrw cysgod dros y llawr. Rhedodd Luke ychydig
yn gynt, gan wylio ei hunan yn cyflymu, a'i freichiau'n pwmp-
io'n wyllt fel petaen nhw'n tynnu'r gwenwyn i gyd allan o'i
system.

Arafodd o'r diwedd, ond dim ond oherwydd ei fod yn
dod yn nes at ffordd roedd yn rhaid ei chroesi. Dyna pryd y

cafodd ei rwystro gan y car. Daeth hwnnw o'r dde a sgrechian i stop o'i flaen. Pwysodd y teithiwr allan a phwyntio ei fawd at y sedd gefn.

'Pam rwyt ti'n rhedeg, Luke bach?' gwenodd Mig Russell.

'Dim ond twpsod sy'n rhedeg. Dere i mewn, fe rown ni lifft i ti.'

Oedodd Luke – ddim yn hir, ond yn ddigon hir i wên Russell ddiflannu. 'Dere i mewn,' ailadroddodd. Gorchymyn oedd e'r tro hwn, nid cynnig.

Agorodd Luke y drws a llithro i'r sedd gefn. Roedd yr arogl lledr trwm yn dweud wrtho mai car newydd sbon oedd hwn. Yn sedd y gyrrwr, edrychodd Lee Young 'nôl dros ei ysgwydd fel petai newydd ddarllen meddwl Luke.

'Car da, on'd yw e? Newydd ddod o hyd iddo fe yn yr orsaf drenau. Roedd y ffenest ar agor, cofia. Dyna handi. Fydd y perchennog ddim yn gweld ei fod e ar goll tan y bydd e'n cyrraedd 'nôl ar drên chwarter wedi pump neu pa bynnag drên mae e'n ei ddal. Erbyn hynny fe fydd e'n ddiogel yn disgwyl i'w berchennog *newydd* ddod i'w gasglu fe.'

Gwasgodd e sbardun y car eto, gan gyflymu'n ffyrnig. Wrth ei ochr, pwysodd Mig Russell 'nôl dros gefn ei sedd, a'i sbectol haul yn eistedd yng nghanol ei wallt tywyll.

'Mae'n dda ein bod ni wedi digwydd taro arnat ti fel hyn, Luke. Mae e wedi arbed taith fach i ni. Ti'n gweld, mae rhywbeth bach 'da ni i'w gynnig i ti.'

'Ry'n ni eisiau defnyddio dy dalentau arbennig di, ti'n gweld,' meddai Lee Young.

'Dy dalentau arbennig di yn pigo cloeon,' ychwanegodd Mig Russell.

'Fe ddwedais i y bydden ni'n galw eto, on'd do?'

'A dyw Lee byth yn torri addewid.'

Ddywedon nhw ddim byd arall tan i Lee Young droi'r car rownd tro a stopio'n stond. Edrychodd Luke allan drwy'r ffenest. Roedden nhw wedi dod ag e i gefn arcêd siopa oedd yn arfer bod yn lle digon cyfeillgar tan i fandaliaeth ac atyn-iadau Canolfan Riverside yrru'r cwsmeriaid i ffwrdd. Nawr roedd y siopau i gyd, heblaw am ddwy neu dair, wedi'u cau a'u bordio. Ond roedd y garejys neu storfeydd yn y cefn yn dal i gael eu defnyddio. A byddai Luke wedi bod yn barod i fetio bod ceir wedi'u dwyn yn cael eu gweddnewid yn un ohonyn nhw.

Os felly, doedd e ddim yn mynd i ddod i wybod ym mha un. Doedden nhw ddim yn mynd ag e'n nes. Roedd Lee Young wedi dod ag e draw i wneud trefniadau, ddim i ddangos y busnes iddo fe. Trodd yr allwedd i ddiffodd yr injan a throi i wynebu Luke.

'Paid ag edrych mor bryderus, fachgen. Mae e'n jobyn solet. Does dim perygl. Dim ond clwyd a drws cefn.'

Teimlodd Luke ddiferyn o chwys yn diferu i lawr y tu mewn i'w grys. 'P-pam na wnewch chi dorri i mewn?'

'Achos mai jobyn dydd Sul yw e. Os na wnawn ni adael arwyddion fe fydd pedair awr ar hugain i guddio'r trywydd.'

Roedd Russell yn crechwenu. 'Fydd dim rhaid i ti hongian o gwmpas os oes ofn arnat ti, Luke bach. Ar ôl i ni fynd i mewn, fe gei di ddiflannu!' Chwarddodd ar ei jôc ei hun.

Roedd ceg Luke yn teimlo'n sych. Wyddai e ddim beth i'w wneud. Hanner awr 'nôl, pan oedd e wedi dianc oddi wrth Mr Harmer, byddai e wedi cytuno'n syth. Jobyn gyda Lee Young a Mig Russell? Breuddwyd! Cer amdani!

Ond nawr, ar ôl i'r rhedeg gael gwared ar y gwenwyn yn ei feddwl, roedd e'n meddwl yn gliriach – yn union fel roedd ei dad wedi dechrau meddwl yn gliriach yn ystod y cyfnod diweddaraf yma yn y carchar, roedd Luke wedi bod yn gwneud yr un fath yn ddiweddar. Doedd e ddim eisiau bod yn rhan o hyn. Ond y drafferth oedd nad oedd e'n gallu gweld ffordd ddiogel o'u gwrthod nhw. Ceisiodd osgoi gwneud hynny.

'Mae'r Glas wedi dweud eu bod nhw'n fy ngwylio i. Petawn i'n eich helpu chi, fe fydden nhw'n eich gweld chi'ch dau hefyd.'

Ysgydwodd Lee Young ei ben. 'Fyddan nhw ddim yn gwylio, fachgen. Ddim y jobyn 'ma.'

'Fe fydd gormod o bethau eraill ar eu meddyliau nhw, ti'n gweld,' meddai Mig.

'Rheoli'r tyrfaoedd,' ychwanegodd Lee.

Roedd Luke wedi drysu. Er ei waethaf, gofynnodd, 'Beth ry'ch chi'n ei feddwl? Beth yw'r jobyn?'

Edrychodd Lee Young a Mig Russell ar ei gilydd. Cododd Lee ei ysgwyddau, fel petai e'n dweud, 'Mae e'n iawn. Dyw e ddim yn mynd i gario clecs. Mae e'n gwybod y byddai hi ar ben arno petai e'n cario clecs.'

'Car,' meddai Lee o'r diwedd. 'Porsche. Y model druta'. Mae e'n werth can mil. Mae prynwr yn disgwyl amdano fe gan ddyn dwi'n ei nabod. Ac mae e'n mynd i gael yr union beth mae e eisiau achos mae perchennog y Porsche yn goc oen. Mae e'n cadw car fel yna mewn garej fach arferol. Ocê, mae'r garej y tu ôl i bâr o glwydi haearn solet ond dim ond clo mawr sy'n eu cadw nhw ar gau.'

'Felly dyna dy her fach di, Luke. Y clo ar y glwyd a drws y garej. Fe wnawn ni'r gweddill.'

'Tra bydd y Glas i gyd allan yn gwylio'r tyrfaoedd sy'n gwylio'r ffyliaid sy'n rhedeg yn y marathon 'na.'

Hyd yn oed cyn iddo ofyn y cwestiwn, gwyddai Luke beth oedd yr ateb. Roedd e'n teimlo'n sâl. 'Marathon? Marathon Llundain, chi'n feddwl?'

'Ie, ie,' nodiodd Lee Young. 'Llundain. Lle arall ti'n meddwl y byddai'r car 'ma? Does dim llawer o berchnogion ceir Porsche cyfoethog yn y twll 'ma lle ry'n ni'n byw, oes e?'

Siaradodd Mig Russell fel cadi sy'n codi pêl y golffiwr ac yn ei glanhau.

'Fe ddwedodd dyn ry'n ni'n ei nabod wrthon ni amdano fe. Bob ail benwythnos y mis mae boi'r Porsche yn mynd i'w fflat yn Ne Ffrainc, ac yn gadael ei gar ar ôl. Felly ry'n ni wedi bod yn gweld beth yw beth, ti'n gweld. Tipyn bach o gynllunio. Dyw'r garej ddim yn bell o lwybr y rhedwyr, felly bydd y Glas i gyd yn edrych i'r cyfeiriad arall.'

'Ond dyw e ddim ar y llwybr, felly fyddan nhw ddim yn cau'r heolydd ry'n ni eisiau eu defnyddio. Fe allwn ni wneud y jobyn a diflannu, dim trafferth. Ac achos y byddi di wedi agor y cloeon 'na yn lle ein bod ni wedi gorfod eu chwalu nhw, fydd neb callach tan i ddyn y Porsche ddod 'nôl fore dydd Llun.'

'Alla i mo'i wneud e.'

Roedd y geiriau'n swnio fel petai rhywun arall wedi'u dweud nhw, ond gwyddai Luke mai fe wnaeth. Fel arall fyddai Lee Young a Mig Russell ddim yn edrych arno fel yna.

'D-dwi i fod i redeg. Yn y ras 'na. Gyda Jodi – y ferch weloch chi gyda fi'r diwrnod o'r blaen.'

'Wel, fe fydd yn rhaid i ti ddweud wrth y ferch nad wyt ti'n gallu rhedeg, 'machgen i.' Roedd llais Young fel dŵr wedi rhewi. 'Mae'n rhaid i'r jobyn 'ma gael ei wneud y diwrnod hwnnw. Dim un arall. Wyt ti'n deall?'

'Nac ydw – edrychwch… mae hi'n ddall. Chi'n deall? Mae hi'n ddall.'

Chwarddodd Mig Russell. 'Ydy hi? Aaa, Luke bach! Ac ro'n i'n meddwl ei bod hi'n cydio ynot ti achos ei bod hi'n dy garu di!'

Anwybyddodd Luke y gwawdio. 'Fi yw ei rhedwr tywys hi, Lee. Os nad ydw i 'na, fydd hi ddim yn gallu rhedeg.'

'Fydd hi ddim yn gallu rhedeg 'te,' meddai Lee Young. 'Achos fyddi di ddim 'na. Fe fyddi di gyda ni.'

'Ond mae e'n rhan o'r gwasanaeth cymunedol. Os nad ydw i 'na fe fyddan nhw'n fy nghosbi i.'

'Caws caled,' cododd Mig ei ysgwyddau, gan gymryd yr awenau am unwaith.

'Mig, plîs. Ceisia helpu, wnei di?' Roedd Lee yn crechwenu. 'Dyma beth wnei di, Luke. Dwed gelwydd wrthi hi. Dwed wrthi dy fod ti wedi brifo bawd dy droed, neu rywbeth.'

'Alla i ddim. Fe fydd hi'n gwybod 'mod i'n dweud celwydd. Mae hi'n gallu dweud.'

'Felly paid â dweud celwydd, 'te' cododd Lee Young ei ysgwyddau. 'Dwed y gwir wrthi. Dwed dy fod ti wedi trefnu'n barod i fynd mas gyda rhai o dy ffrindiau – Lee Young a Mig Russell. Mae hon yn fraint i ti, fachgen. Mae digon o bobl fyddai wrth eu bodd yn dweud 'na.'

'Allwn i ddim! Petawn i'n sôn am eich enwau chi fe fyddai hi'n gwybod 'mod i'n gwneud jobyn!'

Llithrodd y geiriau allan cyn i Luke fedru eu hatal. Mewn chwinciad, roedd Lee Young wedi dod o sedd y gyrrwr ac wrth y drws cefn, yn ei dynnu allan. Dilynodd Mig Russell ef a rhuthro o gwmpas i gydio ym mlaen crys Luke a'i wthio yn erbyn ochr y car.

Pwysodd Lee Young yn agos. 'Sut byddai hi'n gwybod hynny, 'te, Luke?' meddai. Roedd y gyllell rhwng ei fysedd yn barod, ac yntau wedi hen arfer gorfod ymateb yn sydyn.

155

'D-dwi ddim yn gwybod am beth ry'ch chi'n sôn,' baglodd Luke, gan ymddwyn yn dwp ond gan wybod nad oedd gobaith caneri ganddo.

'Sôn am ein henwau ni, ddwedaist ti, ac fe fyddai hi'n gwybod 'mod i'n gwneud jobyn. Nawr sut byddai hi'n gwybod hynny? Sut mae hi'n gwybod ein henwau ni?'

'A sut mae hi'n gwybod ein bod ni'n gwneud ambell jobyn?' Roedd Russell wedi dal i fyny. 'Wyt ti wedi bod yn cario clecs amdanon ni?'

'Na! Fyddwn i byth yn gwneud hynny! Fe ddwedais i mai ffrindiau o'ch chi. Pan weloch chi fi'n mynd â hi adref.'

Roedd Lee Young yn fwli mawr, ond doedd e ddim yn dwp. 'A'r gweddill, fachgen. Mae mwy on'd oes e? Dwed wrthon ni neu fe fydd angen sbectol dywyll arnat ti dy hunan...'

Roedd e wedi bod yn dod â'r llafn yn nes ac yn nes a nawr roedd mor agos at lygad chwith Luke fel ei fod e'n methu ei weld e'n iawn. Os oedd e'n mynd i atal Lee Young rhag defnyddio'r llafn, doedd dim dewis ganddo fe.

'Hi oedd y ferch yn y maes parcio!' meddai Luke mewn arswyd. 'Yr un na weloch chi mohoni yn syth, yr un y buoch chi bron â'i bwrw hi i lawr!'

Chwarddodd Mig Russell. 'Yr un na welon ni!'

Roedd y geiriau hyn yn dweud y cyfan wrth Luke. Roedden nhw *wedi* ei gweld hi. Roedden nhw wedi bod yn anelu ati hi'n fwriadol...

'Ac fe ddwedaist ti wrthi hi mai ni aeth â'r car 'na?' chwyrnodd Lee Young.

'Na! Fyddwn i ddim yn cario clecs amdanat ti, Lee! Hi gofiodd ei bod hi wedi clywed eich lleisiau chi!'

'Dwi ddim yn dy gredu di, fachgen.'

Teimlodd Luke y llafn oer yn cyffwrdd â'i amrant. 'Fe wnaeth hi!' sgrechiodd, yn llawn arswyd. 'Dwi'n dweud wrthoch chi, mae hi'n ddall. Dyna sut mae hi'n cofio pobl. Wrth eu lleisiau nhw!'

Allai'r tawelwch ddim bod wedi para mwy nag ychydig eiliadau ond teimlai fel awr i Luke wrth iddo ymbaratoi i deimlo poen erchyll y gyllell yn mynd i'w lygad. Pan deimlodd e'r llafn yn codi a gweld Lee Young yn camu am 'nôl, bu bron i Luke gwympo i'r llawr mewn rhyddhad.

Ond roedd pawennau mawr Mig Russell yn dal ar grys Luke. 'Hei, Lee... Ydy hynny'n meddwl y byddai'r ferch 'na'n gallu ein cael ni i helynt? Ti'n gwybod, pwyntio aton ni mewn parêd adnabod?'

'Mewn parêd lleisiau, ti'n feddwl,' meddai Lee Young gan grechwenu. Ysgydwodd ei ben. 'Na. Fyddai'r Glas ddim yn gallu cael hynny drwy'r llys hyd yn oed petai hi'n gallu'i wneud e.'

Roedd e'n anwybyddu'r syniad ond gallai Luke ddweud nad oedd e'n hollol hyderus chwaith. Yn sydyn, wrth i'w amheuon gynyddu, torrodd yr awyr â llafn arian y gyllell. 'Ond efallai dylen ni wneud yn siŵr, Mig? Codi ychydig bach o ofn arni hithau hefyd?'

Daeth ton o arswyd dros Luke eto. 'Allech chi ddim. Ddim i ferch ddall?'

'Allen ni ddim?'

Doedd dim rhaid i Lee Young ddweud gair arall. Doedd e ddim wedi malio a fyddai e'n bwrw Jodi i lawr ai peidio. Nawr, wrth weld gwên denau Lee Young, doedd gan Luke ddim amheuaeth y byddai e'n barod i'w thorri hi â'i gyllell heb feddwl ddwywaith.

'Lee,' ymbiliodd, 'wnaiff hi ddim dweud dim byd. Wnaiff hi ddim cario clecs. Os oedd hi'n mynd i gario clecs fe fyddai hi wedi gwneud hynny erbyn hyn, yn byddai hi?'

'Meddet ti.'

Roedd hi'n amlwg nad oedd Lee Young wedi'i argyhoeddi. Rhoddodd Luke un cynnig arall arni, gan roi'r argraff fod llawer mwy rhyngddo fe a Jodi na rhedeg yn unig. 'Fyddai hi ddim yn dweud petawn i'n dweud wrthi hi am beidio.'

Edrychodd Mig Russell yn syn. 'Mae hi'n bwyta o dy law di, ydy hi?' Chwarddodd yn hyll. 'Ar ôl i ti ddweud wrthi hi ble mae dy law di, wrth gwrs!'

Gorfododd Luke ei hun i chwerthin. 'Fe allet ti ddweud hynny.'

'Mae'n swnio fel petaet ti ddim eisiau iddi gael unrhyw niwed, fachgen,' meddai Lee Young. 'Ydw i'n iawn?'

'Wyt, siŵr o fod,' meddai Luke.

Roedd y gyllell yn dal i gydbwyso rhwng bysedd Lee Young. Pwyntiodd hi unwaith eto'n syth at wyneb Luke a dechrau symud yn nes... hyd nes iddo gau'r gyllell yn glep yn sydyn. 'O'r gorau, fachgen,' meddai. 'Mae hi'n fargen.'

'Bargen?'

'Ie. Dere di ar y jobyn 'ma yn Llundain gyda ni a fydd dy ferch ddall di ddim yn cael niwed. O'r gorau?'

Pa ddewis oedd ganddo? Amddiffyn Jodi oedd yn bwysig iddo. Oherwydd roedd e o ddifrif pan oedd e wedi dweud nad oedd e eisiau iddi gael niwed. Roedd e wir o ddifrif.

Nodiodd Luke yn araf. 'O'r gorau,' anadlodd.

Pennod Pymtheg

'Cer yn syth, Jodi.'
  'Tro hir i'r dde.'
  'Araf, tir anwastad yn dod.'
  'Yn gyflym!'
  'Araf eto.'
Ymatebodd Jodi'n syth, gan wybod yn union ble roedden nhw – roedden nhw'n dod at y groesfan i gerddwyr ar waelod Heol Rigby, yr un oedd i fod i helpu pobl i groesi'n ddiogel draw i'r ardal yn West Med oedd yn cael ei galw'n ardal hamdden. Doedd y lle ddim yn edrych yn wych iawn; roedd gwair fan hyn a fan draw o gwmpas y lleoedd chwarae oedd wedi gweld dyddiau gwell. Ond roedd un peth gwerth chweil yno – llwybr tarmac rownd yr ymyl gydag arwynebedd tebyg i'r rhan fwyaf o'r heolydd ar y rhan o farathon Llundain y bydden nhw'n ei rhedeg.

Clywodd hi wichian car yn brecio'n ysgafn a bipian y groesfan, gan wenu wrth i Luke roi gorchymyn, 'Yn gyflym!' sef 'Mor gyflym ag o'r blaen,' yn hytrach nag egluro beth oedd yn digwydd.

Roedd hyn yn rhan o'r côd roedden nhw wedi'i ddatblygu dros yr adeg roedden nhw wedi bod yn rhedeg gyda'i gilydd. Bron i ddau fis, nawr. Roedd yr amser wedi mynd heibio mor gyflym – ac yn ystod y cyfnod hwn roedd Luke wedi dod yn dywysydd mor dda fel bod tad Jodi hyd yn oed wedi rhoi'r gorau i'w feirniadu drwy'r amser. Ac roedd hynny'n dipyn o bluen yn het Luke.

Doedd Mr Webb erioed wedi mynd cyn belled â chanmol Luke, wrth gwrs, ond roedd e wedi newid, yn bendant. Roedd Jodi'n meddwl bod hyn yn debyg i'r plastr ar goes ei thad. Ar y dechrau, roedd y plastr wedi bod yn galed ac yn anhyblyg. Ond wrth i amser wella'r goes ac wrth i'r boen gilio, roedd y gorchudd caled wedi cael ei dynnu'n araf. Erbyn hyn roedd gorchudd llawer mwy meddal yn amddiffyn coes ei thad. Ond petai'r broses o wella'n arafu, byddai'r hen blastr caled yn dod 'nôl mewn amrantiad.

'I'r dde!'

Ymlaen â nhw ar y llwybr tarmac, heibio i ddrewdod y bin cachu cŵn, heibio i'r haid o golomennod oedd bob amser yn ymladd am dameidiau o gwmpas y sedd wrth y fynedfa, ac ymlaen. Roedden nhw wedi gwneud tua milltir. Byddai mynd o gwmpas yr ardal hamdden yn filltir arall. Yna 'nôl adref a bydden nhw wedi rhedeg yn ddigon pell.

Roedd rhywbeth arall am Luke. Roedd e wedi cryfhau. Gwyddai Jodi ei fod e'n gallu rhedeg yn gynt na hi nawr, doedd dim dwywaith am hynny, yn union fel dylai rhedwr tywys da allu gwneud. Roedden nhw bron ag anghofio am y tro hwnnw ar y trac pan oedd hi wedi esgus ei bod hi wedi ymlâdd rhag achosi embaras llwyr iddo.

'Does dim llawer o bwynt cael rhedwr tywys sy'n gwneud i ti arafu,' roedd ei thad wedi dweud yn swta os oedd hi'n cwyno ei fod e'n mynd yn rhy gyflym. Ond roedd pethau wedi bod yn wahanol gyda'i thad. Roedd e bob amser wedi bod yn ceisio profi rhywbeth, yn ceisio ei gorfodi i fynd yn gynt; roedd Luke fel petai'n ymwybodol fod hynny'n fwy tebygol o ddigwydd os oedd hi'n cael hwyl hefyd.

'Tro hir i'r chwith.'

Dilynodd Jodi y tro graddol y gwyddai hi ei fod yn mynd o gwmpas yr unig gwrt tenis yn yr ardal hamdden. Byddai'n rhaid iddi awgrymu ei bod hi a Luke yn cael gêm, dim ond er mwyn clywed y sioc yn ei lais! Dim ond wedyn y byddai hi'n dweud wrtho am y peli tenis swnllyd arbennig roedden nhw'n eu defnyddio i chwarae'r gêm.

Efallai y byddai hi'n gallu perswadio ei mam i ymuno â nhw. Roedd Mrs Webb wedi ymlacio hefyd dros yr ychydig fisoedd diwethaf. Roedd Luke wedi dweud ei bod hi hyd yn oed wedi codi llaw arnyn nhw i ffarwelio wrth iddyn nhw ddechrau rhedeg!

'Sytha.'

Roedden nhw ym mhen pella'r ardal hamdden nawr, yn dod at y ffynnon ddŵr. Roedd Luke wedi gwrthod yfed ohoni unwaith, gan ddweud ei bod hi'n edrych fel petai hi'n ffiaidd. 'Diolch byth nad ydw i'n gallu'i gweld hi, felly!' roedd Jodi wedi dweud, gan yfed y dŵr oer yn awchus.

'Stopia!'

Ufuddhaodd Jodi yn syth. Dyna arwydd arall o'r hyder roedd ganddi yn Luke bellach. Ond roedd hi'n synnu. Fel arfer byddai hi wedi synhwyro rhywbeth – car yn dod yn nes, pobl yn siarad – i roi rhybudd iddi fod sefyllfa beryglus o'u blaenau nhw. Y tro hwn doedd dim rhybudd o gwbl. 'Beth sy'n bod?' gofynnodd hi.

'Mae problem 'da fi,' meddai Luke. 'Allwn ni eistedd?'

Roedd Jodi'n gwybod yn reddfol eu bod nhw wrth ymyl y fainc oedd bellaf oddi wrth y fynedfa. Cydiodd yn dynn yn y strap tywys o hyd, ond daliodd benelin Luke hefyd wrth ei ddilyn draw at y fainc. Hyd yn oed dros yr ychydig gamau hynny, gallai hi ddweud nad oedd e'n gloff. Felly doedd e ddim wedi cael anaf. Doedd e ddim wedi ymlâdd chwaith. Roedd e'n anadlu'n gyson a rheolaidd. Eisteddodd hi i lawr, gan deimlo'r fainc yn mynd i lawr fymryn wrth iddo ddod ati.

'Edrych, y ras 'ma. Beth yw'r trefniadau?'

Wnaeth Jodi ddim ymdrech i guddio'r ffaith ei bod hi wedi gwylltio. 'Luke, dere nawr! Mae'r ras drennydd! Rwyt ti'n gwybod beth yw'r trefniadau. Dyna'r unig beth dwi wedi bod yn siarad amdano drwy'r wythnos.'

'Dwed wrtha i eto, wnei di?'

Felly aeth hi drwy'r cyfan unwaith eto. 'Mae'r llythyr oddi wrth drefnydd tîm y fwrdeistref yn dweud bod yn rhaid i ni gwrdd ar gychwyn y ras, yn Upper Thames Street, gyferbyn â Phont Southwark. Does dim rhaid cerdded yn bell o orsaf trên tanddaearol Mansion House. Mae honno ar linell District, felly gallwn ni fynd yn syth yno o orsaf y Dref. Dere i gwrdd â ni'r tu allan…'

'Ni?'

'Mae Mam a Dad yn dod hefyd, wrth gwrs,' meddai Jodi. 'Dyw dy rieni di ddim yn dod?'

'Nac ydyn,' meddai Luke yn gyflym. 'Dy'n nhw ddim yn gallu dod.'

Sylwodd Jodi iddo osgoi dweud rhagor, a meddyliodd hi am y peth, er nad dyna'r tro cyntaf iddi wneud hynny. Ond soniodd hi ddim rhagor. Roedd hi'n synhwyro nad rhieni Luke oedd y broblem fan hyn.

'Fe fyddwn ni yng ngorsaf y Dref am naw o'r gloch. Fe ddylen ni gyrraedd cychwyn y ras erbyn chwarter i ddeg fan bellaf, felly fe fydd digon o amser gyda ni i newid a chyn - hesu. Dyw'r ras i rai o dan 16 oed ddim yn dechrau tan un ar ddeg.'

'Un ar ddeg?'

'Dyna'r rhif. Mae e rhwng deg a deuddeg, iawn?' Roedd Jodi wedi ceisio dweud hyn a gwenu'r un pryd, ond doedd hi ddim wedi llwyddo'n llwyr. Roedd rhywbeth yn bod. 'Felly beth yw'r broblem?' gofynnodd hi'n dawel.

'Y?'

'Fe stopion ni redeg achos fe ddwedaist ti fod problem 'da ti. Beth yw hi?'

'Y... dim byd. Mae carreg yn fy esgid i.'

Yn llygad ei meddwl, gwelodd Jodi Luke yn plygu drosodd, yn tynnu un esgid redeg i ffwrdd, ei churo'n rhy uchel ar ochr y fainc a'i gwisgo eto. 'Popeth yn iawn,' meddai e pan oedd yr actio ar ben.

Oherwydd actio *roedd* e, gwyddai hi hynny. Roedd e'n codi ar ei draed wrth ei hochr. Daliodd ei fraich, ond yn lle codi ar ei thraed ei hunan, cydiodd yn dynn ynddi i'w dynnu 'nôl i'r sedd yn gadarn.

'Cau dy lygaid,' meddai'n swta.

'Beth?'

'Paid â dadlau. Cau dy lygaid. Wyt ti wedi gwneud?' Teimlodd am wyneb Luke, gan redeg ei bysedd dros ei amrannau i wneud yn siŵr. 'O'r gorau. Beth wyt ti'n gallu'i glywed?'

'Jodi, dwi ddim yn teimlo fel...'

'Ateb fi!'

Cafodd Luke ei synnu gan ddicter Jodi ac atebodd. 'Dwi ddim yn gwybod. Adar. Traffig. Plant yn chwarae.'

'Dwi'n clywed hynna i gyd hefyd. Beth am fy llais i?'

'A dy lais di.'

'Felly, beth mae e'n ei ddweud wrthot ti? Y sain, dwi'n meddwl, nid y geiriau.'

'Rwyt ti'n wyllt gacwn.'

O fy achos i, roedd e'n mynd i ychwanegu, meddyliodd Jodi. Tynnodd hi ei dwylo o'i wyneb. 'O'r gorau. Felly nawr mae syniad 'da ti beth rwyt ti'n gallu'i ddweud wrth lais rhywun arall hyd yn oed pan nad wyt ti'n gallu eu gweld nhw.' Trodd tuag at Luke, gan syllu arno â'r llygaid roedd hi'n gallu eu teimlo ond yn methu eu defnyddio. 'A dyna sut rwy'n gwybod dy fod ti'n dweud celwydd.'

'Beth?'

'Doedd dim carreg 'da ti yn dy esgid. Roeddet ti'n rhedeg yn well na fi. Roedd rhywbeth arall roeddet ti eisiau ei ddweud wrtha i. Beth oedd e?'

'Dim byd. Wir nawr.'

'Dwed y gwir wrtha i, Luke!'

Synhwyrodd hi fod Luke yn tynnu anadl ddofn, fel petai e'n mynd i gael ei frifo drwy ddweud y gwir, neu'i bod hithau'n mynd i gael ei brifo.

'Mae rhywbeth wedi codi,' meddai e o'r diwedd. 'R-ro'n i'n meddwl na fyddwn i'n gallu rhedeg y ras. Ro'n i'n ofni dy siomi di. Ond... dwi newydd weld bod popeth yn iawn. Does dim problem nawr.'

Gallai Jodi synhwyro'r rhyddhad. Roedd e'n teimlo rhyddhad nawr. A doedd e ddim yn dweud celwydd wrthi, roedd hi bron yn siŵr o hynny.

'Fyddi di 'na?' meddai hi. 'Rwyt ti'n mynd i redeg gyda fi?'

'Ydw. Ydw, dim problem. Ond... edrych, fe fydd yn rhaid i mi dy weld di 'na. Lle mae'r ras yn cychwyn. O'r gorau?'

'Pam?'

'Jodi, paid â gofyn. Alla i ddim dweud wrthot ti. Rhyw - beth... personol yw e. Ond fe fydda i yno erbyn hanner awr wedi deg, dwi'n addo.'

Aeth hi ddim i ofyn rhagor. Wyddai hi ddim beth oedd ystyr 'personol'. Ond roedd sain ei lais wedi datgelu'r hyn roedd *angen* iddi wybod. Roedd e'n dweud y gwir wrthi. Roedd popeth yn mynd i fod yn iawn. Gwenodd hi a neidio ar ei thraed.

'Grêt! Felly pam ry'n ni'n aros fan hyn? Dere, fy rhedwr tywys. Mae'n rhaid i ni fynd o gwmpas fan hyn ddwywaith eto!'

Pan gyrhaeddodd adref, cafodd Luke afael ar hen lyfr mapiau A-Z Llundain ei fam. Agorodd y llyfr ei hunan ar y dudalen lle roedd carchar Wormwood Scrubs. Trodd Luke y tudalennau'n ffyrnig i'r mynegai, daeth o hyd i'r man roedd e'n chwilio amdano, yna trodd 'nôl i dudalen arall. Oedd, roedd e wedi bod yn iawn. Roedd e'n *gallu* ei wneud e.

Doedd Lee Young ddim wedi mentro dweud wrtho ble'n union roedd y garej yma, dim ond ei bod hi rywle yn ardal San Steffan. Hefyd y bydden nhw'n gwneud y jobyn rywbryd rhwng hanner awr wedi naw a deg, pan fyddai'r tyrfaoedd yn dechrau ymgasglu ac yn tynnu sylw'r heddlu oddi ar bethau eraill.

Wel, deg ar yr hwyraf. Fyddai hi ddim yn cymryd llawer o amser iddo ddatod y cloeon 'na. Yn syth ar ôl iddo fe wneud ei waith, gallai 'ddiflannu' fel roedd Mig Russell wedi dweud yn wawdlyd. Dylai fod digon o amser ganddo i neidio ar drên tanddaearol a mynd 'nôl i gychwyn y ras at Jodi erbyn hanner awr wedi deg.

Cael a chael fyddai hi, ond a oedd dewis arall?

Doedd dim un.

Pennod Un ar Bymtheg

Poerodd y trên tanddaearol ei ffordd i orsaf Embankment. Ar y platfform gyferbyn, gwelodd Luke weinydd, gyda hambwrdd a photel wedi'i gludio arno, a gorila a'i ben blewog o dan ei fraich. Roedd rhifau athletwyr yn sownd wrth wisgoedd y ddau, felly roedd hi'n amlwg eu bod nhw'n rhedwyr oedd ar eu ffordd i dde-ddwyrain Llundain ac i gychwyn y marathon llawn ym Mharc Greenwich.

Rhaid bod rhedeg chwe milltir ar hugain yn ddigon gwael, meddyliodd Luke – ond mewn gwisg gorila!

Cododd ei galon ryw ychydig wrth feddwl am ryfeddod y cyfan. Ond dim ond am eiliad. Daeth ton o bryder drosto eto, pryder nad oedd e erioed wedi'i deimlo o'r blaen cyn gwneud jobyn. Daeth Luke i'r casgliad ei fod yn poeni am gyrraedd y ras wedyn. Edrychodd draw at y gorila a'r gweinydd unwaith eto. Doedd hynny ddim yn help. Wrth weld rhifau'r athletwyr, dechreuodd feddwl yn llawn arswyd y gallai ei rif ei hun fod wedi dod yn rhydd. Roedd e wedi gwisgo ei ddillad rhedeg o dan ei siaced a'i jîns rhag ofn iddo gyrraedd cychwyn y ras yn hwyr. Agorodd Luke sip ei siaced a datgelu'r crys-T oren llachar roedd Jodi wedi'i roi iddo yn eu sesiwn hyfforddi olaf y prynhawn blaenorol.

'Jodi, mae'r crys 'ma'n erchyll!' roedd e wedi'i ddweud.

'Fe fydd yn rhaid i mi dy gredu di, Luke!' roedd hithau wedi ateb, yn hapus.

Roedd Mr Webb wedi gwthio ei drwyn i mewn wedyn. 'Fe fydd pob un o'r rhedwyr sy'n cynrychioli rhywbeth yn gwisgo un o'r rhain.'

Roedd Luke wedi troi'r crys-T i edrych ar y cefn. 'Beth yw'r 'B' fawr sydd fan hyn?' roedd e wedi gofyn, heb fod yn siŵr ei fod eisiau clywed yr ateb.

'B am 'Bwrdeistref' yw e. Mae gan redwyr y sir 'S' am 'Sir' ar eu cefnau. Efallai y bydd un o'r rheina gyda ti'r flwyddyn nesa, Jodi.'

Wedyn roedd Mr Webb wedi troi at Luke, a rhoi rhif papur gwyn iddo. 'Rwyt ti'n rhoi hwn yn sownd ar flaen dy grys-t. Paid â'i golli fe. Wnawn nhw ddim gadael i ti redeg hebddo fe.'

Nawr, wrth i'r trên tanddaearol wichian i ffwrdd eto, edrychodd Luke am y canfed tro i wneud yn siŵr nad oedd e wedi colli ei rif. Nac oedd, roedd e'n dal yno. Pedwar-un-dau-saith.

Edrychodd i fyny a gweld Lee Young a Mig Russell yn chwerthin am ei ben. Roedden nhw'n gorweddian yn y seddi ymhellach i lawr y cerbyd, ac yn symud eu breichiau fel petaen nhw'n rhedeg.

'A'r enillydd yw,' meddai Lee Young, 'rhif pedwar-un-dau-saith!'

Roedden nhw'n llawn cyffro wrth feddwl am yr hyn roedden nhw'n mynd i'w wneud, gan wybod mai dim ond un orsaf i ffwrdd roedden nhw.

Edrychodd Luke i ffwrdd, ac edrych ar ei wats. Deg munud wedi naw. Byddai Jodi ar ei ffordd nawr. Yn yr orsaf roedd e wedi cael pwl o banig, gan feddwl tybed a fyddai Mr Webb wedi penderfynu mynd â hi yno hyd yn oed yn gynt na'r bwriad. Byddai cwrdd â hi ar blatfform yr orsaf wedi bod yn dipyn o draed moch. Ond roedd popeth wedi mynd yn iawn. Roedden nhw wedi dal trên bron yn syth a nawr roedden nhw cyn pryd. Doedd hynny ddim yn poeni Luke o gwbl. Gorau po gyntaf y byddai'r cyfan ar ben.

Ochneidiodd y trên a stopio. Westminster. Eu gorsaf nhw. Gwnaeth y drysau sŵn hisian wrth agor. Allan â nhw. I fyny'r grisiau symudol. Drwy'r rhwystrau. Allan i'r heulwen gwan a chael cip ar Senedd Prydain am y tro cyntaf heddiw. Mewn dwy awr, byddai Luke yn rhedeg heibio i'r rhan yma eto.

Troi i'r dde. Ar hyd Heol y Bont i Sgwâr y Senedd, ychydig gannoedd o fetrau ar y mwyaf, ond roedd y daith yn teimlo'n hirach na hynny i Luke oedd ar bigau'r drain. Ond roedd Lee Young yn ymddangos yn ddigon didaro. Roedd e'n edrych yn hollol hamddenol, roedd yn rhaid i Luke gydnabod hynny. Roedd ei ddwylo yn ei bocedi a doedd e ddim yn ymddangos yn nerfus o gwbl – ddim hyd yn oed pan ddwedodd Mig Russell, 'Iechyd, edrychwch ar yr holl heddlu 'ma!' Roedd hi'n ymddangos fel petai heddlu mewn siacedi melyn ymhobman, yn dringo allan o faniau gwyn, yn gosod polion ac arwyddion, ac yn rhoi cyfarwyddiadau.

Cododd Lee Young ei ysgwyddau. 'Maen nhw'n edrych fel gwenyn, on'd ydyn nhw?' meddai. 'Maen nhw mor ddiwyd â gwenyn hefyd. Sylwan nhw ddim arnon ni, a hyn i gyd yn digwydd.'

Roedd Luke yn gobeithio ei fod yn gywir. Wrth iddyn nhw gerdded o gwmpas Sgwâr y Senedd ac i gysgod Abaty Westminster roedd hi'n edrych felly. 'Nôl gartref byddai gweld tri llanc yn eu harddegau'n prowlan o gwmpas wedi bod yn ddigon i ddenu'r heddlu. Yma, heddiw, doedd yr heddlu ddim yn edrych ddwywaith arnyn nhw. Roedd y ffaith fod y lle dan ei sang gydag ymwelwyr a thwristiaid yn help ond hyd yn oed wedyn, roedd hi'n edrych fel petai Lee Young yn llygad ei le: roedd yr heddlu'n mynd i fod yn hoelio eu sylw – a'u llygaid – ar bethau eraill.

Roedden nhw wedi mynd heibio'r abaty ers tro nawr. I mewn â nhw i Stryd Victoria, a Lee Young yn dal i syllu o gwmpas fel petai e'n ymwelydd o Japan. Ond nid dyna oedd e. Wrth iddyn nhw gyrraedd y troad nesaf ar y chwith, Strutton Ground, meddai e'n swta wrth Luke, 'Y ffordd 'ma, fachgen.'

I lawr y stryd fach goblog. Roedd hyn fel mynd i fyd arall, tawelach – byd o balmentydd llwyd ac adeiladau swyddfa wedi'u cau dros y penwythnos. Dwsin o gamau, dim mwy, ac yna dyma nhw'n stopio eto. Old Pye Street.

Troi i'r chwith, cerdded yn araf. Reodd yr adeiladau'n wahanol yma. Cymysgedd o garreg dywyll a bricsen goch, yr hen a'r newydd, fflatiau'n bennaf o gwmpas cyrtiau bach. Roedd rhwystrau neu ffensys yn amddiffyn pob un. Roedd gan rai garejys ar y llawr gwaelod. Stopiodd Lee Young, a phwyntio at un ymhellach i lawr y stryd.

'Lawr fan 'na, Luke. Wyt ti'n ei weld e?'

Allai Luke ddim bod wedi peidio ei weld e. Roedd clo enfawr yn cau'r glwyd a'i barrau haearn, clo oedd yn ddigon mawr i fod mewn dwnsiwn castell.

'Bant â ti, 'te,' chwyrnodd Mig Russell. 'Rho arwydd i ni pan wyt ti wedi mynd i mewn.'

'Beth? Dy'ch chi ddim yn dod?'

'Fe fyddwn ni fan hyn, yn cadw llygad,' meddai Lee Young. 'Os bydd unrhyw helynt, fe chwibanwn ni arnat ti, o'r gorau?'

Nodiodd Luke. Byddai e'n gallu gweithio'n gynt ar ei ben ei hun, beth bynnag. Edrychodd eto ar ei wats wrth iddo frysio i lawr at y clwydi haearn. Pum munud ar hugain i ddeg. Roedden nhw wedi cymryd ugain munud i gerdded yno'n araf. Dylai fod yn gallu rhedeg 'nôl i orsaf Westminster mewn pum munud.

Roedd y clo enfawr yn hen ond mewn cyflwr da. Roedd e'n cael ei ddefnyddio a'i iro'n aml. Tawelodd hynny nerfau Luke ryw fymryn. Roedd cloeon oedd yn rhydlyd ac yn stiff yn profi cryfder rhywun llawn cymaint â gallu rhywun i bigo cloeon.

Hyd yn oed wedyn, doedd hi ddim yn mynd i fod yn hawdd. Doedd dim pwynt defnyddio'r llafn tenau roedd hi'n well ganddo weithio gyda fe, ac y byddai ei angen ar gyfer y clo llai ar ddrws y garej. Byddai defnyddio'r llafn hwnnw fel ceisio bwrw wal i lawr â phluen.

Roedd Luke wedi dod â hoelen drwchus ar gyfer y jobyn hwn, hoelen wedi'i llyfnu a'i morthwylio i'r siâp roedd ei angen arno. Llithrodd hi i mewn i'r clo, cau ei lygaid a dechrau gweithio.

Dychmyga hi! Teimla hi!

Gan ddal yr hoelen rhwng dau fys, defnyddiodd Luke ei fys canol i wasgu, gan ei symud yn nerfus wrth iddo geisio synhwyro sut roedd y clo wedi'i adeiladu.

Gan bwyll!

Yn dyner, symudodd flaen yr hoelen i fyny ac i lawr, gan deimlo am bob un o binnau'r clo. Cliciodd un ar agor. Yna un arall...

Oedd e wedi llwyddo? Oedd, roedd e'n meddwl. Trodd yr hoelen yn gadarn am y tro olaf, gan ddisgwyl i glesbyn solet y clo agor yn rhwydd.

Symudodd e ddim.

Roedd dafnau o chwys wedi dechrau dod ar ei dalcen. Rhedodd un i lawr ochr ei drwyn. Sychodd ef i ffwrdd.

170

Ymlacia! Roedd yn rhaid iddo ymlacio. Doedd e ddim wedi colli ei ddawn. Roedd e ar bigau'r drain. Roedd e wedi bod felly drwy'r bore. Y ras oedd yn ei boeni. Dim byd mwy na hynny...

Ond roedd mwy na hynny. Doedd e ddim eisiau bod yma, doedd e ddim eisiau gwneud hyn. Roedd atyniad a chyffro lladrata wedi diflannu. Gwyddai Luke yr eiliad honno fod yr ychydig fisoedd diwethaf wedi gwneud i'r atyniad sychu a chrino fel un o ddail yr hydref. Y cyfan roedd e ei angen bellach oedd dianc, cyrraedd cychwyn y ras – a Jodi.

'Dere, fachgen!'

Lee Young oedd yno. Roedd e wedi dod draw yn ddiamynedd i boeni Luke. 'Nôl ar y cornel, roedd Mig Russell yn edrych yn sydyn ar y strydoedd gerllaw cyn dilyn ei arweinydd i'r man lle roedd popeth – neu'n hytrach dim byd – yn digwydd.

'O'r gorau, o'r gorau,' meddai Luke. 'Rho funud i mi.'

'Rwyt ti wedi cael deg munud, fachgen. Nawr symuda hi.'

Deg munud? Roedd yn rhaid i Luke edrych ar ei wats. Roedd hi bron yn ddeg munud i ddeg. Petai'n methu agor y clo cyn hir, fyddai e ddim yn gallu cyrraedd Jodi mewn pryd.

'Dwi'n gwneud fy ngorau glas!' llefodd.

'Gobeithio dy fod ti.' Mig Russell oedd yno, yn edrych dros ysgwydd arall Luke.

'Mae Mig yn iawn, Luke,' meddai Lee Young o dan ei anadl. 'Achos os wyt ti'n chwarae o gwmpas, rwyt ti'n mynd i edifaru, a'r ferch ddall 'na sydd 'da ti...'

'Dwi ddim yn chwarae o gwmpas!'

Rhoddodd gynnig arall arni, gan bwyso ei ben yn erbyn barrau haearn oer y glwyd i weld a fyddai hynny'n helpu.

Llithrodd yr hoelen 'nôl i'r clo eto, gan geisio gwneud i'w fysedd, y llafn a'r clo ddod at ei gilydd i ddod yn rhan o'i gorff. Roedd yn rhaid iddo deimlo, chwilio, darganfod cyfrinachau'r clo, yn union fel roedd e wedi gwneud mor aml o'r blaen.

Ymlacia, ymlacia, ymlacia...

Ond doedd ei fysedd erioed wedi teimlo mor fawr a thrwsgl â hyn. Doedd e ddim yn gallu atal yr hoelen rhag crynu, heb sôn am ei defnyddio fel roedd e eisiau gwneud. Penderfynodd Luke wthio'r hoelen yn gadarn yn erbyn pin oedd yn gwrthod symud. Drwy lwc, dyna'r union beth oedd ei angen arno. Cliciodd y clesbyn ac agor yn syndod o dawel, o ystyried maint y clo.

'Hen bryd hefyd,' chwyrnodd Mig Russell.

Doedd Lee Young ddim eisiau gwastraffu amser yn siarad. Tynnodd y clo, gan ei adael yn hongian wrth un ochr y glwyd ddwbl. Gwthiodd ochr arall y glwyd ar agor, a gwthio Luke i'r iard fach sgwâr cyn ei ddilyn. Daeth Mig Russell y tu ôl iddyn nhw, a hanner cau'r glwyd y tu ôl iddo.

'Yr un nesaf nawr, Luke,' meddai Lee Young, gan bwyntio at ddrws y garej. Roedd e'n chwysu'n nerfus nawr. 'Ac yn gynt y tro hwn.'

Doedd dim angen iddo ddweud wrth Luke. Roedd pob eiliad roedd e'n oedi'n golygu ei fod e'n hwyrach o hyd a hefyd doedd dim byd i'w guddio rhag y stryd. Doedd Lee Young ddim wedi dweud hynny. Byddai unrhyw un fyddai'n mynd heibio'n gallu gweld Luke drwy farrau'r glwyd. Byddai e yn y golwg, ond fydden nhw ddim. Roedd Lee Young a Mig Russell yn gofalu am eu hunain.

'Fe fyddwn ni fan hyn,' meddai Lee, gan lithro i'r unig gornel o'r iard oedd ddim i'w weld o'r stryd. Aeth Mig ato.

Trodd Luke at y clo. Un arferol oedd e, dim byd arbennig, roedd e wedi pigo rhai tebyg ddwsinau o weithiau o'r blaen. Dylai e allu agor hwn mewn chwinciad ac yna diflannu. Rhoddodd yr hoelen drwchus 'nôl yn ei boced a thynnu'r llafn tenau, hyblyg roedd e wedi'i ddefnyddio cymaint o'r blaen. Llithrodd ef i mewn i'r clo.

Ceisiodd ddychmygu'r clo yn ei ben, gan gau ei lygaid eto. Hyn achubodd e. Cafodd ei atgoffa'n sydyn o'r adeg roedd Jodi wedi gwneud iddo gau ei lygaid, gan fynd â'i olwg a gwneud iddo ganolbwyntio ar yr hyn roedd e'n gallu ei glywed. Heblaw am hynny, mae'n debyg na fyddai wedi clywed chwibanu'r dieithryn yn dod yn nes ar hyd yr heol y tu allan.

Wrth i'r chwibanu gryfhau, gwyddai Luke fod yn rhaid iddo fynd o'r golwg. Mewn panig, cipiodd y llafn o'r clo, gan droi ar ei sawdl a rhedeg i'r cornel lle roedd Lee a Mig yn ceisio gwasgu eu hunain hyd yn oed yn dynnach yn erbyn y wal.

Y tu allan, roedd y chwibanu'n cryfhau hyd yn oed yn fwy. Gallai Luke glywed sŵn camau hefyd, nawr. Mae'n rhaid bod y person oedd yn mynd heibio bron gyferbyn â nhw am y wal, meddyliodd. Yna'n sydyn stopiodd y chwibanu a sŵn y camau.

Ymsythodd Luke. Pwy oedd yno? Fe neu hi? Daeth ateb i'w feddwl. Fe, siŵr o fod. Doedd menywod ddim yn chwibanu fel arfer, canu neu hymian roedden nhw.

Ond beth oedd e'n ei wneud nawr? Edrych drwy'r gatiau? Edrych drwy'r canlyniadau pêl-droed yn y papur dydd Sul roedd e newydd ei brynu?

Sŵn camau eto. Ond dim chwibanu. Ac roedd y camau'n mynd yn gynt nag o'r blaen. Yn loncian. Yn brysio, roedd

173

hynny'n sicr. Roedden nhw'n mynd 'nôl y ffordd aethon nhw, hefyd, fel petai pwy bynnag oedd yno wedi mynd cyn belled â'r clwydi, ac yna wedi troi 'nôl.

'Mae e wedi mynd.' Lee Young oedd yno, yn gwthio Luke allan wrth iddo siarad. ''Nôl â ti at dy waith, fachgen.'

Symudodd Luke yn araf, gan greu darlun yn ei feddwl o hyd. Pwy oedd y person aeth heibio? Cymydog? Rhywun oedd yn gwneud hyn yn rheolaidd – bob bore Sul, efallai? Rhywun a fyddai'n sylwi ar unrhyw beth gwahanol, rhywbeth anarferol? Fel... y clo roedd Lee Young wedi'i adael yn hongian?

'Mae e wedi mynd i nôl help!' meddai Luke o dan ei anadl.

Camodd tuag at y glwyd, ond aeth e ddim pellach cyn i Mig Russell gydio ynddo, gan droi ei fraich y tu ôl i'w gefn. Llefodd Luke mewn poen.

'Gad fi'n rhydd!' ymbiliodd Luke.

'Ddim tan i ti wneud beth ry'n ni ei eisiau,' chwyrnodd Mig Russell, gan ei wthio 'nôl at ddrws y garej.

'Ond fe fyddan nhw'n dod. Y Glas. Dwi'n gwybod y byddan nhw.'

Cydiodd Lee Young yn llaw dde Luke, oedd yn dal i gydio yn y llafn tenau, a'i thynnu at glo'r garej. 'Paid â siarad dwli. Rwyt ti'n ceisio ein twyllo ni. Nawr agor y clo 'na cyn i mi dorri dy fysedd di.'

'Pam ry'n ni'n ffwdanu â fe?' meddai Mig Russell yn ffyrnig. 'Fe allwn ni dorri'r clo, yn gallwn ni?'

'Na allwn! Fel hyn mae hi i fod.'

Roedd bysedd nerfus Luke wedi rhoi'r llafn 'nôl yn y clo. Ond roedd ei feddwl yn gwrthod gweithio. Gwyddai i sicrwydd eu bod nhw'n mynd i gael eu dal. Mae'n rhaid bod y person a aeth heibio wedi gweld y clo 'na. *A'r clwydi!* Gallai Luke eu gweld nhw yn llygad ei feddwl hefyd, wedi'u hanner gwthio gan Russell fel nad oedden nhw'n hollol ar gau.

Ddim yn hollol ar gau...

Yr eiliad honno, gwnaeth Luke ei benderfyniad. 'Gadewch fi'n rhydd, wnewch chi!' meddai'n swta. 'Alla i mo'i wneud e a chi'ch dau'n pwyso arna i. Rhowch le i fi.'

Rhyddhaodd Lee Young ei arddwrn. Gollyngodd Mig Russell ei fraich o'r tu ôl i'w gefn. Ac, wrth i'r ddau ohonyn nhw gamu am 'nôl, dyma Luke yn symud. Tynnodd y llafn o'r clo a rhedeg am y glwyd, gan neidio drwy'r bwlch roedd Mig Russell wedi'i adael, a'i thynnu ar gau eto wrth iddyn nhw ddod ar ei ôl. Roedd Lee Young eisoes yn dechrau chwilio am y gyllell fach oedd yn ei boced bob amser.

Rhedodd Luke. O fewn eiliadau, roedd e wedi cyrraedd stryd goblog Strutton Ground. Trodd i'r dde, gan edrych 'nôl yn reddfol i weld pa mor bell roedden nhw y tu ôl iddo. Doedden nhw ddim yno. Doedden nhw ddim wedi'i ddilyn e. Dim ond un eglurhad oedd. Rhaid eu bod nhw wedi penderfynu torri'r clo wedi'r cyfan a chael gafael arno fe ryw - bryd eto. Gwelodd Luke fod hwn yn benderfyniad y bydden nhw'n difaru ei wneud.

Oherwydd roedd dyn yn dod rownd y cornel ym mhen pellaf Old Pye Street – y dyn oedd yn chwibanu oedd e, roedd Luke yn meddwl – a dau heddwas mewn siacedi melyn yn ei ddilyn. Oedden nhw wedi'i weld e? Arhosodd e ddim i weld.

Erbyn iddyn nhw stopio wrth y gatiau haearn o flaen y garej, roedd Luke yn rhedeg eto.

Pennod Dwy ar Bymtheg

Yn yr ardal ymgynnull enfawr – maes parcio oedd e fel arfer o dan swyddfeydd – edrychodd Mr Webb ar ei wats am y canfed tro.

'Dyw e ddim yn dod, Jodi,' chwyrnodd.

'Ydy mae e, Dad. Fe addawodd e i fi.'

Er iddi ddweud hynny, agorodd Jodi wyneb ei wats ei hun a rhedeg ei bysedd yn ysgafn dros y bysedd. Ugain munud i un ar ddeg. Ugain munud cyn i'r ras ddechrau. Roedd hi wedi cynhesu'n barod. Cyn hir byddai'r rhedwyr yn ei grŵp oedran hi'n cael eu galw at ei gilydd gan swyddogion y ras cyn cael eu tywys i gychwyn y ras. Allai ei thad fod yn llygad ei le? Oedd e wedi bod yn llygad ei le o'r dechrau'n deg? Oedd e wedi gweld rhywbeth na allai hi ei weld, y byddai Luke yn ei siomi pan fyddai hi'n dod i'r pen? Doedd hi ddim wedi'i amau e o'r blaen, hyd yn oed pan oedd e wedi dweud celwydd wrthi ar y fainc yn y parc. Ond nawr...

'Sori! Sori, dwi'n hwyr. Fe... fe es i ar goll. Fe es i i'r man anghywir. Roedd yn rhaid i mi redeg.' Roedd anadl Luke yn ei ddwrn.

'O leiaf does dim angen i ti gynhesu, 'te!' chwarddodd Jodi, yn llawn rhyddhad yn fwy na dim.

'Fe gei di roi dy esgusodion wedyn,' meddai Mr Webb yn swta. 'Does dim amser i ti fynd i'r man newid nawr. Fe fydd yn rhaid i ti newid fan hyn.'

Doedd hynny ddim yn broblem. Tynnodd Luke ei jîns, gan eu taflu nhw i'r bag mawr bochiog roedd Mr Webb yn ei ddal ar agor. Aeth ei siaced i mewn wedyn, wedi iddo agor y sip a'i thynnu oddi amdano mewn eiliadau.

'O leiaf dwyt ti ddim wedi anghofio rhoi dy rif yn sownd,' meddai tad Jodi yn sur.

Rhoddodd Mr Webb y bag i swyddog arall. Gwyddai Luke y byddai'r bag yn mynd ar 'fws bagiau' i'w gludo i'r ardal lle gallai'r rhedwyr gasglu eu pethau ar ddiwedd y ras.

Roedd popeth fel petai'n digwydd ar wib. Roedd Jodi'n teimlo am ei fraich, ac yn gosod y strap tywys ar ei arddwrn. Roedd swyddog yn galw drwy uchelseinydd ar redwyr y ras o dan 16 oed i ddechrau ymgasglu y tu ôl i dâp oedd yn cael ei ddal gan ddau swyddog arall. Roedd Mr Webb yn ffarwel - io'n gyflym â Jodi, gan ddweud y byddai e'n ei gweld hi ar ddiwedd y ras. Yna roedd e'n gwthio'n lletchwith drwy'r dyrfa o rieni a gwylwyr ar yr unig fagl roedd e'n gorfod ei defnyddio o hyd. Doedd e ddim wedi dweud dim byd wrth Luke.

'Wyt ti'n barod?' gwenodd Jodi. Roedd hi'n edrych yn hynod o hapus.

'Yn barod i danio,' meddai Luke yn gelwyddog, gan obeithio ei bod hi'n rhy gyffrous i synhwyro unrhyw beth – achos doedd e ddim yn teimlo fel hynny. Roedd ei feddwl yn chwyrlïo.

Hyd yn oed wrth iddo redeg i ffwrdd o'r garej, roedd e wedi bod yn ceisio penderfynu beth fyddai orau i'w wneud. Oedd Lee Young a Mig Russell wedi cael eu dal? Roedden nhw'n glyfar, tîm gorau East Med. Efallai eu bod nhw wedi llwyddo i ddianc. Roedden nhw wedi dweud eu bod nhw wedi bod o gwmpas i weld yr ardal, felly roedd hi'n debygol eu bod nhw wedi gwybod am ffordd arall o ddianc.

177

Ond beth os *oedden* nhw wedi cael eu dal? Beth wedyn? Fyddai'r heddlu ar ei ôl e? Oedden nhw'n mynd i ymosod arno a'i lusgo allan ynghanol y ras? Roedd e'n teimlo'n sâl wrth feddwl am Jodi'n cael ei gadael mewn dryswch yn y gwter, a'i breuddwyd ar chwâl.

Paid â bod yn dwp! Roedd e wedi dweud hynny wrtho'i hunan dro ar ôl tro. Wrth wibio i mewn i orsaf Westminster ac i lawr y grisiau symudol, wrth neidio rhwng drysau trên oedd ar fin gadael, wrth redeg fel milgi oddi ar y trên wrth iddo gyrraedd yr orsaf ar ôl cyfnod o amser oedd yn ym-ddangos fel oriau, yna wrth ruthro a'i wynt yn ei ddwrn i'r man ymgasglu… yr holl ffordd roedd e wedi dweud *Paid â bod yn dwp!* wrtho'i hunan dro ar ôl tro.

Fydden nhw ddim yn cario clecs. Fydden nhw ddim yn torri'r ddeddf honno. Doedden nhw ddim wedi cario clecs. Fydden nhw ddim yn cario clecs. Na fydden, yr unig bosibil-rwydd oedd bod rhywun wedi'i weld – petai un o'r plismyn oedd yn mynd rownd y cornel ym mhen draw Old Pye Street wedi ei weld yn ddigon clir i allu ei adnabod eto.

Paid â bod yn dwp! meddai Luke wrth ei hunan eto. Roedd e wedi bod yn ddigon pell pan gyrhaeddon nhw. Yn rhy bell iddyn nhw weld ei wyneb neu unrhyw beth…

'Luke!' Jodi oedd yno, yn tynnu wrth ei fraich. 'Maen nhw'n ein galw ni i'r blaen.'

Oherwydd ei hanabledd, roedd Jodi wedi cael lle yn rhes flaen y rhedwyr. Tywysodd Luke hi at y tâp lliw. Roedd dau redwr tywys arall yno, a'r ddau'n gwisgo crysau rhedeg 'S' am Sir. Dim ond dau. Daeth ton o falchder drosto.

'Ymlaen!'

Roedd y ddau swyddog oedd yn dal y tâp yn symud. Cerddon nhw allan o'r ardal ymgasglu o dan do, gan arwain y rhedwyr allan ac i'r chwith i mewn i Upper Thames Street. Ar ôl cerdded am ugain metr, stopiodd y swyddogion gan fod eu gwaith nhw ar ben. Tro'r cychwynnwr oedd hi nawr – dyn enfawr mewn tracwisg ac roedd Luke yn siŵr ei fod wedi'i weld yn rhedeg mewn ras fawr ar y teledu. Chafodd e ddim amser i feddwl beth oedd ei enw.

'Tri, dau, un...'

Cafodd Luke ei synnu gan y don o redwyr. Doedd bod ar y blaen ddim wedi bod o help. Yn syth ar ôl i gorn y cychwynnwr ganu, roedd rhedwyr cyffrous wedi gwthio ymlaen fel petaen nhw mewn ras sbrintio yn hytrach na mewn ras dros ddwy filltir a hanner. Mewn amrantiad, roedd pobl yn mynd heibio iddyn nhw ac yn eu gwthio o bob cyfeiriad.

Ond roedd yn rhaid i Luke ganolbwyntio oherwydd hyn. Ar ôl baglu ychydig o gamau, a Jodi bron â chwympo wrth gael ei gwthio i mewn iddo, anghofiodd Luke am y pethau oedd yn ei boeni a meddwl amdani hi'n gyntaf.

'Cadw i fynd,' gwaeddodd. 'Dwi'n mynd i'r blaen.'

Dyna'r unig ateb y gallai e feddwl amdano, gan fod cymaint o redwyr ar ben ei gilydd. Estynnodd Luke ei fraich a'r strap y tu ôl iddo, a gwneud i Jodi ei ddilyn fel eliffant. Roedd rhedwyr yn dal i fynd heibio iddyn nhw, ac yn y blaen doedd dim i'w weld ond môr o bennau'n symud i fyny ac i lawr, ond roedden nhw ar y ffordd, o leiaf.

Roedd yn rhaid i Luke anadlu'n ddyfnach nag y byddai wedi dymuno, ond daliodd ati'n gyson am yr ychydig gannoedd o fetrau cyntaf.

'Fe fyddwn ni yn y danffordd cyn hir!' clywodd Jodi'n gweiddi y tu ôl iddo. 'Dwi'n gallu teimlo'r ffordd yn mynd am i lawr.'

Eto, roedd hi wedi sylwi ar rywbeth nad oedd e wedi'i deimlo o gwbl. Roedden nhw wedi dechrau mynd i lawr i'r danffordd oedd yn cysylltu Upper Thames Street â Victoria Embankment, y ffordd lydan a fyddai'n mynd â nhw ar hyd glannau Afon Tafwys i San Steffan.

I lawr â nhw, gan redeg yn esmwyth, a'r pennau'n dal i symud i fyny ac i lawr wrth fynd tuag at safn agored y danffordd. Gwyddai Luke na fyddai'n rhaid iddo ddweud wrth Jodi pan fydden nhw wedi cyrraedd.

'Y danffordd!' gwaeddodd hi.

I mewn i'r twnnel a'i oleuadau neon. Yn ystod yr wythnos, roedd y ffordd yn cael ei phwnio gan y traffig diddiwedd oedd yn rhuo drwyddo; ond heddiw yr unig sŵn yn atseinio oedd sŵn traed yn taro ar darmac ac anadlu cyson y rhedwyr ifanc oedd yn eu helfen yn rhedeg.

'Ry'n ni'n dringo!' gwaeddodd Jodi.

Roedden nhw wedi rhedeg ar hyd rhan isaf y danffordd. Ac, yn wir, roedden nhw bellach yn rhedeg i fyny rhiw'r heol ddwy lôn tuag at y cylch o oleuni a oedd yn dynodi'r allanfa ac a oedd yn tyfu bob cam.

'Dwi'n symud i'r ochr nawr, Jodi!' galwodd Luke. 'I'r safle arferol!'

Roedd rhai o'r rhedwyr eraill wedi arafu wrth ddringo'r rhiw, er nad oedd yn serth. Roedd eraill yn difaru iddyn nhw ddechrau'n rhy gyflym. Roedd bylchau'n ymddangos. Roedd rhagor o le i symud. Ar ôl clywed Luke yn galw, symudodd Jodi ymlaen ychydig fel ei bod hi'n rhedeg yn y man arferol wrth ei benelin. Mentrodd yntau edrych 'nôl yn gyflym i edrych ar ei hwyneb. Roedd hi'n gwrido, nid oherwydd ei bod hi'n ymdrechu i redeg ond oherwydd ei bod hi wrth ei bodd.

Ond os oedd Luke yn meddwl bod Jodi'n edrych yn hapus yr eiliad honno, doedd hynny'n ddim o'i gymharu â'r gwichian llawen wnaeth hi wrth iddyn nhw ddod allan o'r danffordd a chamu i ganol heulwen lachar y bore ar Victoria Embankment... a chlywed y tyrfaoedd o wylwyr yn gweiddi i'w hannog nhw.

'Gwranda, Luke!' gwaeddodd hi. 'Gwranda arnyn nhw!' Roedd hi'n amlwg ei bod hi'n gwireddu ei huchelgais.

Roedd hi'n union fel mynd i mewn i stadiwm lawn. Tan hynny, ychydig o le oedd i wylwyr. Ond yma roedd digon o le ar y palmentydd llydan. Roedd pobl yn sefyll ar y meinciau, yn hongian yn beryglus o'r coed, roedd rhai hyd yn oed yn mentro cael eu gwlychu drwy sefyll ar y wal oedd rhwng y ffordd a'r afon. Ac roedd pawb yn gweiddi nerth eu pennau, neu dyna sut roedd hi'n ymddangos.

Nid Jodi'n unig oedd wedi cael ei hysbrydoli gan y gweiddi, ond Luke hefyd. Roedd digwyddiadau'r bore a'r ras i gyrraedd mewn pryd wedi dweud arno. Roedd e wedi sylweddoli hynny wrth ddringo allan o'r danffordd. Doedd y rhan honno ddim wedi bod mor hawdd iddo ag y dylai fod wedi bod.

Erbyn hyn, doedd e ddim yn teimlo'n rhy wael oherwydd bod cefnogaeth y gwylwyr bob ochr i'r ffordd yn ei godi. Byddai wedi hoffi disgrifio'r olygfa i Jodi: y cychod tŷ bwyta wedi'u hangori ar hyd afon Tafwys; olwyn y London Eye yn troi'n araf ochr draw'r afon; lliw ac ysblander y cyfan. Ond roedd hi'n well iddo arbed ei anadl. Roedd e'n teimlo ei fod e'n fyr ei wynt yn barod.

'Tro araf i'r chwith.'

Roedd e newydd gyrraedd y tro graddol y mae Victoria Embankment yn ei wneud wrth ddilyn afon Tafwys. Cyn pen ychydig ddwsin o gamau roedden nhw'n mynd heibio i

Nodwydd Cleopatra, yr obelisg enfawr o garreg – un o'r anrhegion rhyfeddaf mae un wlad wedi'i rhoi i wlad arall erioed.

Dyna lle y gwelodd Luke y plismon mewn siaced felen yn syllu arno ac yn dweud rhywbeth yn ei radio.

'Fe fyddwn ni'n cyrraedd Pont Westminster cyn bo hir!' gwaeddodd Jodi, fel petai hi wedi rhoi pob cam o'r llwybr ar ei chof – ac roedd hi.

Ymatebodd Luke ddim. Roedd e'n meddwl am rywbeth arall.

Y plismon. Oedd e wedi syllu arno fe neu dim ond dych-mygu roedd e? Oedden nhw wedi'i weld e wrth iddo redeg i ffwrdd o'r garej? Allai un ohonyn nhw fod wedi sylwi ar rywbeth oedd yn dangos ei fod yn rhedeg yn y ras y diwrnod hwnnw – ei grys-t oren swyddogol oedd yn y golwg o dan ei siaced, efallai? Os felly, fydden nhw ddim wedi bod yn hir cyn rhoi gwybod i'r holl blismyn oedd ar ddyletswydd yn y ras. Fe fydden nhw'n chwilio amdano'r holl ffordd i'r diwedd.

P'un ai dychmygu neu beidio roedd e, daeth y pryder i gyd 'nôl wrth feddwl am hyn. Doedd rhuo'r dyrfa hyd yn oed ddim o help wrth i Victoria Embankment ymsythu a phawb yn rhedeg ar hyd y darn anodd tuag at San Steffan. Roedd ei goesau'n dechrau teimlo'n dynn, a'i stumog yn corddi. Erbyn iddyn nhw gyrraedd y swyddogion ar ben y rhiw, roedd ei goesau'n teimlo fel tannau telyn.

'I'r dde, yn syth!'

Cyfarthodd Luke y cyfarwyddyd mor glir ag y gallai i ddweud wrth Jodi eu bod nhw'n troi i mewn i Bridge Street, a daeth poen i'w frest. Gwasgodd Luke ei ddannedd a cheisio sugno rhagor o aer i mewn.

'Dros hanner ffordd!' gwaeddodd Jodi.

Gwingodd Luke. Milltir arall i fynd. Milltir arall, ac roedd e eisiau i'r ras ddod i ben yn barod.

'Fe fyddwn ni'n dod at Sgwâr y Senedd nawr,' gwaeddodd Jodi. 'Sut mae'r lle'n edrych?'

Beth allai e ddweud? Ei fod e'n edrych yn hollol wahanol yn gynharach y bore hwnnw, ei fod e'n llawer tawelach, ond fod y lle dan ei sang nawr; fod yr heddlu oedd yn sefyll ar hyd y ffordd nawr wedi bod yn llawer rhy brysur i gymryd sylw o dri lleidr ceir oedd yn prowlan o gwmpas?

'Yn llawn dop!' oedd yr unig beth y gallai ei ddweud.

Roedd hynny fel petai'n ei bodloni hi. 'Dwi'n gallu dweud. Gwranda arnyn nhw!'

Mewn llai nag awr, byddai'r tyrfaoedd ar hyd y llwybr yn gweld y rhedwyr gorau ym mhrif ras Marathon Llundain. Wedyn byddai'r gweddill yn dod: y rhedwyr o glybiau rhedeg yn gyntaf ac yna – yn arafach, hyd yn oed yn cerdded – rhai fel y gweinydd a'r gorila, oedd yn dioddef poen y ras dros chwe milltir ar hugain o hyd er mwyn codi arian i'w hoff achos da. Ond nawr, roedd hi'n ymddangos fel petai'r gwyl-wyr wedi dod er mwyn eu cefnogi nhw'n unig.

'Ychydig yn gynt, Luke!'

Roedd e wedi bod yn ofni clywed yr alwad hon gan Jodi. Edrychodd ef arni. Roedd hi'n rhedeg yn fwy esmwyth nag roedd e wedi'i gweld hi erioed o'r blaen. Roedd ei chorff i gyd wedi ymlacio, a'i cham yn gyson ac yn gadarn. Roedd hi'n edrych yn llawn egni – ac roedd yntau'n teimlo'n wag.

Gorfododd Luke ei hun i gyflymu. Ar ôl y rhiw anodd ar ddarn olaf Victoria Embankment, o leiaf roedden nhw ar ddarn gwastad nawr. Dechreuodd ei goesau blinedig ymateb. Ymhen ychydig fetrau, daethon nhw at grŵp o redwyr oedd dros y ffordd i gyd. Roedd yn rhaid iddo fe fynd heibio iddyn nhw. Ar ôl estyn ei gam, y peth diwethaf roedd Luke eisiau ei wneud oedd arafu eto.

'Dy ochr di!' gwaeddodd Luke.

Dyna oedd eu ffordd nhw o ddweud wrth Jodi am ddal ati i redeg yn syth ond iddi symud i'r chwith, yn nes at ochr y palmant. Roedd un o'r rhedwyr yn y blaen wedi rhedeg ymlaen yn gyflym, gan adael bwlch y tu mewn oedd yn ddigon mawr iddyn nhw fynd drwyddo. Symudodd Jodi i'r chwith ar unwaith, fel llong hwylio'n mynd i mewn i'r gwynt, tan i Luke weiddi, 'Dyna ddigon!'

Roedden nhw'n nes at y dyrfa nag y buon nhw drwy'r ras i gyd. Ddim yn rhy agos i fod yn beryglus i Jodi, ond yn ddigon agos i glywed unigolion yn gweiddi.

'Dal ati, cariad!' bloeddiodd un fenyw frwdfrydig, fel petai Jodi yn ferch iddi hi.

'Does dim llawer o ffordd nawr,' gwaeddodd rhywun arall.

Ac yna, ynghanol y cyfan, daeth llais byr, swta, oedd bron â chael ei foddi gan yr holl weiddi o'i gwmpas.

'Mae e'n mynd tuag at Great George Street nawr.'

Bu bron i Luke golli'i gydbwysedd wrth droi o gwmpas. Roedd Jodi, oedd hanner cam y tu ôl iddo, o flaen y gwylwyr roedd e newydd fynd heibio iddyn nhw. Yna gwelodd Luke fflach o siaced felen – siaced felen *yr heddlu*.

Roedden nhw *yn* ei ddilyn e. Doedd e ddim yn dychmygu pethau. Rhaid bod y ddau blisman wrth y garej wedi ei weld yn ddigon clir i roi disgrifiad ohono fe.

Ond sut? Roedd e mor bell i ffwrdd ac roedd e'n gwisgo siaced a jîns, nid dillad rhedeg. Sut roedden nhw wedi gallu dweud mai rhedwr oedd e?

Beth bynnag oedd yr ateb, roedd un peth yn amlwg. Yn hytrach na'i dynnu fe allan o'r ras, roedden nhw'n gadael iddo redeg a hwythau'n gwylio pob cam.

Felly – allai e ddianc? Mynd, yr eiliad hon, a diflannu i'r dyrfa?

Edrychodd Luke o'i flaen, y tu hwnt i rodfa dywyll yr adeiladau llwyd roedden nhw'n rhedeg ar ei hyd, a gweld y darn roedden nhw'n dod ato, a choed bob ochr iddo. Birdcage Walk: y rhodfa lydan hanner milltir o hyd a fyddai'n dod â nhw fwy neu lai at glwydi blaen Palas Buckingham gyda dim ond darn bach i fynd o'r fan honno hyd at y diwedd. Birdcage Walk...

Roedd y rhodfa'n mynd ar hyd Parc St James. Os oedd y parc yn debyg i'r heolydd, byddai'n llawn gwylwyr oedd eisiau gweld eu ffrindiau a'u hanwyliaid yn cyrraedd adref yn llwyddiannus. Dyna ble y dylai e ddianc. Byddai e wedi cael ei golli yn y dyrfa cyn i'r heddlu sylweddoli. Wedi hynny, byddai'n anodd iddyn nhw ddod o hyd iddo fe gan mai dim ond disgrifiad oedd ganddyn nhw, a dim enw.

'Sut mae'r amser yn mynd, Luke?'

Cafodd Luke ei alw 'nôl i'r presennol gan gwestiwn Jodi. Roedd e wedi anghofio am eiliad ei bod hi yno, ac yntau'n synfyfyrio cymaint a'r ddau'n rhedeg mor esmwyth gyda'i gilydd er gwaethaf ei goesau blinedig.

Doedd dim rhaid i Luke edrych ar ei wats i ateb ei chwestiwn. Roedd Jodi'n amlwg wedi dysgu popeth am y darn yma hefyd, fel roedd hi'n gwybod popeth am weddill y ras. Roedden nhw'n rhedeg ar hyd Birdcage Walk nawr ac o'u blaenau nhw, roedd golau llachar cloc y ras, a hithau'n gwybod yn iawn eu bod nhw'n nesáu ato. Roedd y cloc yn tician yr eiliadau wrth iddyn nhw redeg, gan ddangos pa mor hir roedden nhw wedi bod wrthi.

'Un deg chwech o funudau, ugain eiliad,' gwaeddodd Luke, gan ddal ati i gyfrif wrth iddyn nhw redeg ato a heibio iddo, '...dau ddeg un, dau ddeg dau, dau ddeg tri...'

'Dwi'n mynd i redeg amser personol gorau 'te!'

Roedd Jodi a'i gwynt yn ei dwrn nawr, ond roedd hi'n dal i symud yn dda. Ac roedd gwên yn dal i oleuo'i hwyneb.

Jodi.

Byddai achub ei groen ei hunan nawr yn golygu ei gadael hi. Allai e wneud hynny? Doedd dim pwynt gofyn y cwestiwn iddo'i hunan, hyd yn oed. Allai e ddim, a gwyddai hynny'n iawn.

Felly – newid cynllun. Pan fydden nhw'n cyrraedd y diwedd, byddai ei mam yno, yn disgwyl amdanyn nhw. Dyna oedd y trefniant: byddai Mr Webb yn mynd â nhw i'r dechrau, yna byddai e'n dal trên tanddaearol i'r diwedd ond, rhag ofn na fyddai e'n cyrraedd mewn pryd, byddai Mrs Webb yn mynd yn syth yno a sefyll mor agos ag y gallai at y llinell derfyn. Yr eiliad y bydden nhw'n croesi'r llinell derfyn, byddai Mrs Webb yno i ofalu am Jodi. Yn yr holl ddryswch a'r llawenydd, byddai e'n gallu diflannu i ganol tyrfaoedd Parc St James a sleifio i ffwrdd. Ond dim ond petai e'n gallu cyrraedd y llinell derfyn...

Roedd e'n wan nawr, yn ofnadwy o wan, ond rywsut roedd e'n llwyddo i ddal ati. Roedden nhw'n dod yn nes at un o'r ynysoedd traffig oedd yn frith ar hyd y ffordd. Roedd siâp saeth wedi'i baentio ar y tarmac. Roedd ei ymennydd yn gweithio'n awtomatig. Saeth. Beth oedd ystyr hynny?

'Ramp!' gwaeddodd. 'Gan bwyll!'

Roedd e wedi'i weld e mewn pryd, arwynebedd y ffordd yn codi fymryn i wneud lle i gerddwyr groesi rhwng y palmentydd a'r ynys draffig. Arafodd Jodi fymryn, a chodi ei choesau'n ysgafn er mwyn camu drosto ac i lawr yr ochr draw.

Ceisiodd Luke wneud yr un peth, ond roedd ei goesau fel petaen nhw'n gwrthod gweithio. Baglodd wrth ddod oddi ar y ramp, a gosod ei droed dde yn rhy drwm ar arwyneb y ffordd. Llwyddodd rywsut i sefyll yn syth, gan gau ei lygaid ond heb weiddi wrth i fflach o boen saethu i fyny ei goes.

Pan agorodd e ei lygaid eto, roedd ei olwg yn dechrau mynd yn aneglur. O'i flaen, roedd y dyrfa fel petai'n llenwi'r ffordd. Roedden nhw dros y ffordd i gyd. Allai e ddim mynd drwy'r rheina i gyd! Roedd e'n barod i roi'r ffidl yn y to yn y fan a'r lle.

Daeth Jodi i'r adwy, wrth iddi weiddi, 'Mae tro'n dod, on'd does e?'

Tro? Ceisiodd Luke ganolbwyntio ar y ffordd o'i flaen. Doedd y dyrfa ddim yn llenwi'r ffordd o gwbl. Y tu ôl iddyn nhw gallai e weld rheiliau â blaen aur o flaen adeilad enfawr o garreg Portland. Roedd darn hir o darmac pinc yn mynd fel bwa i'r pellter ac roedd swyddog yn siaced oren y ras yn sefyll arno ac yn pwyntio i'r chwith. Roedden nhw ym mhen draw Birdcage Walk, ac yn dod at y troad a fyddai'n mynd â nhw ar hyd blaen Palas Buckingham.

'I'r dde'n syth!' meddai Luke a'i anadl yn ei ddwrn.

Roedd e wedi dod o hyd i'r gorchymyn roedd ei angen arno o rywle. Ond roedd Luke yn ei fyd bach ei hunan nawr, byd yn llawn poen a blinder llethol. Prin y gallai deimlo ei goesau'n symud, ei draed yn pwnio ar y tarmac. Roedden nhw wedi cyrraedd Cofeb Albert a'r adenydd aur. Roedd y grisiau llydan wrth ei waelod yn llawn o ffotograffwyr y wasg a chriwiau teledu, nid gwylwyr swnllyd, felly teimlai hynny am eiliad fel rhedeg i mewn i ystafell dawel.

'Dyma fe'n dod. Fest oren. Rhif pedwar-un-dau-saith, ie?'

Clywodd Luke hynny'n eglur. Drwy'r chwys oedd yn diferu dros ei lygaid, gwelodd y blismones yn siarad i mewn i'w radio ond yn edrych arno fe...

Rhif pedwar-un-dau-saith? Ei rif e. Teimlai Luke fel petai ei feddwl wedi dod yn rhydd oddi wrth ei gorff. Baglodd ei goesau ymlaen o'u rhan eu hunain wrth i un darlun chwyrlïo yn ei ben...

Y trên tanddaearol, wrth iddo ddod i mewn y bore hwnnw. Lee Young a Mig Russell yn symud eu breichiau fel petaen nhw'n rhedeg, a Young yn dweud 'A'r enillydd yw, rhif pedwar-un-dau-saith!'

Lee Young a Mig Russell.

Brenhinoedd East Med. Ei arwyr e. Unwaith.

Dim ond un ffordd y gallai'r heddlu fod wedi cael ei rif – oddi wrthyn nhw. Roedd Lee Young a Mig Russell wedi cario clecs *amdano fe*!

Wrth sylweddoli'r gwirionedd hwn, daeth ton o ddicter ac egni drosto nad oedd erioed wedi teimlo ei debyg o'r blaen.

'Yn syth, Jodi!' sgrechiodd.

Roedden nhw'n mynd o gwmpas y Gofeb. Roedd y llinell derfyn yn y golwg, a'r bwa sgwâr mawr gyda'i gloc digidol yn clicio a DIWEDD mewn llythrennau anferth uwch ei ben. Doedd dim gwahaniaeth am y boen rhagor. Doedd dim gwahaniaeth am ddim byd ond ei fod yn tywys Jodi ar draws y llinell, gan weiddi nerth ei ben wrth iddyn nhw fynd ar wib.

'Dal ati, Jodi! Gwranda ar y dyrfa! Maen nhw'n gweiddi arnat ti, Jodi! Maen nhw'n gweiddi ARNAT TI!'

Ac yna roedden nhw yno, wedi mynd dros y llinell wen. Arhosodd Luke yn stond, rhyddhau'r strap tywys a chwympo ar ei bedwar. Bron ar unwaith, daeth Mrs Webb yn wyllt o gyffrous allan o'r dyrfa, gan chwerthin a llefain ar yr un pryd.

'Da iawn! Da iawn, y ddau ohonoch chi!'

Wrth iddi hi roi cwtsh fawr i Jodi, teimlodd Luke bâr o ddwylo cryfion yn cydio yn ei fraich, yn ei helpu i godi ar ei draed. Roedd ei goesau'n teimlo fel rwber. Roedd ei ben yn troi. Ceisiodd sefyll gan anadlu'n drwm a pheswch. Dim ond wedyn y dechreuodd ei lygaid llawn chwys a dagrau sylweddoli bod y dwylo cryf yn sownd wrth freichiau oedd yn gwisgo siaced felen lachar plismon.

Hefyd, o rywle – yn bell, bell i ffwrdd, roedd hi'n ym-ddangos – roedd llais yn dweud yn ddifrifol, 'Luke Martin Reid. Rwyf yn eich arestio chi…'

Ac yna plygodd ei goesau ac aeth popeth yn ddu.

Pennod Deunaw

Tynnodd y gwarchodwr allwedd o'r casgliad oedd yn hongian o'r gadwyn am ei ganol a datgloi'r drws dur.

Arweiniodd y gwarchodwr Luke drwy'r drws, aros i'w fam ei ddilyn, a mynd drwyddo ei hunan. Atseiniodd sŵn y drws yn cael ei gloi y tu ôl iddyn nhw ar hyd y coridor.

'I mewn fan hyn, os gwelwch yn dda.'

Hanner ffordd ar hyd y coridor, roedd y gwarchodwr wedi agor drws arall, un pren oedd wedi'i baentio'n goch llachar. Aeth Luke a'i fam i mewn. Roedd hi wedi tynnu'r llythyr allan o'i bag llaw yn barod ac roedd hi'n cydio'n dynn ynddo.

Ychydig o ddodrefn oedd yn yr ystafell; dim ond bwrdd isel a phedair cadair esmwyth. Dros y llawr, roedd carped tenau nad oedd yn cyrraedd y waliau, felly roedd teils llwyd diflas yn y golwg. Roedd ambell ddarlun wedi'i fframio ar y waliau, siapiau mewn lliwiau tawel. Roedd y golau'n canu grwndi. Doedd dim ffenest. Ystafell oedd hi roedd rhywun wedi ceisio gwneud iddi fod yn groesawgar ond doedden nhw ddim wedi llwyddo i guddio'r hyn oedd hi mewn gwirionedd – ystafell aros mewn carchar.

'Gwnewch eich hunain yn gartrefol,' meddai'r gwarchodwr yn obeithiol. 'Fydda i ddim yn hir.'

Pan oedd e wedi mynd, eisteddodd mam Luke i lawr. Dechreuodd hi ddarllen y llythyr eto, fel petai hi'n gwneud yn siŵr fod y cynnwys fel roedd hi'n ei gofio, ac na allai pethau fod yn wahanol wedi'r cyfan.

Eisteddodd Luke i lawr wrth ei hochr, gan ymestyn ei goesau fel eu bod nhw'n syth. Gwingodd, gan deimlo poen sydyn y bothell ar ei sawdl. Rhaid ei bod hi wedi bod yn tyfu ac yn gwaethygu drwy'r ras i gyd. Roedd hi'n rhyfedd nad oedd e wedi'i theimlo hi. Roedd gormod o bethau eraill ar ei feddwl, siŵr o fod. Ac erbyn y diwedd – wel, erbyn hynny roedd e mor ddryslyd, gallai pothell fod wedi bod ar ei bothell a fyddai e ddim wedi sylwi...

Yn union cyn iddo lewygu ar y llinell derfyn, roedd Luke yn teimlo fel petai'r byd yn diflannu mewn düwch aneglur; pan oedd e wedi dadebru eto roedd y byd fel petai'n symud o gwmpas. Uwch ei ben, roedd bysedd fel coesau corynod yn hofran yn ôl ac ymlaen mewn môr o las golau a gwyn. Oddi tano, roedd y ddaear fel petai'n codi a disgyn.

'Gan bwyll bach,' meddai llais wrth ymyl ei ben. 'Fe fyddi di'n teimlo'n iawn mewn dim o dro.'

Edrychodd Luke 'nôl ac i fyny, gan geisio gweld o ble roedd y geiriau'n dod. Gwelodd e wyneb dyn ben i waered. Roedd ei wallt wedi britho. Roedd e'n gwisgo iwnifform ddu, a bathodyn gyda chroes wedi'i haddurno ar ei boced flaen.

Dechreuodd ymennydd Luke weithio. Sylweddolodd mai dyn Ambiwlans Sant Ioan oedd yno. Roedd eu cerbydau nhw ar bob cornel, bron. Dyna pam roedd e wedi bod yn symud o gwmpas ac yn gweld yr olygfa honno. Roedd e ar stretsier, yn edrych i fyny ar yr awyr drwy ganghennau'r coed.

Roedd e'n dechrau cofio pethau eraill. Jodi'n cael ei thynnu i freichiau Mrs Webb oedd mor hapus. Y plismon a'i lais difrifol. Ble roedden nhw i gyd? Roedd Luke wedi edrych yn sydyn i'r ochr. Dyna nhw. Allai e mo'u gweld nhw'n iawn, dim ond amlinellau aneglur, ond gallai glywed eu lleisiau. Daeth geiriau ac ymadroddion ato drwy'r awyr, fel adleisiau mewn twnnel.

'Gyda dau lanc arall... ceisio dwyn car...'

Mrs Webb: "Y bore 'ma? Alla i ddim gweld sut...'

'Mae'r ddau arall yn dweud hynny... maen nhw'n dweud mai fe dorrodd i mewn drostyn nhw... fe roddon nhw ei enw fe i ni... ei rif rasio...'

Roedd e wedi bod yn llygad ei le. Lee Young a Mig Russell. Roedden nhw wedi cario clecs. Wedi gwneud yn siŵr y byddai e'n cael ei garcharu gyda nhw. Neu efallai *yn eu lle* nhw. Roedden nhw wedi sicrhau y byddai e ar y ffordd i Markham, doedd dim dwywaith am hynny.

Dechreuodd y stretsier symud i un ochr. Roedden nhw wedi cyrraedd yr ambiwlans, a'r drysau cefn led y pen ar agor. Roedd rhes o stretsieri eraill wrth ochr yr ambiwlans, yn disgwyl am gwsmeriaid eraill. Cafodd ei godi i mewn a'i drosglwyddo o'r stretsier i fainc neu wely cadarn yr ambiwlans. Bryd hynny, roedd y dyn San Ioan a'r gwallt brith wedi cymryd yr awenau, er mai gwirfoddolwr oedd e.

'Arhoswch y tu allan, os gwelwch chi'n dda. A chithau hefyd, swyddog. Fe gewch chi siarad ag e pan fydd e ar ei draed eto.'

'Dwi eisiau aros gyda fe.' Roedd Jodi wedi dweud hyn mor bendant fel ei bod hi'n anodd ei gwrthod hi, yn enwedig gan ei bod hi eisoes yn teimlo ei ffordd i fyny'r grisiau dwbl wrth siarad. 'Fi sydd ar fai ei fod e'n teimlo'n wael. Fi wnaeth iddo fe redeg yn rhy gyflym.'

Cafodd hi ei harwain at sedd fach wrth ymyl pen Luke. Ddwedodd hi ddim byd tra cymeron nhw bwysau gwaed

Luke, mesur ei bwls a gweld ei fod e'n iawn yn gyffredinol. O'r diwedd, cafodd e ddiod glwcos yn ei law ac roedd y dyn San Ioan wedi mynd allan i ddweud wrth y plismon, 'Fe fydd e'n iawn, eisiau diod sydd arno fe, felly rhowch bum munud iddo fe gael llonydd i yfed.' Dyna pryd roedd Jodi wedi gofyn am y gwir. Petai hi wedi ychwanegu, 'yr holl wir, a dim ond y gwir,' fyddai dim gwahaniaeth. Doedd Luke ddim wedi bwriadu dweud dim byd arall wrthi.

'Roedden nhw eisiau dwyn Porsche. Roedden nhw eisiau i mi agor garej iddyn nhw.'

'Pam ti?'

'Dwi'n gallu pigo cloeon. Dwi'n arbenigo ar hynny.' Ceis - iodd e orfodi ei hunan i wenu. 'Hynny a rhedeg.' Ond doedd e ddim yn rhaffu celwyddau. Ddim rhagor.

Roedd Jodi'n swnio fel petai wedi cyrraedd pen ei thennyn. 'Felly dyna'r mater personol, ie? Eu helpu nhw i dorri i mewn. Fel yr helpaist ti nhw i ddwyn ein car ni?'

'Wnes i ddim! Jodi, dwi'n dweud y gwir wrthot ti. Nhw orfododd fi i'w wneud e.'

'Nhw orfododd ti! Rwyt ti'n dweud nad o't ti eisiau gwneud?'

'Nac o'n, do'n i ddim.'

'Felly pam wnest ti? Dwed wrtha i, Luke. Dwi eisiau deall!'

'Alla i ddim dweud wrthot ti!'

Oedodd Jodi, gan ddisgwyl yn y tawelwch. Yna meddai hi'n dawel, 'Roedd e'n rhywbeth i'w wneud â fi, on'd oedd e?'

Gallai'r geiriau fod wedi bod yn gyllell, roedden nhw wedi llwyddo i dorri drwy linynnau olaf ei awydd i beidio â dweud popeth wrthi. Edrychodd Luke i fyny ar y ferch ddall oedd yn gallu gweld drwyddo.

'Fe ddwedon nhw petawn i'n gwrthod eu helpu nhw, y bydden nhw'n dod ar dy ôl di. Dy niweidio di. Roedden nhw o ddifrif, Jodi. Allwn i ddim gadael iddyn nhw...'

Daeth sŵn curo ar y drysau cefn i ddweud wrth Luke fod ei bum munud ar ben a bod y plismon yn dod, barod ai peidio. Symudodd ei goesau'n araf oddi ar y fainc.

'Cydia yn fy mraich i,' meddai e wrth Jodi. 'Fe rof i help i ti fynd allan.'

'Sut rwyt ti'n teimlo nawr?'

Gwenodd Luke wên, a gwyddai fod Jodi'n gallu ei gweld hi, oherwydd roedd y wên yno, yn ei lais. 'Fe ddweda i wrthot ti pan fydd y glas wedi gorffen siarad â fi, iawn?'

Arweiniodd e Jodi allan. Tra roedden nhw wedi bod yn yr ambiwlans, roedd Mr Webb wedi cyrraedd – ac wedi cael y manylion gan Mrs Webb, siŵr o fod. Daeth hithau ymlaen ar unwaith i fynd â Jodi draw at ei thad. Cafodd sylw Luke ei lusgo i rywle arall yn gyflym.

'Luke Reid? Ai dyna dy enw di?'

Roedd y plismon yn edrych yn swyddogol. Roedd rhagor o blismyn wedi dod ato. Y tu ôl iddo roedd plismones yn siarad i mewn i'w radio. Nodiodd Luke. Gwyddai'n iawn beth oedd yn digwydd nesaf.

'Rwyf yn eich arestio chi ar amheuaeth o fynd i mewn i eiddo yn Old Pye Street, yng nghwmni eraill, gyda'r bwriad o ddwyn cerbyd modur,' meddai'r swyddog, yn araf ac yn fwriadol. Symudodd y blismones ymlaen, gan ddangos bod ei llyfr nodiadau'n barod wrth i'r plismon fynd yn ei flaen: 'Nid oes rhaid i chi ddweud dim byd, ond gall effeithio'n andwyol ar eich amddiffyniad os na soniwch am rywbeth wrth gael eich holi y byddwch chi'n dibynnu arno'n ddiweddarach yn y llys. Gall unrhyw beth a ddwedwch gael ei roi'n dystiolaeth.'

Yn y gorffennol roedd Luke wedi dymuno i'r holl lol yma fod yn fyrrach. Nawr, roedd e'n ddiolchgar ei bod hi mor hir. Roedd wedi rhoi amser i Mr Webb adael y lleill a dod draw atyn nhw ar ei fagl.

'Esgusodwch fi. Beth yw hyn i gyd?'

Trodd y plismon, gwgu, ond siaradodd yn gwrtais, rhyw-beth nad oedd Luke wedi'i glywed erioed gan y plismyn oedd yn mynd o gwmpas East Med. 'Gaf i ofyn pwy ydych chi, syr?'

'Alan Webb ydw i.'

'Ac ydych chi'n perthyn i...' Doedd y plismon ddim yn ymddangos yn siŵr sut dylai gyfeirio at Luke. Gorffennodd Mr Webb y cwestiwn drosto.

'I Luke?' Dyna'r tro cyntaf roedd Luke erioed wedi'i glywed e'n defnyddio ei enw cyntaf. 'Nac ydw. Ond fi – wel, fi sy'n gofalu amdano fe heddiw. Fe oedd rhedwr tywys Jodi fy merch yn y ras sydd newydd orffen.'

Roedd y plismon yn ymddangos yn ddigon bodlon â'r ateb hwn i ateb cwestiwn gwreiddiol Mr Webb.

'Wel mae'n ddrwg gen i ddweud wrthoch chi, syr, fy mod i'n arestio Luke ar amheuaeth ei fod e wedi bod â rhan mewn ymgais i ladrata car mewn garej breifat yn Old Pye Street yn gynharach y bore 'ma. Cafodd dau lanc hŷn eu dal. Maen nhw'n dweud bod Luke gyda nhw.'

Roedd Mr Webb yn edrych wedi drysu. 'Yn gynharach y bore 'ma, ry'ch chi'n dweud? Am faint o'r gloch?'

'Yn union ar ôl hanner awr wedi naw.'

'Hanner awr wedi *naw*?'

Edrychodd y plismon ar y blismones i gael cadarnhad. Nodiodd hithau i gytuno. 'Yn ôl y tyst a roddodd wybod i ni am y digwyddiad, ie.'

'Os felly, mae'n ddrwg gen i, ond mae'r person anghywir gyda chi,' meddai Mr Webb.

'Syr?'

'Am hanner awr wedi naw, roedd Luke gyda fi. Ar ddechrau'r ras marathon fach. On'd yw hynny'n wir, Luke?'

Syllodd Mr Webb ar Luke, gan ddweud mor eglur â phetai wedi dweud y geiriau'n uchel: 'Dwi'n cynnig ffordd i ti ddianc – cymer hi!'

Syllodd Luke 'nôl arno. Roedd e'n dweud celwydd! Roedd yr hen Mr Webb yn dweud celwydd, i'w achub e! Pam, wyddai Luke ddim. Ond gwyddai beth roedd yn rhaid iddo ei ddweud nawr. Er bod ei goesau'n boenus, roedd ei feddwl mor glir ag y bu erioed.

'Dwi'n credu bod eisiau i chi brynu wats newydd, Mr Webb. Dyw'r un sydd gyda chi ddim yn gweithio'n iawn, mae'n rhaid. Chyrhaeddais i mo fan cychwyn y ras tan hanner awr wedi deg. Am hanner awr wedi naw ro'n i yn Old Pye Street, fel dwedodd yr heddwas.'

Doedd y gwarchodwr ddim wedi dod 'nôl. Roedd mam Luke oedd wrth ei ochr yn ymddangos ar bigau'r drain, er nad oedd rheswm ganddi i fod. Luke oedd yr un oedd yn gorfod rhoi'r newyddion drwg. Newyddion da oedd ganddi hi. Dyna pam roedd hi wedi gofyn am yr ymweliad arbennig hwn.

O'r diwedd daeth sŵn o'r tu allan ac i mewn ag ef. Tad Luke. Edrychai'n bryderus.

'Beth sy'n bod? meddai'n syth wrth ddod i mewn i'r ystafell. Edrychodd o gwmpas, a gweld Luke yn unig, heb wybod bod rhywun yn gofalu am Billy a Jade. 'Oes rhywbeth yn bod ar y rhai bach? Beth sy'n digwydd?'

'Gan bwyll, does dim byd yn bod!' Roedd mam Luke yn chwifio'r llythyr roedd hi wedi bod yn cydio ynddo fel petai'n drysor mawr. 'Ro'n i eisiau i ti weld hwn drosot ti dy hunan. Ry'n ni wedi cael tŷ, Dave!'

Roedd y llythyr wedi cyrraedd drannoeth y ras. Ar ôl i'w fam stopio dawnsio, roedd Luke wedi darllen y llythyr ei hunan. Roedd eu tro nhw'n dod. Roedd Billy a Jade, er eu bod nhw'n boendod, wedi troi'r fantol. Roedd rhywun wedi penderfynu bod tri phlentyn yn y fflat fach 'na yn ormod – trueni na ofynnon nhw i mi, gallwn i fod wedi dweud hynny wrthyn nhw oesoedd 'nôl, roedd Luke wedi meddwl. Roedden nhw i fod i gael un o'r tai oedd yn mynd i gael eu hadeiladu ar y tir anial roedd e wedi baglu drosto wrth ymarfer rhedeg.

Edrychodd Luke yn graff ar ei dad. Roedd e'n edrych yn falch. Yn fwy na balch. Roedd e'n wên o glust i glust. Roedd e a'i fam yn dal dwylo, yn giglan fel plant bach.

Pan oedden nhw wedi ymdawelu o'r diwedd, trodd tad Luke ato fe. 'Beth wyt ti'n ei feddwl, Luke?'

Rhoddodd Luke hanner gwên iddo. 'Mae e'n wych.' Ymsythodd, ac edrych i fyw llygad ei dad. 'Fe fydd e'n wych. Ond i ti fod yno. Drwy'r amser.'

'Fe fydda i. Dwi'n addo. Ro'n i o ddifrif pan ddwedais i 'mod i'n mynd i fyw'n onest. Deunaw mis, dyna'r cyfan sydd ar ôl 'da fi. Fe fydd popeth yn wahanol wedyn, fe gei di weld.' Cydiodd yn arddwrn Luke, a'i lygaid yn llaith. 'Mae llawer o waith 'da fi i wneud iawn am bopeth. On'd oes e?'

'Oes,' meddai Luke. Oedodd, heb fod yn siŵr sut i fynd ymlaen. Daeth ei fam i'r adwy. 'Ond mae achos arall 'da Luke.'

'Beth!' Roedd tad Luke yn edrych yn wyllt gacwn. 'Fe roddaist ti addewid i fi—'

Torrodd Mrs Reid ar ei draws cyn iddo allu dweud rhagor. 'Dave! Gwranda ar bopeth sydd 'da fe i'w ddweud. Fe ddechreuodd e ymhél â Lee Young a Mig Russell.'

'Y ddau 'na!' meddai tad Luke yn llawn dirmyg. 'Dwi'n gallu eu cofio nhw pan oedd eu trwynau'n rhedeg a'u pen-olau nhw'n hongian allan o'u trowsus!' Plethodd ei freichiau ac eistedd 'nôl yn ei gadair. 'Dere, dwed 'te. Dwi'n gwrando.'

Yn y pen draw, roedd adrodd ei stori'n haws na'r disgwyl i Luke. Dechreuodd yn araf, yn ansicr, ond ar ôl iddo ddod i arfer, llifodd y geiriau allan mor hawdd â rhedwr yn rhedeg yn rhwydd o gwmpas y trac.

Dwedodd bopeth wrth ei dad, o'r tro pan gafodd y 4x4 ei ddwyn i geisio dwyn y Porsche a'r arestio ar ôl y ras. Sut roedd y ffaith ei fod wedi peidio â chytuno â stori Mr Webb i roi alibi ffug iddo wedi creu mwy o argraff ar dad Jodi na phetai Luke wedi cytuno. Roedd Mr Webb wedi cymryd yr awenau, fwy neu lai. Roedd e wedi mynd i'r orsaf heddlu gyda Luke ac wedi trefnu i dacsi nôl ei fam tra roedd Mrs Webb a Jodi wedi aros gyda Billy a Jade. Roedd e hyd yn oed wedi ffonio Viv, a rhwng y ddau ohonyn nhw, roedden nhw wedi trefnu mechnïaeth yr heddlu.

'Felly beth sy'n mynd i ddigwydd?' gofynnodd ei dad. 'Markham?'

'Mae Viv yn gobeithio ddim,' atebodd Luke. 'Ac fe ddylai e wybod...'

Yna disgrifiodd sut roedd Viv wedi dod i'w nôl noson dran - noeth y ras, yr un diwrnod ag roedd y llythyr am y tŷ wedi cyrraedd. Sut roedd Viv, hyd yn oed cyn i Luke sôn am y newyddion da a chyn iddo wisgo'i wregys diogelwch, wedi dweud, 'Mae aderyn bach yn dweud wrtha i fod Lee Young a Mig Russell wedi cael ffrae enfawr.'

Roedd Luke wedi codi ei ysgwyddau. 'Mae hynny'n newyddion da, ydy e?'

'Yn ôl fy aderyn bach i, ydy. Mae'n debyg, pan benderfynodd Lee gario clecs amdanot ti a dweud wrth yr heddlu dy fod ti'n rhedeg yn y ras, fod Mig wedi rhoi llond ceg iddo fe. Ond nid dyna'r cyfan. Aeth pethau'n eithaf cas, meddai'r aderyn bach wrtha i. Yn ddigon cas iddyn nhw ddechrau cega am jobsys eraill oedd wedi mynd o chwith. Fel 4x4 oedd wedi cael ei losgi yn lle gwneud llond lle o arian iddyn nhw.'

Edrychodd Luke ar Viv. Roedd y swyddog prawf yn syllu allan drwy'r ffenest flaen, gan ganolbwyntio ar yr heol fel petai niwl trwchus wedi disgyn ac yntau'n gorfod rhoi ei sylw i gyd iddo.

'4x4 Mr Webb, fel mae hi'n digwydd. Fe fydd hwnnw ar y rhestr cyhuddiadau pan fydd eu hachos nhw – eu hachos mawr nhw – yn dod i'r llys.' Roedd Viv wedi chwibanu tôn fach wedyn, fel petai e'n ceisio rhoi amser i Luke ystyried y newyddion. 'Mae'n debyg na fydd hi'n syndod i ti wybod eu bod nhw wedi sôn am dy enw di wrth drafod y jobyn 'na. Nid bod gwahaniaeth. Rwyt ti wedi cael dy gosbi am hwnna. Rwyt ti wedi gwneud iawn, fel maen nhw'n dweud. Wel, peth ohono fe...'

Ddwedodd e ddim rhagor tan iddyn nhw eistedd yn lolfa fach Mr a Mrs Webb. Doedd hi ddim wedi newid llawer ers adeg ymweliad cyntaf anhapus Luke – ond roedd yr awyrgylch wedi newid. Roedd y lle i gyd yn teimlo'n gynhesach rywsut... hyd yn oed cyn i Viv roi'r newyddion da iddo fe.

'Luke, mae pawb yn cytuno bod y cynllun gweithredu wedi gweithio allan yn dda.'

Roedd pawb yn nodio – Jodi, Mrs Webb. Ar y soffa, a'i goes allan o'r plastr, roedd Mr Webb yn nodio hefyd.

'Felly, dwi wedi ysgrifennu at yr ynadon heddiw, yn argymell bod cyfnod dy wasanaeth cymunedol di'n cael ei ymestyn i'r pedwar mis llawn,' Roedd e wedi gwenu wrth iddo ychwanegu, 'sy'n golygu dim cyfnod yn Markham.'

'Tan i achos y Porsche ddod i'r llys,' roedd Luke wedi dweud yn ddigalon.

'Gobeithio ddim bryd hynny chwaith.'

'Beth! Ydych chi'n siŵr?'

'Nac ydw. Ond gan fod Lee Young a Mig Russell yng ngyddfau ei gilydd, o leiaf fe gaiff yr ynadon glywed y ffeithiau *pam* ro't ti yno. Os byddan nhw'n ystyried y rheina, a'r adroddiad da o'r tro hwn...' Gwenodd. 'Fe allet ti fod yn iawn.'

Roedden nhw wedi cael rhyw fath o barti wedyn. Dim byd mawr, dim ond diodydd ac ychydig o gacennau roedd Jodi wedi'u gwneud heb unrhyw help – 'heblaw amdana' i'n dy rwystro di rhag rhoi'r gymysgedd mewn cwpan te yn hytrach na chas cacennau!' roedd Mrs Webb wedi dweud.

Tua'r diwedd, roedd Jodi wedi mynd â Viv allan i ddangos iddo sut roedd ei blodau'n dod ymlaen. Roedd Mrs Webb wedi hymian yn hapus wrth fynd â phethau i'w tacluso yn y gegin. Yna, roedd Luke yno ar ei ben ei hun gyda Mr Webb. Roedd tawelwch lletchwith wedi bod am dipyn, tan i dad Jodi dorri'r garw drwy godi'r union bwnc oedd wedi peri dryswch i Luke ers iddo ddigwydd.

'Mae'n debyg yr hoffet ti wybod pam gwnes i...' Roedd Mr Webb wedi oedi, gan chwilio – roedd Luke yn tybio – am eiriau gwahanol i *ddweud celwydd*. 'Pam gwnes i... geisio meddwl am alibi i ti.'

Doedd dim pwynt gwadu'r peth, meddyliodd Luke. 'O'n, wel, ro'n i'n ddiolchgar. Ond – o'n, ro'n i'n meddwl pam.'

'Wel, i ddechrau,' meddai Mr Webb, 'fe ddwedodd Jodi wrtha i beth ro't ti wedi dweud wrthi yn yr ambiwlans. Fod y dihirod 'na wedi bygwth gwneud niwed iddi hi. Doedd hi ddim yn ymddangos yn deg y dylet ti fynd i drafferth am geisio ei gwarchod hi.'

Cododd Luke ei ysgwyddau gan geisio ymddangos yn ddidaro. 'Dyw bywyd ddim yn deg, ydy e? Beth bynnag, fe glywsoch chi Viv. Fe allwn i fod yn iawn pan fydd yr ynadon yn dod i glywed popeth.'

'Ond dim ond o achos y ddau arall y byddan nhw'n dod i glywed popeth, ynte? Fyddet ti ddim wedi dweud gair. Fe fyddai hynny wedi golygu torri'r côd am gario clecs, yn byddai – a dwi'n gwybod pa mor gaeth rwyt ti'n glynu wrth *hwnnw*.'

Edrychodd Luke i fyny a gweld bod Mr Webb ar ei draed ac, er nad oedd e'n gwenu arno mewn gwirionedd, doedd e ddim yn gwgu chwaith. Cerddodd tad Jodi yn araf at y ffenest, gan edrych allan ar Jodi a oedd yn dangos i Viv pa mor dda roedd hi'n gallu mynd ar hyd llwybr yr ardd. Synhwyrodd Luke fod gan Mr Webb ragor i'w ddweud. Tawodd ac aros iddo siarad.

'Ond y peth pwysicaf oedd tystiolaeth fy llygaid fy hunan,' ochneidiodd Mr Webb o'r diwedd, gan droi o'r diwedd tuag at Luke.

'Beth ry'ch chi'n ei feddwl?'

'Ar ôl gwylio dechrau'r ras, fe lwyddais i i gael lifft ar y bws bagiau. Fe aeth y bws ar hyd llwybr cefn ac fe ges i fy ngadael ar waelod y Mall. Ddim yn ddigon cynnar i fynd â fi i'r llinell derfyn ond yn ddigon da i mi eich gweld chi'ch dau yn y pellter. Fe wyliais i chi'n gorffen drwy bâr o finocwlars. Ro't ti wedi ymlâdd, on'd oeddet ti?'

'Ro'n i'n eithaf blinedig,' gwenodd Luke.

'Ond doedd Jodi ddim. Roedd hi yn ei helfen, Luke.' Tynnodd Mr Webb anadl ddofn, gan orfodi'r hyn roedd e eisiau ei ddweud i ddod allan. 'Roedd hi'n llawer, llawer hapusach nag y buodd hi erioed pan o'n i'n ei thywys hi.'

Ymlaciodd e'n syth, fel petai dweud hynny wedi codi pwysau oddi ar ei galon. 'Rwyt ti wedi bod yn llesol iddi, Luke. I bob un ohonon ni. Rwyt ti wedi dysgu nad merch ddall yw ein merch ni, ond bod merch gyda ni sy'n digwydd bod yn ddall. Gwahaniaeth mawr. Beth bynnag, ro'n i eisiau i hynny barhau. Dyna pam wnes i'r hyn wnes i a dyna pam byddi di'n cael ein cefnogaeth ni pan fydd y busnes arall 'ma'n dod i'r llys.'

'Diolch,' meddai Luke. 'Dwi innau wedi dysgu llawer hefyd.'

'Yn enwedig am fod yn rhedwr tywys,' gwenodd Mr Webb, 'a dyna pam dwi'n gofyn i ti ddal ati i fod yn rhedwr tywys i Jodi.'

Roedd Luke wedi'i synnu. 'Hyd yn oed pan fydd eich coes chi'n well?'

'Hyd yn oed wedyn. Ond paid â phoeni, fe fydda i'n dal o gwmpas y lle i'ch hyfforddi chi!'

'Wir?' cwynodd Luke – a gwenu.

'Dere nawr, alli di byth â disgwyl i mi beidio â bod eisiau helpu pencampwyr.'

'Pencampwyr?'

'Ie, pencampwyr.' Roedd Mr Webb ei hunan yn gwenu, nawr. 'Gyda dy help di, fe redodd Jodi'r pellter 'na bron i funud yn gynt nag y gwnaeth hi erioed o'r blaen!'

*

Eisteddodd Luke 'nôl, a mwynhau gweld ei rieni nid yn unig gyda'i gilydd ond yn gwrando ar yr hyn roedd ganddo i'w ddweud.

'Felly dyna ni,' meddai. 'Nawr rwyt ti'n gwybod y cyfan.'

'Rwyt ti'n mynd i gadw i fynd â'r busnes rhedeg 'ma 'te, wyt ti?' gofynnodd ei dad.

'Ydw. Ydw. Efallai ceisia i redeg rhai rasys ar fy mhen fy hunan. Mae Jodi'n meddwl y gallwn i wneud yn eithaf da. Does dim gwahaniaeth beth bynnag. Mae rhedeg yn wych. Mae'n rhoi gwefr i ti. Mae e'n well na... nag unrhyw beth.'

Yn well na dwyn pethau. Yn well nag ymhél â phobl fel Lee Young a Mig Russell.

Wrth feddwl amdanyn nhw, mynegodd e'r unig ofn gwirioneddol oedd ganddo ar ôl. 'Lee Young a Mig Russell. Nid plant bach ydyn nhw mwyach, Dad. Maen nhw'n fechgyn caled. Y ddau sy'n rheoli East Med.'

'Fyddan nhw ddim yn gwneud hynny nawr,' meddai ei dad yn bendant.

Doedd Luke ddim yn deall. 'Dwyt ti ddim yn eu nabod nhw. Mae pethau wedi newid tra rwyt ti wedi bod yng—'

Orffennodd e mo'r frawddeg, ond gwnaeth ei dad hynny yn ei le.

'Yng ngharchar? Ydyn, dwi'n gwybod. Mae'r cyfan wedi bod yn ofer. Ond dwi wedi dysgu un peth fan hyn, fachgen. Rhywbeth nad yw pobl y tu allan yn ei ddeall. Efallai mai dihirod ydyn ni – lladron, delwyr cyffuriau, ac yn y blaen – ond ry'n ni'n dilyn rheolau, yn ein ffordd fach ryfedd ein hunain. A'r rheol gyntaf yw "dim cario clecs".' Eisteddodd 'nôl, gan wybod fod Luke yn deall, ond ychwanegodd beth bynnag. 'Dyna pam nad oes angen i ti boeni am Lee Young a Mig Russell. Mae'r gair yn mynd ar led yn gyflym o gwmpas East Med a West Med. Fe fydd pawb yn gwybod eu bod nhw wedi cario clecs am ei gilydd ac amdanat ti. Fyddan nhw ddim yn mentro dangos eu hwynebau.'

Daeth curo cadarn ar ddrws yr ystafell ymweld. Daeth y gwarchodwr i mewn, gan ddangos ei wats. 'Mae'n ddrwg 'da fi. Mae'r amser ar ben.'

Cododd y tri ohonyn nhw ar eu traed. Cusanodd rhieni Luke ei gilydd. Rhoddodd tad Luke ei law dros wallt ei fab yn lletchwith. 'O'r gorau 'te? Popeth wedi'i ddatrys?'

Nodiodd Luke – tan i'w fam edrych arno fe. 'O, ie,' gwenodd. 'Mae un peth arall.'

'Beth?'

'Y tŷ newydd. Fe fydd gardd hefyd.' Roedd Luke a'i fam yn gwneud eu gorau glas i beidio â chwerthin. 'Drwy lwc, dwi'n nabod merch fydd yn fodlon helpu, ond pan fyddi di'n dod adref, fe fydd tipyn o waith palu o hyd.'

'A gwaith hau hadau,' ychwanegodd ei fam.

'Dim problem!' chwarddodd tad Luke. 'Ddwedais i ddim wrthoch chi, do fe? Dyna rywbeth arall dwi wedi'i ddysgu'n ddiweddar. Dwi'n dipyn o arddwr. Fe blannais i'r hadau 'na ddest ti â nhw i mi, Luke, mewn bocs, fel dwedaist ti. Maen nhw'n tyfu fel y bois!' Roedd e'n dal i chwerthin pan ddaeth y gwarchodwr i'w arwain i ffwrdd.

Ar ôl iddo fynd, caeodd Luke ei lygaid, gan geisio gweld gweddill taith fer ei dad fel y byddai Jodi wedi gwneud, yn llygad ei meddwl.

Gwelodd ef yn cael ei arwain i mewn i'w gell.

Gwelodd y drws yn cau amdano.

Gwelodd ef yn mynd at y blwch roedd e wedi'i osod ar silff ffenest gul y gell, yr unig fan lle roedd yr haul yn tywynnu.

A gwelodd, gyda'i dad, yr egin gwyrdd cryf yn ymdrechu i ymryddhau o'r pridd tywyll ac yn codi'n syth am y goleuni.

Llyfrau eraill gan RILY . . .

Dechreuodd y cyfan fel tipyn o hwyl, un o gemau eraill Motto. Mynd gyda fe i'w helpu wnes i. Dyna pam mae eisiau ffrindiau, yntê?

Yna daeth Criw Sun ar ein traws ni.

Yn sydyn, doedd gen i ddim ffrind. A daeth y chwerthin i ben.

"Stori sy'n ergydio'n galed." – *Y GUARDIAN*

"Stori gyffrous, lawn tensiwn." – *BOOKS FOR KEEPS*

www.rily.co.uk

Tair ar ddeg

£4.99

978-1-904357-23-0

Tair ar ddeg oedd yr oedran delfrydol! Byddai pethau'n digwydd ar ôl i mi gael fy mhen-blwydd yn dair ar ddeg!

Dyma dair stori ar ddeg am yr antur a'r anhawster, yr her a'r hwyl, o fod yn dair ar ddeg oed. Trwy gyfrwng straeon craff a diddorol, mae tri ar ddeg o awduron arbennig yn treiddio'n ddwfn i'r teimlad unigryw hwnnw o gyrraedd eich arddegau.

"Gwnewch y gyfrol hon yn llyfr darllen dosbarth ym Mlwyddyn 8 a rhowch rywbeth i'r plant sy'n siarad yn uniongyrchol â nhw." – *BOOKS FOR KEEPS*

www.rily.co.uk

YSGOL JACOB

BRIAN KEANEY

£5.99

978-1-904357-26-1

MAE MILIWN O FFYRDD I GYRRAEDD GWAELOD YSGOL
JACOB OND DIM OND UN FFORDD I GYRRAEDD Y BRIG

'Doedd dim yn ei feddwl, dim yw dim, fel petai wedi agor
cwpwrdd ei gof a'i gael yn hollol wag.'

Mae bachgen yn deffro ynghanol cae. All e ddim cofio sut
cyrhaeddodd e yno neu hyd yn oed pwy yw e go iawn.
Y cyfan mae e'n ei wybod i sicrwydd yw ei enw, Jacob...

"Mae Brian Keaney yn awdur talentog. Rwy'n cymeradwyo ei
amcan difrifol ac yn edrych ymlaen at ddarllen rhagor o'i waith
yn y dyfodol." – *PHILIP PULLMAN*

www.rily.co.uk

Dwy nofel afaelgar a chyffrous gan Bernard Ashley . . .

£5.99   978-1-904357-27-8

£5.99   978-1-904357-28-5

Ble mae'r rhyfel rhwng y llwythau ar ei waethaf, yn Llundain neu yn Affrica? Mae Kaninda'n darganfod yr ateb mewn ffordd anodd iawn, ar ôl cael ei 'achub' o Lasai gan Filwyr Duw. Ond yn ystadau Thames Reach, mae'n ei gael ei hun ynghanol rhyfel o fath gwahanol. Mae bywydau yn y fantol yn y ddau le, ond pwy sy'n mynd i drechu?

Rhestr Fer Medal Carnegie a Gwobr Llyfrau Plant y *Guardian*.

"Wna i byth anghofio'r llyfr hwn." – *TIME OUT*

Pen y Gors. Unig, diarffordd a digysur. Mae mam Sophia'n dwlu arno. Ond i Sophia, does dim cysur i'w gael yn yr awyr eang all wneud iawn am golli ei thad a'i bywyd yn Llundain. Does dim byd byth yn digwydd yma. Hynny yw, tan i Dŷ Dial ddechrau datgelu ei gyfrinachau brwnt gan sugno Sophia a'i mam i fyd treisgar troseddwyr, a fydd, yn y pen draw, yn bygwth eu bywydau.